KB157491

문효치 시의

이미지와 서정의 변주

문효치 시의
이미지와 서정의 변주

김 미 연

국학자료원

책머리에

내게 있어 영원히 갈구해야 할 가장 매력적인 탐구주제는 바로 시의 이미지이다. 작품 속에 담긴 것들을 선명하게 끌어내는 매개체의 역할을 하는 것이 바로 이미지인 탓이다.

한 사람의 작품 속에는 많은 것이 담겨 있다. 그 사람의 생각의 구성방식과 기본적인 사상, 그리고 그 변화 양상이 담겨 있다. 또한 개인의 윤리의식과 모든 것이 망라된 세계관 역시 뒷받침 되어 있음은 두말할 필요가 없다. 또한 작품의 배경으로 삼은 시대의 사회 구조나 사회사상 등도 녹아들어 있어 한 시대를 읽어내는 기준이 되기도 한다.

한 시대의 인물이 시대와 어떻게 마주보고 있는가를 중심으로 작품을 비평하는 것도 그 때문이라 할 수 있다. 그러나 텍스트를 들여다보는 방법은 무한하게 존재하기에, 우리는 현실적으로 어느 한 측면에서 들여다보게 되고, 따라서 일부분만을 논할 수밖에 없는 것이다.

시를 들여다보고 있으면 가끔 표현 방식과 내용 면에서 여러 요소들이 한꺼번에 급격히 변화하는 현상을 포착할 때가 있다. 바로 시대사상과 사회 구조가 바뀌는 시대적 변곡점이다.

수많은 詩作 가운데 유독 눈에 띄는 것이 있었다. 마치 새로운 시대의 작품처럼 독특한 분위기를 안겨주는 표현방식이었다. 바로 문효치 시인의 작품이었다. 거대한 역사적 유물이라도, 하찮은 자연의 일부일지라도, 그 이미지에 대한 표현이나 그에 관한 시인의 상상력은 물리적 아름다움이나 현실적 관념으로부터 차원을 넘어 새로운 지평으로 확장하여 표현하는 독특한 방식이었다.

한 개인이 자신이 처한 시대와 그 변화를 초월하여 사상을 전개한다는 것은 사실상 어려운 일이다. 아마도 불가능한 일일 것이다. 다만 작가는 시대의 변화를 더욱 예민하게 받아들이기에, 이러한 변화는 시대의 사회구조가 변화하는 것을 미리 체화하여 그대로 반영하는 것으로 볼 수 있다.

문효치의 시는 주제를 중심으로 항상 시공을 초월하는 관념의 표현으로 아름답게 수렴한다. 이는 이전 시대와 대비되는 시의 새로운 표현방식이라 할 수 있다. 그래서 문효치 시인의 시작을 유심히 연구하게 되었고 이어서 이를 확장하여 여러 시인의 작품을 분석하게 되었다.

여기서는 우선 문효치 시인의 작품을 중심으로 분석하였다. 이와 함께 이전 시대의 시인들에 대한 이미지 분석도 비교 참고할 여지가 있어 이와 관련된 소고를 이 책에 함께 수록한다.

앞으로 우리 문단의 표현방식도 시대의 변화에 따라 많은 변화가 있으리라고 생각한다. 그 연구 과정에서 본고가 미약하나마 참고가 되었으면 한다. 나의 글재주가 비천하여 보잘 것 없지만 박사학위논문을 준비하는 과정에서 생각하던 내용을 중심으로 정리한 글을 단행본으로 출판하면서 많은 질책을 예견한다.

끝으로 이 책이 세상의 빛을 보기까지 말로 다하기 어려울 만큼 많은 도움을 주신 동국대학교 한만수 교수님과 본고의 준비과정에서 수많은 의문 사항에 성심껏 답을 해주신 문효치 선생님, 그리고 유승우 교수님을 비롯한 여러 교수님과, 마지막으로 어려운 여건 가운데서도 이 책의 출간을 허락해 주신 정구형 사장님 및 출판사 관계자에 감사드린다.

2020년 잠실에서,

김미연

목 차

제1장
서 론

1. 문제 제기 및 연구 목적

문효치文孝治의 가장 중요한 시적 특징이라면, 널리 알려진 대로 '백제시'를 꼽아야 할 것이다. 『문효치 시 전집』에 수록된 10권의 시집 중 제5, 6시집에만 백제와 관련된 제목의 시가 없을 뿐, 나머지 8권의 시집에는 '백제'와 연관된 시가 다수 수록되어 있으며, 특히 제7시집부터 제10시집까지는 '백제시'라는 표제로 수록된 장이 따로 존재한다. 또한 제2, 3, 4, 8, 9, 10시집은 그 표제가 아예 백제와 관련된 것들이며[1], 2004년에는 『백제시집』을 출간하기도 했다.

그는 어째서 백제를 자신의 시적 대상으로 삼아야만 했던 것일까? 이

---

1) 제2시집 『武寧王의 나무새』, 청성사, 1983. 제3시집 『백제의 달은 강물에 내려 출렁거리고』, 홍익출판사, 1988. 제4시집 『백제 가는 길』, 문학예술사, 1991. 제8시집 『계백의 칼』, 연인, 2008. 제9시집 『왕인의 수염』, 연인, 2010. 제10시집 『七支刀』, 지혜, 2011.

문제에 접근하는 데 있어 시인이 살아온 궤적과 연계하여 생각할 때 고려해야 할 것은 문효치 시인 자신이 술회한 내용에서 찾아볼 수 있다. 시인은 아버지의 월북으로 인해 연좌제에 걸려 사회적으로도 많은 것을 포기해야 했고, '체중이 34킬로그램까지 내려가는' 등 죽음을 직면하는 병마에 시달리는 등 삶의 과정에서 숱한 고난을 겪은 시인이라는 점이다. 한 인간이 사회적으로 소외당하면서 육체적으로도 극심한 병고에 시달리게 되면 고향을 찾게 됨은 자연스러운 일이겠으나, 이 때 시인이 고향에서 발견한 것이 백제였다는 점이 매우 이례적이다. 즉 고향에서 발견한 백제란 언뜻 보아 희망이 아닌 절망일 수 있겠지만, 문효치는 그곳에서 시적 희망을 길어 올려낸 것이다.[2] 시인 자신이 "내가 백제 관련 시 백 수십 편을 쓰면서 제일 많이 생각해 본 것은 삶과 죽음의 합일화를 시로 승화시켜보자는 것이었다"[3]라고 술회하고 있음 역시 이를 뒷받침한다. 결국 문효치에게 백제란 단순한 시적 소재에 그치는 것이 결코 아니며, 그의 삶이자 생명현상 자체였다고 할 수 있다. 백제를 발견하기 이전과 이후에 그의 삶과 문학은 전면적으로 달라진다. 따라서 본 연구는 절망(연좌제와 병고)에서 더 오랜 절망(백제)을 만나면서 희망으로 나아가게 된 시인의 백제시에 주목하고자 한다. 그가 보여준 이 '절망의 변증법'에서 어떤 시적인 정신적 변화가 일어났는지에 대하여 주로 백제시에 나타난 이미지

---

2) 시적 탐구의 대상은 아니겠지만, 문효치는 백제를 만나고 그 시적 희망에서 육체적 건강 또한 회복하게 되기도 했다는 점 역시 주목할 만하다.

3) 문효치는 1966년 서울신문과 한국일보 신춘문예에 당선되어 문단에 등단함과 동시에 대학을 졸업하고, 「신년대」 시동인회에 가입하여 문단활동을 시작한, 등단 50년이 넘은 원로시인이다. 문효치, 「백제를 구실로 한 작은 상상의 세계」, 『시와 시학』 2006, 가을 호. 참조.

의 분석에 의해 추적하려는 것이다.

또한 이러한 변화가 하필 백제와 관련해서 일어난다는 점은, 뒤에 자세히 보겠지만, 한국 사회와 문학사 전반에 걸치는 의미 역시 적지 않다. 이런 맥락에서 이 논문에서는 문효치가 40년에 걸쳐 백제를 자신의 핵심적 시적 소재로 삼았음을 주목하여 이를 '백제시'라고 명명하고자 하며, 백제시를 중심으로 문효치 시에 접근해보고자 한다.[4]

그의 백제시는 자신의 삶과 직결되어 있고, 그는 연좌제라는 우리 사회의 가장 핵심적인 모순에 희생당한 사람이었다. 그러나 그는 결코 참여시 계열의 시인이 아니다. 즉 그의 삶과 작품은 관련이 없을 수 없지만 그 관련성은 매우 특이하고 간접적인 방식으로 나타날 수밖에 없으며, 그런 만큼 다른 참여시 작품에 대한 연구와는 다른 접근방식이 필요할 수밖에 없다. 따라서 본 연구자는 이미지 분석이라는 연구방법을 선택했으며, 이에 대해서는 뒤에 자세히 설명하고자 한다.

덧붙여 말해두자면, 문효치의 백제시는 또한 그의 스승인 서정주가 '신라정신'을 집중적으로 탐구했다는 점과 대조하여 살필만한 가치가 있다. 서정주는 뚜렷한 삶의 고난을 겪은 바 없으며, 그가 경주를 찾은 것은 신라정신의 탐구라는 형이상학적 이유에서였지만, 문효치는 생사와 관련된 절박한 이유에서 백제를 찾았다는 점에서 매우 대조적이다. 또한 서정주와 문효치는 모두 호남 출신 시인인데, 서정주는 자신의 고향과 멀리 떨어진 경상도를 지리적 배경으로 한 신라에 주목했다면, 문효치는 자신의

---

4) 물론 다른 시인들 역시 백제와 관련된 사물들을 소재로 다양한 작품들을 산출한 바 있으므로 백제시란 문효치만의 소유물일 수는 없으며, 다른 시인들의 작품을 포괄하는 백제시에 대한 연구로 추후에 진행해가야 할 필요성도 있을 것이다.

고향인 호남을 지리적 배경으로 한 백제에 주목했다는 점도 이채롭다. 즉 문효치는 자신의 육체적 고향과 시적 고향의 일치를 보여주고 있다는 점에서 미당 서정주와 차별화된다. 서정주의 신라정신에 대한 탐구가 우리 시문학사에서 매우 중요한 위치를 차지하고 있다면, 문효치의 백제시를 이와 대조하여 살피는 작업 또한 중요한 의미를 지닐 것이다.

연구범위를 지나치게 넓힐 수 없으므로, 이 문제는 차후의 과제로 남길 수밖에 없다. 하지만 위에서 살핀 바 문효치의 백제시가 관념성이 아니라 자신의 생생한 체험과 매우 근접한 것이었다는 점은, 그의 문학을 이미지 분석을 통해 이해하려는 본 논문에도 매우 중요한 참조점이 된다. 이미지란 단순한 가상적 잔여물에 불과한 것이 아니라, 뒤에 자세히 보겠지만, 현실과 가상 사이의 무한한 왕복운동의 원동력이면서 결과물이라고 믿기 때문이다.

2. 선행연구 비판

문효치 시에 대한 선행연구는 『문효치의 시 읽기』의 <1부, 2부, 3부, 4부>에 수록된 103인의 평론으로 집약되어 있다. 이중 42인의 평론이 수록된 <1부 문효치의 시 한편>은 문효치의 시 한편에 대한 평설이고, 20인의 평론이 수록된 <2부 역사와 시>는 구체적으로 백제 역사와 관련된 '백제시'에 대한 평론이다. 그러나 한 권이나 많아야 서너 권 시집을 대상으로 삼은 평론이라는 한계를 넘지 못한다.[5] 22인의 평론이 수록된 <3부

5) 강영은, 강우식, 금동철, 오세영, 이승하 등 5인은 제8시집 『계백의 칼』에 국한된 평론이고, 박선영, 이채민, 최선옥 등 3인은 제9시집 『왕인의 수염』에 국한된 평론이며, 김광기, 유성호, 최진화 등 3인은 제10시집 『七支刀』에 국한된 평론이다. 2부 김

시와 삶>은 '백제시'와 일반시를 구분하지 않고 문효치의 시세계를 고찰한 평론들이다. 이들도 역시 한 두 권의 시집에 국한하여 다룬다는 범위의 협소함은 별 차이를 보이지 않는다.[6]

이 선행연구들은 문효치 시의 핵심은 '생명'과 '미학'에 있다고 평가함으로써, 나름대로 문효치 시에 대한 이해를 증진시키는데 공헌했다고 할 수 있으나, [7] 모두 한권이나 많아야 3, 4권의 시집에 대한 평론이라는 점에서 본격적 연구로서는 한계가 있었다.

선행연구의 경우 연구범위가 협소한 까닭에 문효치 시의 전면모를 살피기에는 제한적이었다는 점을 주목하면서, 이 연구에서는 문효치의 시 전체를 대상으로 삼는다. 이렇게 볼 경우 문효치의 시는, 크게 분류하자면 첫째 백제유물을 만나기 이전의 시와 구체적으로 백제유물과 관련된 초기의 백제시, 둘째 불교적 사유와 만난 이후의 백제시, 셋째 백제와 관

백겸의 「시인의 환상과 웅시가 불러온 백제왕국」은 2004년에 출간한 시선집 『백제시』에 대한 평론이고, 홍기삼은 제2시집 『무령왕의 나무새』에 대한 평론이며, 홍신선은 서정주의 '신라 시'와 비교한 '백제시'의 의미를 평가한 평론이다.

6) 김정임은 9, 10시집, 김춘식은 9시집, 문덕수는 1시집에 대한 평론이다. 그리고 20인의 평론이 수록된 <4부 시공을 초월한 시 미학>은 문효치 시의 이미지형상화와 시 미학에 대한 평론이다. 강희근은 2, 3, 4, 6, 7시집에서 주로 시적 상징에 대해 고찰했고, 강경희, 김익균, 김정남은 제9시집의 작품들의 시적 형상화에 대한 평론이며, 변의수는 8, 9시집의 시적 기교에 대한 평론이다. 장윤익은 제5시집 『바다의 문』에만 국한된 평론이다.

7) 박기수의 「생명이 흘러 지나는 길」, 박진환의 「전통의 현대적 접목과 그 변용의 미학」, 오세영의 「생명체험으로 풀어 본 역사의식」, 박기수의 「불멸하는 죽음 그 생명의 미학」, 장윤익의 「영원한 과거와 소생의 미학」, 변의수의 「끈의 우주적 상상력과 교졸의 미학」, 홍신선의 「죽음과 부활의 시학」등은 아예 그 제목에서부터 '생명'과 '미학'을 주제어로 문효치 시를 해석했음을 보여주고 있거니와, 다른 평론들 역시 제목에서 드러내지는 않았지만 역시 마찬가지이다.

련이 없는 생명이미지의 백제시라는 세 시기로 분류할 수 있다. 그러나 이 분류를 초기, 중기, 후기로 규정지을 필요는 없다고 하겠다.

즉 '백제시' 이전의 문효치 시의 주된 이미지들은 죽음에 대한 공포로 인해 생명의 소멸, 하강, 어둠의 이미지에 집중되어 있는 바, 이는 연좌제와 건강 악화로 인한 심리적 압박과 관련된다고 판단된다. 이에 비해 백제와 만난 뒤의 시적 이미지에서는 생성, 상승, 밝음으로 전환된다. 특히 초기의 백제시가 주로 백제의 유물이나 유적지와 관련되는 향토적 과거지향의 이미지들이 주로 활용된다면, 후기의 백제시들에서는 도시의 삼라만상에서(또한 일본에서도), 또한 벌레 같은 미물에서까지도 백제와 생명의 이미지들을 만나는 것으로 변화한다. 이는 불교적 사유를 만나게 된 이후의 변화로 추정할 수 있다.

이런 작업을 통해 본 연구는 선행연구들의 거의 대부분이 연구대상의 협소함 때문에 생기는 단편적 이해라는 문제를 극복할 수 있으리라 판단한다. 또한 문효치 시의 전반을 다룬 일부 평론의 경우[8] 구체적 이미지 분석에 기반 했다기 보다는 인상비평에 치우쳤다는 한계가 있는바 본 연구에서는 구체적 이미지분석에 의해 이를 극복할 수 있기를 기대한다. 즉 시인이 구사한 이미지의 분석을 통해서 시인의 세계관과 생애의 변화가 어떻게 작품의 변모로 이어지는가를 구체적으로 살피고자 한다.

3. 연구의 방법과 범위

본고는 문효치 시의 핵심이 '생명'과 '미학'이라는 선행연구의 핵심적

8) 강우식, 김영찬, 김용만, 박기수, 신동욱, 전정구 등 6인은 1～10시집까지의 전체작품을 다루고 있다.

주장을 일단 동의하면서, 이를 시인의 전기적 사실과 백제역사 및 불교적 사유와의 만남이라는 정신적 변화과정들과 연계하여 좀 더 체계적으로 그 시세계의 변화를 고찰하고자 한다. 즉 선행연구에서 지적하는 '생명'에 대해서는, 앞서 살핀 바 사회적 육체적 죽음이라는 절망에 직면했다가 백제 및 불교를 만나 다시 희망으로 극적인 전회를 보였던 문효치의 개인사적 현상과 연계하여 해석하게 될 것이다. 또한 '미학'이라는 키워드에 대해서는, 이 같은 전회가 단지 사상적 변화에 그치지 않고 시로 표현되는 과정에서 어떤 미적 변화를 보이고 있는가를 이미지 분석을 중심으로 살피고자 한다.

방법론으로 이미지 분석을 채택한 것은 어째서인가. 앞서 필자는 그 이유에 대해 문효치의 삶은 한국의 현실과 긴밀한 연관을 맺고 있지만 그렇다고 참여시를 쓰지는 않았다는 점에 주목하여 채택한 연구방법이라고 간단히 설명한 바 있다. 이제 이 대목을 좀 더 자세히 살펴보기로 한다.

에드워드 펄롱E. J. Furlong은 '상상력Imagination'론에서, "상象image이란 낱말은 시각적인 것을 암시한다. 그리고 철학자들과 심리학자들이 관심을 갖는 이 낱말의 다양한 양상은, 영상mirror—images, 잔상after—images, 기억의 상상象memory—images, 상상력의 상象imagination—images 등으로 언급된다"[9]고 했다. 위의 '이미지'라는 낱말을 주로 '영상'이나 '심상心象'으로 번역해 왔지만, 이제는 그냥 '이미지'로 통용되고 있다. 그러나 이미지는 단지 화석화된 기억에 불과한 것이 아니라 늘 현재의 인식에 독특한 방식으로 관여한다.

---

9) 尹在根, 『詩論』, 도서출판 둥지, 1990, 685쪽에서, E. J. Furlong, Imagination, (London: George Allen & Unwin LTD, 1961).

러시아 형식주의자였던 무카로브스키Mukarovsky는 '낯설게 하기'라는 형식주의적 개념을 "언어 구성단위들에 대한 미학 상의 의도적인 왜곡" 이라고 정의하면서 좀 더 체계화된 '전경화foregrouding'라는 개념으로 발전시켰다. 또한 무카로브스키는 비평적 분석에서 '문학 외적 요소들을 배제하는 어리석음을 명시했다.'[10] 시적 이미지는 "언어구성 단위들에 대한 미학 상의 의도적인 왜곡"이라 지칭하는 전경화前景化라는 것이다. 전경화인 시적 이미지의 비평적 분석에서 '문학 외적 요소들을 배제하는 어리석음'을 범하면 안 된다고 강조하면서, 이 '문학 외적 요소를 배제하는' 것이 아니라 오히려 "예술작품에서의 문학과 사회 간의 역동적 긴장에 큰 주안점을" 두어야 한다고 주장한다. 필자가 문효치의 시에서 전경화 된 이미지를 분석하고 그 특성을 통해 문효치의 시와 사회적 환경과의 역동적 긴장의 문제를 해석하고자 하는 것은 기본적으로는 이런 무카로브스키적 인식과 관련되지만, 좀 더 자세한 논의를 가능케 하는 것은 W. J. T 미첼의 다음과 같은 진술이다.

> 이미지가 인간숙주에 기생하는 유사—생명형식이라고 할 때, 우리는 단지 이미지를 인간 개인에 기생하는 기생충으로 보는 것이 아니다. 이미지는 인간숙주의 사회적 삶과 그것이 재현하는 사물들의 세계와 공존하는 사회적 집단을 형성한다. 이 때문에 이미지는 '제2의 자연'을 구성하는 것이다.[11]

---

10) 라만 셀던 외, 정정호 외 옮김, 『현대문학이론개관』, 한신문화사, 2000. 47쪽.
11) 조셉 칠더즈, 게리 헨치 엮음, 황종연 역, 『현대문학 문화 비평 용어사전』, 문학동네, 1999, 141쪽.

'제2의 자연으로서의 이미지'라는 표현은 결국 "이미지는 현실에서 만들어지지만 그와 동시에 현실을 규정짓기도 한다"는 의미로 해석할 수 있겠다. 필자가 문효치의 시적 역정에서 이미지의 극적 변화를 추적하려는 것은 이런 맥락에서이다. 즉 그는 육체적 질병과 사회적 피해가 겹쳐 죽음의 문턱까지 갔던 시인이며 절망에서 벗어나 생명을 노래하는 데로 나아가게 되는 과정에서 이미지란 매우 중요한 기능을 했다는 점을 중시한 것이다.

이미지가 '제2의 자연'으로서 살아있는 것이라면, 그의 시적 이미지의 극적 선회는 어떤 다른 동인動因의 결과로서 나타난 것만이 아니라 그 선회를 가능케 한 중요한 동인 중 하나로서도 인정할 필요가 있을 것이라고 판단한다. 육체적 사회적 죽음의 문턱에서 문효치가 선택할 수 있었던 거의 유일한 출구로서 시가 기능했다면, 그리고 '죽음과 하강'의 이미지에서 '부활과 상승'의 이미지로의 선회가 단지 결과만이 아니라 동인이기도 하다면, 우리는 이를 시의 힘이라 인정할 수 있게 될 것이다. 문효치에게서 시적 이미지의 극적 선회가 한 번 일어난 뒤에는 지속적으로 긍정적 이미지는 확산되고 강화된다는 점을 이 논문은 입증하게 될 것이다. 물론 이 논문의 연구범위를 훨씬 벗어나는 주제이므로 깊게 다루지는 않겠지만, 이런 문효치의 시적 이미지의 변화과정은 문학치료 연구를 위해서도 훌륭한 사례로서도 의미 있을 것이다.

문효치의 '시적 이미지'는 꽤 극적인 변화를 보인다. 즉 '백제시 이전의 시적 이미지'는 주로 유년의 잔상과 기억이 만들어낸 '생명하강의 절망적 이미지'였으며, 이는 그가 시 창작을 시작한 초기의 암담한 삶의 현실과 유관할 것이다. 그러나 이런 절망 속에서 그보다 더 오랜 절망(백제)을 만나면서, 그의 '시적 이미지'는 '부활과 상승'의 이미지로 바뀌게 된다. 이런 변화는 유년기가 지배하던 이미지를 백제의 이미지가 간섭하고 변화시키면서 가능한 것이며, 또한 이런 이미지의 변화는 현실인식의 변화와도 상호 간섭하면서 상호 작용하였다는 가설 아래 이 논문을 진행하게 될 것이다.

제2장에서는 '백제의 유물'을 만나면서, 하강과 소멸의 이미지에서 상승과 생성의 이미지로 전환되는 면모를, 그리고 제3장에서는 '불교적 사유'와 만나면서 '백제시의 미학'이 종교적 '생명미학'으로 승화하는 과정에서 각각 드러나는 이미지의 변화를 고찰할 것이다.

다소 앞질러 말하자면, 그 변화는 다음 세 가지 정도로 요약할 수 있다. 첫째, 백제를 만나기 전에는 생명현상이 하강, 소멸, 어둠의 이미지로 형상화되다가 백제를 만난 뒤로는 상승, 생성, 밝음의 이미지로 형상화되고 있다. 둘째, 백제시의 초기에는 백제 유물들이 주된 이미지였지만, 점차 생명 있는 모든 것들에서 백제와 희망을 발견하는 데로 나아가고 있다. 셋째, 주로 지방의 향토적인 이미지들에서 백제와 생명을 발견하다가 점차 현대 도시, 일본 등으로 시공간적 확장을 보이고 있다.

문효치는 지금까지 12권의 시집과 2권의 산문집[12]을 출간했다. 제1시집에서 제10시집까지는 2012년에 출간한 『문효치 시 전집』[13]에 수록되

12) 문효치, 『詩가 있는 길』, 문학아카데미, 1999. 『문효치 시인의 紀行詩帖』, 문학아카데미, 2002.

13) 문효치, 『문효치 시 전집 1, 2』, 지혜, 2012.에 수록된 제1시집－제10시집은 다음과 같다. 제1시집 『연기 속에 서서, 1976』, 제2시집 『무령왕의 나무새, 1983』, 제3시집 『백제의 달은 강물에 내려 출렁거리고, 1988』, 제4시집 『백제 가는 길, 1991』,

었고, 제11, 12시집은 그 후에 출간되었다.[14] 위 12권의 시집을 본 연구의 기본 자료로 삼아 문효치 백제시의 전체적 흐름을 검토하고, 또한 2권의 산문집과 "그동안 여러 필자들이 잡지, 신문 등에 발표했던 평문들을 한 자리에 묶었다"[15]는 『문효치의 시 읽기』[16][17]를 본 연구의 참고자료로 활용할 것이다. 특히 문효치 시의 이미지를 분석할 때, 엘리아데의 '상징의 해석' 또한 원용하게 될 것이다. 본고는 한글 표기를 원칙으로 하되, 꼭 필요한 경우에는 한자를 병기한다. 단 문효치의 시 본문에서 한자를 사용한 경우는 그대로 인용한다. 또한 시 본문을 인용할 때, '1—10 시집'의 작품은 『문효치 시 전집』에 수록된 것으로 인용한다.

제5시집 『바다의 문, 1993』, 제6시집 『선유도를 바라보며, 1997』, 제7시집 『남내리 엽서, 2001』, 제8시집 『계백의 칼, 2008』, 제9시집 『왕인의 수염, 2010』, 제10시집 『七支刀, 2011』.

14) 문효치, 『별박이자나방』, 서정시학, 2013. 『모데미풀』, 천년의시작, 2016.

15) 문효치, 『시가 있는 길』, 문학아카데미, 1999. 『문효치 시인의 기행시첩』, 2002.

16) 김정임, 『문효치의 시 읽기』의 머리말에서.

17) 『문효치의 시 읽기』에는 1부 「문효치의 시 한편」에 42인, 2부 「역사와 시」에 20인, 3부 「시와 삶」에 22인, 4부 「시공을 초월한 시 미학」에 19인의 평론이 수록되었다.

제2장

‘사회적 죽음’과 시적 부활—‘백제시’로의 전회

1. '백제시' 이전의 '사회적 죽음'

인간존재는 생명현상의 상승과 하강, 생성과 소멸이다. 이러한 생명현상을 언어로 구성해 보여주는 것이 시적 이미지이다. 무카로브스키는 '낯설게 하기'라는 형식주의적 개념을 "언어 구성단위들에 대한 미학 상의 의도적인 왜곡"이라고 정의하면서 좀 더 체계화된 '전경화foregrouding'라는 개념으로 발전시켰다. 또한 무카로브스키는 비평적 분석에서 '문학 외적 요소들을 배제하는 어리석음을 명시했다.'[18] 시적 이미지는 "언어구성 단위들에 대한 미학 상의 의도적인 왜곡"이라 지칭하는 전경화前景化라는 것이다. 전경화인 시적 이미지의 비평적 분석에서 '문학 외적 요소들을 배제하는 어리석음'을 범하면 안 된다고 강조하면서, 이 '문학 외적 요소를 배제하는' 것이 아니라 오히려 "예술작품에서의 문학과 사회 간의

18) 라만 셀던 외, 정정호 외 옮김, 『현대문학이론개관』, 한신문화사, 2000. 47쪽.

역동적 긴장에 큰 주안점을" 두어야 한다고 주장한다. 본고는 이 주장에 동의하면서 문효치의 시에서 전경화 된 이미지를 분석하고 그 이미지의 특성을 통해 문효치의 시와 사회적 환경과의 역동적 긴장의 문제를 해석하고자 한다.

1) 육체적 질병과 하강 이미지

문효치는 1962년에 동국대학교 국문과에 입학하면서 본격적인 문학의 길로 들어서게 된다. 1965년에 동대문학회東大文學會를 창립하여 회장으로 활동하고, 1966년에 서울신문과 한국일보 신춘문예에 당선되어 문단에 등단하고, 대학을 졸업한다. 재학 중 ROTC에 입단하여 군사교육을 받았으나, 아버지의 월북이 문제가 되어 장교 임관에서 탈락되고, 하사로 입대하여 동기생 소대장들이 있는 전방부대에서 분대장으로 복무하면서 제대할 때까지 군 수사기관의 감시를 받는다. 1968년에 제대하고, 2학기부터 군산 동중고등학교에서 근무한다. 1970년에 서울의 배재중학교로 직장을 옮긴다. 제대 후에도 경찰과 군 수사기관의 조사와 감시가 계속된다. 억압심리가 누적되어 견디지 못하고 쓰러진다. 소화불량, 불면증, 부정맥 등에 시달리며 체중이 34kg까지 내려가고, 십 수 년간 이 체중이 지속되면서 몸이 극도로 쇠약해지고, 죽음 공포증에서 벗어나지 못한다.[19] 이러한 삶을 시인은 "뒤돌아보면 내 삶은 험난한 터널 속이었다"[20]라고 표현한다.

---

19) 문효치, 「문효치 시인 연보」, 『문효치 시 전집 2』, 지혜, 2012. 430쪽.
20) 문효치, 『문효치 시 전집』, '머리말'에서.

1971년에 공주에서 무령왕릉武寧王陵이 발견되고, 서울에서 그 유물 전시회가 열려 관람한다. 이를 계기로 하여 삶과 죽음의 문제를 결부한 시를 창작하기 시작한다.[21] 이상의 약전은 역사적 사건에 의해 고난을 겪은 문효치의 '사회적 죽음'의 역정이다.

문효치의 주요 문단경력은 2001년에 한국문인협회 시분과 회장, 2005년에 국제펜클럽 한국본부 이사장, 2015년에 한국문인협회 이사장에 당선되는 등 문단활동을 많이 한 시인이다. 그는 창작활동과 문단활동을 누구보다도 활발하게 한 시인임을 알 수 있다.

이처럼 활발한 문효치의 문학 활동은, 그에게서 결핍된 아버지의 사랑에 대한 보상심리의 발로가 아닐까 추측된다. 6·25라는 전쟁은 그에게서 아버지 곧 그의 하늘과 빛을 빼어갔다. 그의 시를 보기로 한다.

사랑아,
참, 오랫동안 너를 잊었었구나.

처마 끄슬린 都會
또는 布帳친 村邑의 장거리에서
바쁘고 피곤하기만 한

無名의 배우처럼
슬플 줄도 기쁠 줄도 몰랐었구나.

騷音의 洪水 속에서
떠밀려 내리는 낡은 木船처럼

21) 주19)와 같음.

잃어버리고 만 너였구나.

텅 빈 肉身의 한구석
저 혼자 텅텅 내리치는 가슴의 고동에
소스라쳐 깨어나는
사랑아, 너를 잊고 있었구나.

게릴라戰이 지나간
要塞의 골짜기처럼
바람 부는 저 건너 언덕엔
彼我의 창백한 意志가 火葬되는데

손을 다오
부드럽기만 한 살빛
참, 오랫동안 너를 잊었었구나.

—「煙氣 속에 서서」 전문

위의 시는 제1시집의 표제가 된 작품이다. 한 시집의 표제는 그 시집의 세계를 상징하는 이미지이다. 그러니까 「煙氣 속에 서서」는 시인이 존재하는 공간과 시간을 상징하는 이미지이다. 존재의 공간과 시간 속에 연기가 자욱한 것이다. 연기는 불이 탈 때 나오는 기체이다. 그렇다면 '연기'를 만들어 낸 불의 정체는 무엇인가. 시인이 존재하는 '공간적 배경'은 한반도이고, '시간적 배경'은 1966년에서 1976년이다. 이때는 이미 6·25전쟁이 휴전되고 13년이 지난, 문효치가 33살이 되던 시기였다. 그렇다면 연기를 만들어 낸 불의 정체는 무엇일까.

전쟁은 시인에게서 아버지를 뺏어갔다. 그의 하늘은 어둡고 캄캄하다. 아버지라는 하늘의 빛이 꺼지고, 마음이 저 혼자 불타는 심화가 된 것이다. 심화가 만들어낸 연기는 '물리적 공간'이 아닌 '심리적 공간'을 가득 채운다. 그의 '심리적 공간'인 의식과 무의식의 공간이 연기로 가득한 것이다. 그래서 시의 첫 연이, "사랑아, / 참, 오랫동안 너를 잊었었구나"가 된 것이다.

<아버지=하늘=마음=불=빛=밝음>의 상징체계에서, '불'은 '따뜻함'과 '환함'을 주는 '사랑'과 '희망'의 이미지이다. 문효치는 따뜻함과 환함을 주는 아버지의 사랑을 잊고, 심화의 「연기 속에 서서」 살아왔다. 이 심화의 원인은 아버지를 빼앗아간 전화戰火라고 표현할 수 있을 터이다. 어려서 발생한 전쟁의 물리적인 불길은 휴전이 되었지만 '마음의 불'은 꺼지지 않고 타고 있다. 이 시의 2—6연이 전화戰火에 의한 전화戰禍의 이미지이다. 전쟁의 상처가 곧 전화戰火의 연기로 자욱한 심리적 공간의 이미지가 「연기 속에 서서」이다. 그래서 마지막 연이 "손을 다오/부드럽기만 한 살빛/참, 오랫동안 너를 잊었었구나"로 마무리된다. 어려서 아버지를 빼앗긴 시인의 간절한 소원은 "아버지와 손을 잡아 보는 것"이며, "부드럽기만 한 살빛"의 육정肉情일 것이다.

이 시에 대해 홍신선은 "그가 이때 발견한 사랑은 '부드러운 살빛' 그것이었다. 말하자면, 원초적인 생명현상인 관능의 세계를 발견한 것이었다. 그 관능의 세계는, 흡사 서정주의 경우처럼 '뜨겁게 벌어지는 살/살의 향기 그 肉聲'(「꽃술」)이 울리는 세계이다. 우리의 감각세계가 주는 즐거움이나 아름다움이 깃든 세계인 것이다. 특히, 성性으로 표현되는 감각세계는 생산의 또 다른 의미를 지닌 것이어서, 생명의 근원적인 힘을 상징하

기도 한다"[22]라고 한다. 문효치가 스승인 서정주처럼 본능적으로 생명의 근원적인 힘을 얻어 고난을 극복해 간다는 평가이다. 시를 통한 정신의 성숙이나 관능적인 생명현상의 감각이 시의 창작이라는 한 점으로 모여 승화한다는 의미로서의 평가라고 하겠다.

이 「煙氣 속에 서서」는 피란 때 열차 지붕 위에서 만난 터널의 체험이 그의 의식 속에 각인된 아픔의 이미지이기도 하다. 그는 "1·4 후퇴 때에는 기차의 지붕 위에 올라 피란을 했었다.……터널을 만날 때마다 이불을 뒤집어쓰고 무사히 빠져나가기를 빌었다.……뒤돌아보면 내 삶은 험난한 터널 속이었다"[23]라고 한다.

내 詩庭의 모퉁이에 사태 진 눈이나
번갈아 찾아드는 思索의 손님들도
생각하면 그것은 저승이다.

나는 죽었었을 것이다.
天安 열차 충돌 사고 現場에서
물렁물렁한 머리를 기관차에 부딪고
서울에의 여행길에서
별안간 죽었었거나

(중략)

이렇게 한 번이 아니고 나는,
몇천 몇만 번을 죽어서

22) 홍신선, 「죽음과 부활의 시학」, 『문효치의 시 읽기』, 지혜, 2012, 797쪽.
23) 문효치, 『문효치 시 전집』, '머리말'에서.

人口와 경제,
핵무기와 전쟁이 논의되는
제 몇천 몇만 번째의 저승에 와서
한 번도 죽어본 일이 없는 것처럼
바쁘게 살아가고 있는 것일 게다.

—「삶」부분

이 시는 제1시집 『煙氣 속에 서서』의 첫 번째 작품이다. 시집의 첫 번째 작품은 그 시집의 현관과 같다. 어떤 집의 현관에만 들어서도 그 집 전체의 분위기를 감지할 수 있듯이, 이 작품만으로도 시집 전체의 분위기를 감지할 수 있다. 이 시는 "내 詩庭의 모퉁이에 사태 진 눈이나"로 시작된다. 그는 "언어는 존재의 집이다"라는 말을 확인이라도 하듯, '내 詩庭'이라고 했다. '詩庭(시정)'이란 '시의 뜰'이란 뜻이므로, '시'는 시인이 살고 있는 존재의 집이라는 문효치의 인식을 보여주는 셈이다.

언어를 '존재의 집'이라고 한 "하이데거는 주장하기를, 우리는 존재를 우리의 사고력으로 파헤치려 할 것이 아니라 '존재의 열림'을 기다리는 데 진짜 사고思考가 있다고 한다. 그래서 그에 의하면 어떤 철학적 저서보다도 훌륭한 시, 가령 휠덜린의 「귀향」같은 작품이나 반 고호의 그림 같은 작품이 보다 더 충실히 존재를 보여준다는 것이다"[24]라고 박이문은 해석하고 있다. 언어는 존재의 집이고 시는 영적 교감이라고 할 때, '詩庭'은 영혼이 거니는 정원이라고 하겠다.

그런데 이 정원에 "번갈아 찾아드는 思索의 손님들도/생각하면 그것은 저승이다"라고 한 것이다. 그의 '詩庭'이 '저승'이라면, "번갈아 찾아드는

24) 朴異汶, 『現象學과 分析哲學』, 一潮閣, 1983, 107쪽.

思索의 손님들"은 죽음의식이다. 아니나 다를까 시의 둘째 연은 "나는 죽었었을 것이다"로 시작된다. 그는 "조용히 숨을 거두고./지금 저승에 와서/다시 새로운 인연으로/홀어머니와 형제와 친구와 남들을 만나고" 있는 것이, 그의 '삶'이라고 한다. 그는 '저승 같은 현실 속'에 살고 있는 셈이다. 이에 대해 신동욱은 "이처럼 삶과 죽음의 순환론적 인식을 제시하여 시인 특유의 죽음의식을 보이고 있다"고 지적한다.[25] 문효치가 현실적으로 살아 있으면서도, "제 몇 천 몇 만 번의 저승에 와서/한 번도 죽어본 일이 없는 것처럼/바쁘게 살아가고 있는 것일 게다"라는 '사회적 죽음'의 이미지를 "특유의 죽음의식을 보이고 있다"는 지적이다. 그러나 이것은 '죽음의식'의 이미지가 아니라 오히려 '사회적 죽음'의 환경 속에서도 삶의 의지를 잃지 않고 있다는 곧 삶과 죽음이 붙어 있다는 이미지이다. 특히 작품의 제목을 「삶」이라고 붙인 것에서 이를 확인할 수 있다. 지옥과 같은 '사회적 죽음'의 현실 속에서도 "바쁘게 살아가고 있는" 「삶」의 이미지를 형상화한 것이다. 사람의 '삶'은 인간존재의 구현이다. 존재의 구현은 생명만 보존하고 있다는 의미의 '생존'이 아니고, '없음無'에서 '있음有－存在'이 되게 하는 '창조적 삶'을 의미한다. 물리적 공간에서의 생존은 육체적 활동이 없는 '삶'이고, 심리적 공간에서의 생존은 영적 활동이 없는 삶이다. 영혼의 집인 '詩庭'에서의 '삶'은 영적 활동이 활발한 '삶'이다. 시인의 '詩庭'에서의 생활은 "몇 천 몇 만 번을 죽어서……제 몇 천 몇 만 번째의 저승에 와서/한 번도 죽어본 일이 없는 것처럼/바쁘게 살아가고 있는 것일 게다"와 같이, 이승과 저승의 구별도 없이 '思索의 손님들'이 오가는 심리적 활동이 활발한 '삶'이다. 시인의 삶은 시공時空을 초월한 '詩庭'에서

---

25) 신동욱, 「문효치의 시와 의식」, 『문효치의 시 읽기』, 지혜, 2012, 488쪽.

의 '삶'이다. 문효치의 삶은 곧 시인으로서의 창조적 삶이라는 의미이다. '삶'과 '죽음'이 시적 제재로 하나가 되면서 그의 시는 「病中」으로 이어진다.

어디가 아픈지 모르지만
하여간 나는 앓고 있다.

로—마의 暴君
그의 미친 하루의 祝祭를 위해 기르던
毒한 猛獸의 우리처럼
孤獨이 咆哮하는 倉庫에 갇혀 있다.

(중략)

그대 한아름 안고 몰아오는 꽃밭
잎잎에 뚜걱뚜걱 진땀을 흘리며
꽃은 殘忍한 이빨을 드러내고 웃는다.

—「病中 1」 부분

문효치의 병은 "어딘가 아픈지는 모르지만/하여간 나는 앓고 있다"는 병이다. 이로 보아 문효치의 병은 육신의 병이 아니고 마음의 병이다. 사실 육신의 병보다 "어디가 아픈지 모르"는 마음의 병이 더 무섭다. 육신의 어느 부위가 아프면 외과적 수술이나 내과적 약으로 치료할 수 있다. 그러나 마음의 병은 스스로 고쳐야 한다. 이 마음의 병은 문효치가 시인으로 등단하고 대학을 졸업하면서 ROTC 장교로 임관해야 하는데, 연좌제 때문에 부당하게 탈락되었다는 사실의 충격으로 시작되었다. "로—마의 暴君/그의 미친 하루의 祝祭를 위해 기르던/毒 한 猛獸의 우리처럼/孤獨이

咆哮하는 倉庫에 갇혀있다"는 이미지로 표상되는 것은 외적인 충격에 의해 얻게 된 '마음의 병'이다. 신춘문예를 통해 시인으로 화려하게 등단도 하였으니, 대학에서 학사장교가 되기 위해 훈련을 받을 때만 해도 그는 시인장교로서의 화려한 꿈을 꾸었을 텐데 일시에 절망과 좌절의 "孤獨이 咆哮하는 倉庫' 에 갇혀"버렸다. 시인으로서 겪는 '사회적 죽음'의 체험이다. 화려한 시인장교로서의 꿈이 깨지고, "동기생 소대장들이 있는 전방부대에서 굴욕적인 분대장으로 복무하는"26) 소외감이 이미지로 형상화한 것이다.

문효치의 마음을 가둔 "堅固한 쇠窓 밖/내 어릴 적 꿈을 길어 올리는 나무에/어느 철없는 少年이 놓친/가오리鳶의 찢어진 살점은" 가오리연과 같이 하늘 높이 날리던 유년의 꿈이 처참하게 찢어진 절망의 이미지이다. 이 처참한 절망과 낙담의 원인은 "전쟁과 전쟁 사이에서/寃痛히 壓殺당한/젊은 아버지의 흐느끼는 魂靈이다"에서 보듯 아버지와의 연좌제이다. 이에 대해 박기수는 "아버지가 전쟁이라는 세계의 횡포에 의해 처절하게 희생당한 개인이었듯, 화자 또한 그러한 세계의 횡포로부터 자유롭지 못하다는 사실이다"[26]라 하고, 문덕수는 "고독이 울부짖는 창고 속에 갇혀 원인도 처방도 모를 병을 앓고 있다. 그 병은 영원히 치료될 수 없는 근원적인 삶과 존재의 조건이다. 누가 이 병을 전염시켰는지, 병균이 무엇인지, 병명이 무엇인지, 그 처방이 무엇인지—이 모든 것을 알 수 없는 중병 속에서, 그는 부단히 죽음을 의식하고 죽음의 위협을 받으면서 살아가고 있다"[27]고 그의 상황을 말한다.

---

26) 박기수, 「생명이 흘러 지나가는 길」, 『문효치의 시 읽기』, 지혜, 2012, 188쪽.
27) 문덕수, 「문효치의 시세계」, 『문효치의 시 읽기』, 지혜, 2012, 446쪽.

문효치는 이 '사회적 죽음'의 병으로 인해 "밤마다 나는, /기름기 걷히어가는 나의 白骨을/으스러지도록 끌어안고 잠을 請하지만/그러나 기다리는 靜寂의 포근한 무게는/찾아들지 않는다"고 불면을 호소한다. 이러한 지경에 든 「病中」에서, 문효치는 자신의 병을 "孤獨이 咆哮하는 倉庫에 갇혀 있다"는 이미지로 형상화하고, 불면을 "기다리는 靜寂의 포근한 무게는/찾아들지 않는다"는 은유적 이미지로 형상화하는 시적 기교를 보여주고 있다. 이로 보아 문효치는 「病中」에서도 '詩庭'을 벗어나지 않은 시인임을 확인할 수 있다. 이에 대해 김영찬은 "그에게 있어서 서정의 힘이야말로 자신을 지탱해 나갈 수 있는 지혜라는 걸 터득하게 되는 것이다"[28]라고 평가한다. 이러한 시인의 지혜는 "그대 한 아름 안고 몰아오는 꽃밭/잎잎에 뚜걱뚜걱 진땀을 흘리며/꽃은 殘忍한 이빨을 드러내고 웃는다"라고 시를 마무리한다. 이에 대해 박기수는 "생명의 난만한 정화로서 꽃이 아니라 잔인한 이빨을 은폐하고 있는 꽃의 모습을 발견함으로써 꽃으로부터 자유로울 수 있고, 더 나아가 '꽃을 안고 몰아오는' 그대, 즉 광포한 세계로부터 벗어날 수 있는 가능성을 확보할 수 있는 까닭이다"[29]라고 한다. 꽃에서 "잔인한 이빨"을 볼 수 있는 시인으로서의 감각을 이름이다. 이러한 상황은 「病中 2」로 이어진다.

> 끈끈한 孤獨의 커튼을 내리고
> 나 어쩔 수 없는 重患에 부대낄 때
> 親舊여, 兄弟여, 또는 남이여,
> 안으로 잠긴 내 病室의 門을

28) 김영찬, 「사랑이 다니는 길목」, 『문효치의 시 읽기』, 지혜, 2012, 402쪽.
29) 박기수, 「불멸하는 죽음, 그 생명의 미학」, 『문효치의 시 읽기』, 지혜, 2012, 453쪽.

두드리지 말게나

(중략)

오지 말게
세상의 자잘한 모두를 잊고
가슴 깊숙이 들어앉아
나 오늘 復活의 깊은 病을 앓고 있네.

—「病中 2」 전문

그의 「삶」은 온전한 「삶」이 아니라 이승과 저승을 넘나드는 「病中 1」과 「病中 2」의 「삶」이었다. 그는 "어디가 아픈지 모르지만/하여간 나는 앓고 있다"(「病中 1」의 첫 연)고 한다. 그가 이처럼 「病中」에 처하게 된 것은 "전쟁과 전쟁 사이에서/寃痛히 壓殺당한/젊은 아버지의 흐느끼는 靈魂이다"(「病中 1」)에서 보듯 아버지를 빼어간 전쟁 때문이다. 그가 "경찰과 군수사기관의 조사, 감시를 계속 받으며 억압심리가 누적되어 견디지 못하고 쓰러짐. 소화불량, 불면증, 부정맥 등으로 시달리며 체중이 34kg까지 내려감"[30]과 같은 육체적 병고病苦도 있었으나, 그의 「病中」은 마음의 「病中」이다. 시적 화자는 위의 인용 작품에서 보듯이 "끈끈한 孤獨의 커튼을 내리고/나 어쩔 수 없는 重患에 부대낄 때"인 것이다. 육체의 어느 부위가 아픈 것이 아니라 "孤獨의 커튼을 내리고" 혼자 앓고 있는 '외로움'이라는 소외의 이미지라고 문덕수는 지적한다.

혼자 앓고 있는 마음의 「病中」에서 영혼은 성숙한다. 이 영혼의 성숙을

30) 문효치, 「문효치 시인 연보」, 『문효치 시전집 2 1997—2011』, 지혜, 2012, 429쪽.

시에서는 "온전히 혼자서 차지하는 기쁨"이며, "다만 혼자서 즐기는 부활일세"라고 한다. 이에 대해 문덕수는 "우리는 부활復活의 밑바닥에 어떤 신앙이 버티고 있다는 것을 어렴풋이 짐작한다. 그것이 기독교이든 불교이든 여기서 섣불리 단정하는 것은 피하는 것이 좋다. 그가 부활의 신앙에 눈을 뜨기 시작했을 때, 그가 깨달은 것은 지난날 수없이 죽음을 되풀이해 왔다는 것이다. 그의 삶의 행위는 죽음의 반복이었다"[31]라고 말한다. 문효치는 이때부터 '삶과 죽음'의 합일화의 이미지를 형상화한다. 문효치의 "부활의 밑바닥에 어떤 신앙"은 종교라기보다 시를 향한 열정이다. 이때의 '사회적 죽음'은 오직 시를 통해 부활의 이미지를 형상화한 것이라고 하겠다.

공간에 존재하는 인간의 육체는 죽으면 무無가 된다. 그러나 시간 속에 존재하는 마음은 "生死의 境界線에 서서…중략…색동의 옷감을 裁斷하는/죽음을 觀望하는 것은/온전히 혼자서 차지하는 기쁨"에서 보듯「病中」은 영적 성숙의 이미지이다. 사실 영혼은 "生死의 境界線"을 넘나들 뿐 죽지는 않는다. 죽음 쪽으로 갔을 때와 삶 쪽으로 왔을 때가 있을 뿐이다. 영혼이 삶 쪽으로 왔을 때는 "깨어나다"이고, 죽음 쪽으로 갔을 때는 "잠들다"이다. 문효치는 위의 시에서 영혼이 깨어남을 "다만 혼자서 즐기는 復活일세"라고 했다. 위의 시에서 "나 오늘 復活의 깊은 病을 앓고 있네"는 '사회적 죽음'에서 시적 상상력이 부활하는 이미지이다. 그렇다면 문효치의「病中」 연작시는 시적 상상력의 부활을 상징하는 이미지라고 하겠다. 문효치는 시인이었기 때문에 그 모든 어려움을 이기고 오늘에 이르게 되었다고 할 수 있지 않았을까.

---

31) 문덕수,「문효치의 시세계」,『문효치의 시 읽기』, 지혜, 2012, 449쪽.

낡은 漁船을 이끌고
아직도 꿈이 살아 있는 漁場을 찾아
늘 떠나고 있는
나는 漁夫.

(중략)

아, 그물에 와 걸리는 건
나풀거리는 바람의
창백한 屍體뿐.

甲板 위에
깔깔한 不眠症을 가득 싣고
떠나는 나는 漁夫.

—「바람 Ⅰ」 부분

제1시집에는 「바람」 연작시가 6편 있다. 위의 시에서는 바람을 세파에 비유하고, 시인을 그 세파 속으로 "낡은 漁船을 이끌고/아직도 꿈이 살아 있는 漁場을 찾아/늘 떠나고 있는/나는 漁夫"로 비유하고 있다. 언제나 시를 찾아 떠나는 시인의 이미지이다. 시인은 "그러나 배에는 항상/병든 꽁치나 몇 마리/내 漁獲高 는 이렇게 초라하다"고 한탄한다. 이것은 시인의 시를 향한 자세의 갈급함을 그린 이미지이다. 이 갈급함이 문효치의 오늘을 있게 한 원동력이다. 이 갈급함을 다른 말로 표현하면 그리움이다.

시인이 찾아든 어장은 "논두렁 美柳나무가 서있는 山 마을./푸르른 산 그림자, 노래하는 개울, /산새, 꽃, 산 색시……"[32]등의 시적 소재가 있는 곳이다. 시인은 시를 낚으려고 "저 미루나무와 미루나무 사이/서둘러 그물을 치고/나는 豊漁를 기다리지만//아, 그물에 와 걸리는 건/나풀거리는 바람의 창백한 屍體뿐"33)이라고 한다. 결국 시인은 "甲板 위에/깔깔한 不眠症을 가득 싣고/떠나는 나는 漁夫"라고 시에 대한 갈급증을 형상화한 이미지이다.

시에 대한 갈급증은 시에 대한 열정이기도 하다. 문효치가 그토록 어려운 '사회적 죽음'의 압박 속에서도 살아남을 수 있었던 것은 시에 대한 이 갈급증 때문이라고 하겠다. 그토록 잔인한 「병중」에서도 좌절하지 않고 버틴 것은 시에 대한 그리움 때문이다. 문효치는 "뒤돌아보면 내 삶은 험난한 터널 속이었다. 때로는 연기로 가득 차기도 했고 때로는 큰 바윗돌이 굴러 떨어져 가로 막기도 했고 어떤 때는 폭우로 물이 들기도 했다. 그것들을 돌파하면서 70년을 걸어왔다. 여기 이 시들과 함께"라고 『문효치 시 전집』 머리말에서 고백하고 있다.

2) '사회적 죽음'과 극복의 시도

문효치의 '사회적 죽음'은 그의 '마음의 병'이 되었으며, 이 '마음의 병'은 그의 시적 상상력과 만나서 오직 시의 창작에만 몰두하게 되었다고 했다. 그의 '마음의 병'은 시를 창작함으로써만 치유될 수 있었다. 그러나 그의 절망적인 현실적 삶을 시를 통해 극복하려는 그의 시도는 절실한 것이긴 했지만, 백제를 만나기 전까지는 아직 구체적이고 집중적인 시적 대상을 찾아내지 못했다. 지금까지 살펴본 백제시 이전에 보여준 부활과 생명의 이미지들이 대체로 분산적이거나 구체성이 부족하다는 점은 이를 입

---

32) ㅡ「바람 Ⅰ」의 3연에서.
33) ㅡ「바람 Ⅰ」의 4연.

증한다. 먼저 백제시 이전의 작품을 더 보기로 하자.

바람의 껍데기를
한 꺼풀 벗겨보면
보리 누른 밭
노고지리 날개쭉지의 싱그러운 풀냄새.

(중략)

또는
허물리는 달빛의
무너지는 城郭의
짓밟히는 사랑의
신음 소리 들리고,

바람의 껍데기를
또 한 꺼풀 벗겨보면.

—「바람 II」 부분

위의 시 1, 2연은 자연현상으로서의 바람의 이미지이다. 그러나 "바람의 껍데기를/한 꺼풀 벗겨보면/보리 누른 밭/노고지리 날개쭉지의 싱그러운 풀냄새"라는 이미지에서, 바람 곧 공기가 생명의 필수요소이며, 모든 생명은 바람과의 교감으로 "노고지리 날개쭉지의 싱그러운 풀냄새"와 같은 생동감을 가질 수 있다는 이미지이다. 그러므로 위의 시에서의 '바람'은 자연현상으로서의 공기의 움직임이 아니라 인위적 사회현상의 풍조風潮를 상징하는 이미지가 된다. 그래서 그 바람 속에서는 "허물리는 달빛의

/무너지는 城郭의/짓밟히는 사랑의/신음소리"까지 들리는 것이다. 중요한 것은 바람소리에서 "짓밟히는 사랑의/신음소리"까지 들을 수 있는 '눈뜸'과 '귀 열림'이 곧 불교적으로는 시인의 '허물벗기'인 '해解와 행行'의 이미지이다. 문효치에게 있어서 허물벗기란 '사회적 죽음'이라는 인위적 압박의 허물을 벗는 일이며, 불교적으로는 해행解行[34] 곧 해탈의 과정이다.

위의 시에서 문효치가 들은 "무너지는 城郭의/짓밟히는 사랑의/신음소리"는, 백제의 멸망과 백제인의 신음소리를 형상화한 이미지이다. 또한 문효치 자신의 역사적인 피해의식의 이미지일 수도 있다. 이성혁은 "그래서 「바람 V」에서 시인은 바람에 대해 '창문으로 빠져 달아나는' '나를 凌辱하던 육중한 體重' 또는 '창자며 뼛속으로/잦아들어오는 幽靈'이라고까지 표현하는 것일 게다"라고 하고, 또 "「바람 VI—病床에서」는 '바람이여, 내 可憐한 어머니와 愛人과 겨레를 잡아먹고 아직 비린내 나는 이빨을 드러내고 달려온다.'고까지 표현된다"[35]고 했다. 「바람—연작」 시는 문효치가 겪은 '사회적 죽음'의 충격파를 은유한 이미지라는 지적이다.

공기의 움직임이 바람이며, 이것은 자연현상이다. 이 자연현상 속에서 문효치는 아픈 역사적 사건의 이미지를 본다. 전쟁이란 역사적 사건은 자연의 바람이 아닌 인위적 폭풍이다. 문효치는 이 폭풍 속에서 많은 상처를 입었다. 이 상처를 극복하고자 하는 인간의 노력이 고대에는 신화창조였으며, 현대에는 시 창작이다. N. 프라이는 "神話는 神과 인간의 교제를 表記하거나 또는 자연현상이 어떻게 그렇게 存在하는 가를 記述하고 있다. (중략) 마치 神話와 詩 사이에는 民譚과 傳說과의 연관성보다도 더 밀

---

34) 오영교 편, 『불교학개론』, 동국대학교출판부, 2010, 개정판, 117쪽.
35) 이성혁, 「허무의 극복을 위한 역사의 시화詩化」, 『문효치의 시 읽기』, 지혜, 2012, 267쪽.

접한 관계가 있었던 것처럼 보인다"[36]고 했다. 문효치가 자신이 겪은 역사적 비극의 '사회적 죽음'을 자연현상이 변화하는 이미지를 형상화함으로써 극복하고자 하는 것이라 하겠다. 생명의 원형상징인 강물의 이미지를 보기로 하자.

江은
冬眠에서 깨어나는 뱀처럼
훈훈한 全身을 파동치며
낱낱의 비늘을 털고 있다.

(중략)

그 갈밭의 시궁창을 스며나와
비린 呼吸을 고루며
튼튼한 뿔과 날개를 내고 있다.
발톱을 갈고 있다.

한 마리의 龍,
黃龍으로 昇天할
천둥치는 날을 받고 있다.

—「江」 부분

위의 시에서 "江은/ 동면冬眠에서 깨어난 뱀처럼/훈훈한 全身을 파동치며/낱낱의 비늘을 털고 있다"고 한다. 강물은 시간의 흐름에 따라 겨울의 결빙에서 봄의 해빙을 맞이한다. 무위의 자연은 시간의 흐름에 역행하

36) N. 프라이, 金炳旭, 金永一, 金鎭國, 崔貞茂 編譯, 『文學과 神話』, 圖書出版 大覽, 19쪽.

지 않는다. 그러나 인위의 역사는 무명無明의 망상에 빠져 있기 때문에 밝은 봄을 맞이할 수가 없다. 오히려 강물로 비유된 뱀은 자연자체의 생명으로 허물벗기를 하고 있으며, 물은 인간생명의 원형상징이다. 엘리아데는 "뱀은 다양한 의미를 가지고 있지만, 그 중에서도 '재생'이야말로 가장 중요한 의미의 하나라고 생각한다. 뱀은 '변형하는' 동물이다"[37]라고 했다. 그러나 이 나라의 「江」은 "이 나라 응달에 감추어진/ 더운 눈물, 아픈 살, / 恨 많은 靈魂을 다 들이마시고" 흘러온 이 겨레의 집단무의식이다.[38] 이 생명의 강을 "先史의 鬱蒼한 숲을 떠나/이제 막 내 앞에 이르는 뱀이다"라는 이미지로 형상화한 것이라 추측된다.

이 나라의 역사적 아픔과 상처를 서사와 서정으로 아우른 이미지이다. 전쟁과 살육, 동족상잔의 비극, 뜨거운 눈물과 살이 찢어지는 아픔을 다 끌어안고 흘러온 이 나라의 역사를 강과 뱀의 이미지로 형상화한 것이다. 이 역사는 "청청한 하늘을 받들고 있는/솔밭"과 "잎새와 잎새로 피리를 불며/애틋한 전설을 구전하는/갈밭"에서 흘러온 집단무의식이다. 여기서 '솔밭'이나 '갈밭'은 역사이전의 자연의 이미지이고, 신화 속에서는 강물이 곧 뱀이며, 그 뱀은 허물벗기를 하는 인간생명의 원형을 상징하는 이미지이다. 그러나 "튼튼한 뿔과 날개를 내고 있다./발톱을 내고 있다"의 과정을 거친 다음, "한 마리의 龍./黃龍으로 昇天할/천둥치는 날을 받고 있다"에서 보듯 용으로 변신한다. 용은 싸움에서 승리한 사람인 왕을 상징하는 이미지이다. 왕의 자리를 '용좌'라 하고, 왕의 얼굴을 '용안'이라고

37) M. 엘리아데, 이은봉 옮김, 『종교형태론』, 도서출판 한길사, 1996, 242쪽.

38) C. G. Jung은 무의식을 "모든 개인의 두뇌구조 속에 새롭게 나타나는 인류 진화의 정신적 유산"이라고 한다.

한다. 그러나 현대는 왕조시대가 아니다. 그렇다면 용은 고통 받는 사람들이 언젠가는 승천한다는 희망의 이미지라고 할 수 있지 않을까 싶다. 이 「江」은 우리나라의 고난의 역사와 문효치 자신의 고난의 역정, 그리고 그 당시(70년대)의 정치적 상황 등을 상징하는 이미지일 수도 있다. 문학에서 「江」은 역사의 흐름을 상징하는 이미지이다. 물의 흐름이 역사의 흐름을 상징한다고 할 때, 시의 마무리인 "黃龍으로 昇天할/천둥치는 날을 받고 있다"는 것은 '사회적 죽음' 속에서 소외와 천대 속에 있던 민중들의 꿈을 형상화한 이미지일 수도 있다. 그러나 문효치는 아직 육신의 쇠약에서 오는 이명耳鳴에 시달리고 있다.

> 매미 소리는 아름답다. 鬱蒼한 숲속의 신선한 매미 울음이 겨울을 가린다. 貧血의 내 귀, 귀는 榮華롭다. 耳鳴은 왜 매미 소리와 흡사한가. 죽음이 오는 소리는 매미 소리와도 같이 아름답다. 죽음은 아무데서나 매미처럼 날아온다. 아침에 눈을 뜨면 全身을 重壓으로 누르는 無氣力, 無氣力은 편안하다. 언제부터인가 내 골통 속에 날아든 天國의 매미, 죽음의 발자국 소리는 선량하다. 홍겹다.
>
> —「매미」 전문

날개를 가진 것은 하늘을 향해 날아오른다. 하늘을 향해 날아오르는 것은 생명상승의 이미지이다. 그런데 위의 시에서 「매미」는 하늘을 향해 날아오르는 상승의 이미지가 아니고, '울음소리'의 이미지이다. 빛을 향해 날아올라야 할 생명이 어둠 속에 갇혀 울고 있는 이미지이다. 그래서 이 작품은 문학 외적 요소 곧 문학과 사회의 역동적 긴장에 주안점을 두고 이미지를 분석하고 해석해야 한다.

먼저 "매미소리는 아름답다. 鬱蒼한 숲속의 신선한 매미울음이 겨울을 가린다"에서 '매미소리는 생명상승의 이미지이고, '겨울'은 생명 하강의 이미지이다. 그의 현실은 '겨울'이다. 왜 겨울인가. 그는 "제대 후에도 경찰과 군수사기관의 조사, 감시를 계속 받으며 억압심리가 누적되어 견디지 못하고 쓰러짐"의 상태였던 것이다. 6·25때 그의 부친이 인민군에 입대하여 그 연좌제로 그는 계속 조사와 감시를 받았던 것이다. 자연현상은 현재 매미소리가 울려오는 여름이고, 문효치의 심리현상은 겨울이다. 그는 "貧血의 내 귀, 귀는 榮華롭다. 耳鳴은 왜 매미소리와 흡사한가. 죽음이 오는 소리는 매미소리와도 같이 아름답다"라고 한다. 매미소리는 자연의 가락이고, 이명은 병고病苦의 소리이다. 자연의 가락은 생명상승의 이미지이고, 병고의 소리는 생명하강의 이미지이다. 이 두 소리가 흡사함으로 아름다움에서 하나가 된다. 이에 대해 홍신선은 "고통의 정점에서 문득 무기체의 편안한 세계로 되돌아가고 싶다는 심층심리 또는 본능이 표출되는 세계가 그것이다. 그러나 문효치가 죽음을 미화하고 홍겨워하는 것은 단순히 이 같은 심층심리 기제에 의한 것만은 아니다. 오히려 그보다는 죽음에 결연히 맞서고 그것을 이겨내겠다는 단호함, 또는 방법적인 선택에 의한 것이다"[39]라고 지적한다. 문효치를 살린 것은 오직 그의 시를 향한 열정이라는 지적이다.

문효치의 시 속에서 그의 삶과 죽음이 하나가 되어 어울린다. 그의 '삶'과 '죽음'이 모두 시적 제재가 되어, 매미소리와 이명이 시적 이미지로 형상화되어 그의 시 속에서 어울린다. 그의 시 속에서 생기와 무기력이 하나가 되고, 매미소리와 이명이 하나가 되어, "아침에 눈을 뜨면 全身을 重

39) 홍신선, 「죽음과 부활」, 『문효치의 시 읽기』, 지혜, 2012, 788쪽.

壓으로 누르는 無氣力, 無氣力은 편안하다. 언제부터인가 내 골통 속에 날아든 天國의 매미, 죽음의 발자국 소리는 선량하다. 홍겹다"로 위의 시는 마무리된다. 전경화 된 이미지의 후경後景에는 이러한 '문학과 사회 간의 역동적 긴장'이 있는 것이다.

이에 대해 유승우는 "이렇게 죽음을 넘어서면 자신이 살아있다는 것을 더욱 절실하게 느끼게 되어 창조 작업이 가능하게 된다"[40]고 했다. 매미 소리는 자연의 소리로서 생명상승의 이미지이고, 이명은 병적 현상으로 생명하강의 이미지이다. 이 두 소리가 어울려 '홍겹다'라는 예술창작이 이루어진다는 이미지이다.

> 쫓겨난 새가 떨고 있다. 嚴冬의 하늘 아래서 自由가 아닌 假死. 砲手의 殺意가 심장을 꿰뚫지 않아도 스스로 죽어가고 있다. 두 눈의 光彩 속으로 피어나던 洋洋한 地平, 莊嚴의 숲도 다 불타버리고 어두움 속으로 푸울풀 날리는 灰色의 絶望. 슬퍼하라 노래여, 네 손때에 길들인 한 채의 玄琴에 넝넝한 彈力을 실어 슬프디 슬픈 가락을 읊어다오. 깃털, 한 잎 한 잎 떨어져 내리고 있는 비단의 깃털, 깃털, 깃털, 깃털, 깃털의 갈피갈피에 네 가락의 彈力을 실어 춤추게 하라. 깃털의 영화로운 色彩, 色彩의 臨終을 위해.
>
> ―「새 Ⅰ」 전문

위의 시 「새 Ⅰ」에서 "쫓겨난 새가 떨고 있다. 嚴冬의 하늘 아래서 自由가 아닌 假死. 砲手의 殺意가 심장을 꿰뚫지 않아도 스스로 죽어가고 있다. 두 눈의 光彩 속으로 피어나던 洋洋한 地平, 莊嚴의 숲도 다 불타버리

40) 유승우, 「매미」, 『문효치의 시 읽기』, 지혜, 2012, 66쪽.

고 어두움 속으로 푸울풀 날리는 灰色의 絶望. 슬퍼하라 노래여,는 그대로 문효치의 심리현상의 이미지이다. 이때의 시대배경은 70년대 초이다. 군수사기관의 감시가 가장 심했을 때이다. 여기서 새는 문효치 자신을 은유한 이미지이고, 노래는 그의 시를 은유한 이미지이다. 그리고 "깃털, 한 잎 한 잎 떨어져 내리고 있는 비단의 깃털, 깃털, 깃털, 깃털, 깃털의 갈피갈피에 네 가락의 彈力을 실어 춤추게 하라"고 한다. 새에게 있어서 '깃털'은 생명과 같은 것이다. 그는 자신의 영혼에게 "네 손때에 길들인 한 채의 玄琴에 넝넝한 彈力을 실어 슬프디 슬픈 가락을 읊어다오"라고 속삭인다. 이것은 시를 쓰는 것만이 살길이라고 자신에게 스스로 다짐하는 이미지이다. 그러나 낭만주의 때의 '오호 통재라!'와 같은 영탄조가 아니라 '탄력을 실어 춤추게 하'는 현대시를 쓰겠다는 다짐이기도 하다. 그에게는 시의 창작만이 곧 새 생명의 창작이며, 역경의 현실을 견디어내는 생명의 상승이기 때문이다. 그래서 "…깃털의 갈피갈피에 네 가락의 彈力을 실어 춤추게 하라. 깃털의 영화로운 色彩, 色彩의 臨終을 위해"로 마무리한다. 이에 대해 박기수는 자신을 "쫓겨난 새"로 환치시키고, 스스로를 날고 있으나 '자유가 아닌 가사假死' 상태이며, '스스로 죽어가고' 있다고 인식한다. 즉 시인의 관심은 죽음이나 환부가 아니라 그것에 대응하는 자신의 자세에 모아지고 있음을 알 수 있다"[41]고 평가한다. 인간에겐 날개가 없는 대신 상상의 날개가 있다. 새가 날갯짓을 하며 날아오르듯이 인간은 시를 창작하는 것이 생명의 상승이라고 평가한 것이다. 그러나 그의 「새」는 날아오르는 상승의 새가 아니라 "嚴冬의 하늘 아래서 자유가 아닌 假死. 砲手의 殺意가 심장을 꿰뚫지 않아도 스스로 죽어가고 있다"는 새이

41) 박기수, 「불멸하는 죽음, 그 생명의 미학」, 『문효치의 시 읽기』, 지혜, 2012, 454쪽.

다. 엄동은 그 당시의 사회적 분위기이며, 가사의 새는 '사회적 죽음'을 당하고 있는 문효치 자신의 이미지이다. 역시 그의 살 길은 상상의 날개로 날아오르는 시의 창작밖에 없는 현실이다.

> 그 팔닥거리는 가슴 위에 샛노란 夕陽이 올라앉아 목을 누르고 있다. 진흙 뻘밭에 쓰러뜨리고 질겅질겅 짓밟고 있다. 아직은 끊어지지 않은 호흡. 어두움으로 그리하여 漆黑의 한밤으로 훠어이 훠어이 몰아가는 夕陽의 殘酷. 몇 카락의 성긴 깃털 속에, 살 속에, 핏속에 한 방울의 生命을 감추며 戰慄하는 아까워라 목청의 금빛 실꾸리. 色실의 한 끝을 所有하고 있는 宇宙, 한 끝을 所有하고 있는 사랑, 한 끝을 所有하고 있는 權能, 은수저에 담겨오는 햇덩이의 살점처럼 죽어가면서 더욱 恍惚한 울음의 새여.
>
> —「새 II」 전문

위의 「새 II」는 한층 더 강화된 하강의 이미지로 시작된다. 이 작품은 "그 팔딱거리는 가슴 위에 샛노란 夕陽이 올라앉아 목을 누르고 있다"는 살생의 이미지로 시작된다. 이 '夕陽'이 아무리 '목을 누르고' 또 '짓밟고' 해도 "끊어지지 않은 호흡"이 문효치의 시를 향한 창작의지이다. 그러나 이 '夕陽'은 '漆黑의 한밤으로' 생명을 몰고 갈 죽음의 빛이다. 그래서 "아까워라 목청의 금빛 실꾸리"는 시인의 시적 천분과 창작의 자유를 상징하는 이미지이고, '목청'은 노래를 부를 수 있는 소리의 이미지이며, '실꾸리'는 시적 천분을 상징하는 이미지이다. 석양이 보기에는 찬란하고 아름다운 빛이지만 예술창작의 목을 조르는 어둠의 앞잡이이다. 그렇다면 그 당시의 시대적 분위기를 상징하는 이미지라고 할 수 있다. 그 당시를 구체적으로 60년대 말에서 70년대 초라고 할 때, 정치상황이 유신으로 넘어가는 석양의 시기이다. 그때의 상황에 대해 "70년대로 들어서며 삼선개헌—유신 체제라는 정치적 파행현상으로 사회는 극도의 불안과 긴장에 휩싸이게 된다. 이런 불확실한 시대적 상황에서…중략… 반체제 시인을 낳게 되었다"42)고 한다. 이런 상황에서 「새」는 그 당시의 시인을 상징하는 이미지라고 할 수 있다. 조명제는 "석양을 잔혹한 것으로 절감할 만큼 생명 위중의 순간에 처해 안간힘을 쓰고 있는 삶에의 애착을 강렬하게 느낄 수 있다. 그런데 바로 그 안간힘의 표현 속에 시인의 가장 본질적인 요소들이 드러나고 있음을 주목한다. 그것은 '생명'과 '사랑'과 '죽음'이다"43)라고 지적한다. 역시 시적 이미지의 중요성을 지적한 평가이다.

「새」가 시인을 상징하는 이미지라고 할 때 시인의 날개는 상상력이다. 날짐승의 날개로는 시간의 벽을 넘어서 날 수 없다. 그러나 시인의 날개로는 역사이전으로도 날아갈 수 있고, 먼 미래로도 날아갈 수 있다. 시인이 상상력의 날개로 시공의 벽을 넘어 여행하며, 보고 느낀 것을 언어로 그려낸 것이 시적 이미지이다. 연좌제에 의한 심리적 압박을 받은 문효치의 생명현상을 그린 이미지이다. 제1시집의 표제가 된 『煙氣 속에 서서』와 시집의 첫 작품인 「삶」, 그리고 「病中 1」, 「病中 2」도 마찬가지다. 이처럼 생명의 하강, 소멸, 어둠의 이미지가 백제시 이전의 하강 이미지이다. 그러나 무령왕릉을 통해 '백제'를 만난 이후 그의 시적 이미지는 극적으로 반전한다.

---

42) 유한근, 「순수와 참여, 그리고 무의미 미학—1970년대 시의 담론」, 『한국현대시』, 2017, 상반기호.

43) 조명제, 「죽음과 부활, 그리고 자유의 길」, 『문효치의 시 읽기』, 지혜, 2012, 757쪽.

그대는 온다.
어느 平凡한 午後의 閑寂을 골라

아스라한 香氣를 몰고
진붉은 빛깔을 거느리고
地下로부터, 하늘로부터 그대는 온다.

(중략)

그대여, 갑자기
불을 끄고
집도 헐고

다시 香氣와 빛깔을 거두어
가버리는 그대여.

―「꽃 Ⅰ」 부분

꽃은 식물생명의 절정이고 시는 인간생명의 절정이다. 식물생명이 꽃으로 피어나는 것처럼 인간생명이 시로 형상화되면 아름다움의 절정이 된다. 식물생명이 꽃으로 피어나는 것은 자연이고, 인간생명이 시로 빚어지는 것은 인위人爲이다. 문효치는 꽃을 향해 "그대는 온다./어느 平凡한 午後의 閑寂을 골라"라고 한다. 여기서 중요한 것은 "어느 平凡한 午後의 閑寂"이다. 인간으로서 '사회적 죽음'이라는 인위적 고통을 겪는 시인의 갈증이 자연적 식물생명의 절정인 꽃을 그리는 것은 필연이다. 서두를 것도 없이 "어는 平凡한 午後의 閑寂을 골라" 시인의 눈을 유혹하는 「꽃」은 "아스라한 香氣를 몰고/진붉은 빛깔을 거느리고/地下로부터 하늘로부터 그대는 온다"고 한 「꽃」, 시인은 누구나 이런 꽃 같은 시를 갈급하게 바란다. 문덕수는 이 「꽃」에 대해 "향기와 빛깔을 거느리고 와서 잠시 불을 켜고 집을 짓기도 하는 꽃이지만, 이내 그 불도 끄고 집도 헐고 향기와 빛을 거두어 가버린다. 꽃은 자신의 삶이나 존재의 영원한 빛이 될 수 없다. 고독의 반려자도, 병자의 위안도 될 수 없다"[44]고 말한다. 여기서 「꽃」은 자연의 꽃이 아니라 시를 은유한 이미지이다. 그러므로 "꽃은 자신의 존재의 빛이나 영원한 빛이 될 수 없다"고 단언한 것은 잘못된 지적이다. 여기서 "그대여, 갑자기/불을 끄고/집도 헐고//다시 향기와 빛깔을 거두어/가버리는 그대여"는 시적 영감의 사라짐을 그린 이미지이다.

인위적인 연좌제에 의해 '사회적 죽음'을 당하고 있는 그에겐 꽃처럼 "腦髓에서 자아내는/더운 눈물을 만나기 위해 온다"는 시를 갈급하게 바랄 수밖에 없다. 그가 시를 쓰는 일은 "와서 살을 헤집고/내 머리통 속에 뚫린/까아만 허궁에 들어가/잠시 한 초롱불을 켜고/新接의 이삿짐도 들이고/뚝딱거리며 집도 짓다가" 라는 것은 그의 새로운 시 구상의 이미지이다. 그러나 시창작의 영감은 "그대여, 갑자기/불을 끄고/집도 헐고//다시 향기와 빛깔을 거두어/가버리는 그대여"처럼 지속되지 않는다. 문효치가 그의 '사회적 죽음' 속에서 시적 성취의 어려움을 형상화한 것이 「꽃 Ⅰ」의 이미지이다.

밤마다 머리맡에서는
반짝거리는 눈을 튼다.

44) 문덕수, 「문효치의 시세계」, 『문효치의 시 읽기』, 지혜, 2012, 445쪽.

열 개의 손가락에
등불을 켜 들고

(중략)

귀를 뜨게 한다.
입을 열게 한다.

(중략)

밤마다 머리맡에서
悲鳴을 지르며
수레에 실려 流刑되어 가는 꽃.

―「꽃 II」 부분

이 시도 외적 환경과 내적 창작활동이 갈등하는 이미지이다. 시인은 "밤마다 머리맡에서는/반짝거리는 눈을 튼다"고 한다. 여기서 '눈을 뜬다.'가 아니라, '눈을 튼다.'에서 자연적인 개화開花의 이미지임을 알 수 있다. 이 자연적인 '개화'를 "열 개의 손가락에/등불을 켜 들고"라는 이미지로 형상화함으로써, 무명無明의 어둠을 해탈하고 영혼의 불을 밝히는 것이 곧 시의 창작이라는 이미지이다. 영혼의 불을 밝혀 "잠에서 깨어나는/肉身의 구석구석을 밝혀 쓸며/어둠의 骨髓에서 자아올리는/그대, 쉰 음성의 獨唱"은, '골수'가 배어있는 그를 압박하는 '사회적 죽음'의 어둠을 '자아올리는' 것이 곧 문효치의 시의 길이라는 이미지이다. 그러므로 그 결과는 언제나 "그대, 쉰 음성의 獨唱"이 될 수밖에 없다.

그러나 이 '개화'의 작업을 멈출 수는 없다. 이 '골수'에 밴 '어둠'을 '자아올리지' 않으면 그는 어둠 속으로 사라져버리기 때문이다. 그의 시 창작은 바로 그의 생명의 길이다. 생명의 길은 물의 흐름과 같아서 멈추면 죽는 길이다. "그러나, 문득/내 품에 덥석 안으면/소스라쳐 창밖으로 튕겨버리며/끈끈한 땀에 배어 시드는 너"에서 보듯, 작품을 꽃피우는 창작의 작업은 꿈과 좌절이 교차한다는 이미지이다. 이처럼 시인의 길은 "밤마다 머리맡에서/悲鳴을 지르며/수레에 실려 流刑되어 가는 꽃"에서 보듯 형벌의 길이다. 자신의 시 창작의 역정을 그린 이미지이다.

2. 무령왕과의 조우, '백제시'로의 이행

문효치가 백제의 유물과 만난 것은 동병상련同病相憐의 만남이이라고 할 수 있다. 물론 백제의 유물은 공간에 존재하는 사물事物이며, 무생물이다. 그러나 시인에게 이 사물은 자연의 사물과는 달리 영혼이 있는 사물이었다. 이 유물들은 무령왕의 무덤 속에 천오백여 년 동안 묻혀 있다가 발굴되었다. 무령왕의 육신은 돌아오지 못했지만 영혼은 유물들과 함께 부활한 것이라고 문효치의 시적 상상력은 인식하고 있다. 즉 부활한 백제의 혼령들과 만난 셈이다.

> 백제는 무력에 짓밟힌 왕국이다. 힘에 의해 그 힘을 잃어버린 왕국, 여기에 힘을 실어 주는 일 그것은 어쩌면 시의 능력으로는 감당키 어려운 일일지도 모른다. 그러나 내 시는 거기에도 관심을 가졌다. 한 때 부당한 힘에 억눌려 고통 받던 민중이 있었다. 그 일과 백제의 인멸된 역사를 연관해서 생각하기도 했다.45)

> 뒤돌아보면 내 삶은 험난한 터널 속이었다. 때로는 연기로 가득차기도 했고 때로는 큰 바윗돌이 굴러 떨어져 가로막기도 했고 어떤 때는 폭우로 물이 들기도 했다. 그것들을 돌파하면서 70년을 걸어왔다. 여기 이 시들과 함께.[46]

위의 첫째 인용은 백제의 멸망이라는 서사敍事가 문효치의 서정과 만나게 된 계기이다. 그리고 두 번째 인용의 내용은 고난의 역정인데, 그 표현은 상징적 이미지이다. 여기서 '터널 속'이란 '고난과 역경의 어둠'을 상징하는 이미지이다. 이 '고난과 역경의 어둠'은 앞장에서 살펴 본 바 백제시 이전의 '사회적 죽음'을 상징하는 시적 이미지이다. 이제 더욱 오랜 절망인 백제를 만나면서 그의 시가 상승의 이미지로 전환되는 실상을 보기로 한다.

1) 패망한 왕국의 시적 부활

시인의 언어는 곧 시인의 상징체계이다. 문효치는 "터널은 길었다. 터널 속을 가다보면 예측할 수 없는 일들이 앞을 가로막곤 했다. 나의 소년 시절은 한국전쟁의 가운데에 있었다. 1.4후퇴 때에는 기차의 지붕 위에 올라 피란을 갔다. 아침에 영등포역에서 출발한 기차는 한밤중에야 대전역에 도착했다. 그 도중에 여러 개의 터널을 만났다"[47]라고 한다. 문효치의 개인사에서 이 어둠의 터널은 끝이 없었다. 어쩔 수없이 자신의 몸을 태워 빛을 만들 수밖에 없었다. 이 운명적인 어둠 속에서 스스로를 태워 만든 빛이 그의 시편들이다. 홍신선은 "문효치의 등잔불이 창조행위와 그

45) 문효치, 「백제를 구실로 한 작은 상상의 세계」, 『시와 시학』 2006. 가을 호. 166쪽.
46) 문효치, 「머리말」, 『문효치 시전집 2』, 지혜, 2012, 5쪽.
47) 문효치, 「머리말」, 『문효치 시전집 2』, 지혜, 2012, 5쪽.

행위의 의미가 무엇인가를 보여준다. 특히, 글을 쓰고 글씨를 쓰는 행위를 밝혀준다"[48]고 했다. 이 생명창조의 불꽃이 그의 시편들이며, 영적 교감이며, 생명미학의 이미지이다.

> 이어서 10월 하순쯤 덕수궁 미술관에서 유물특별전이 열렸고 나는 그곳에서 처음 무령왕의 유물들을 만나게 되었다. 특히 왕의 시신을 모셨던 목관재를 보는 순간 나는 머리가 띵하는 충격을 느꼈다.
> 나는 그 무렵 병명을 알 수 없는 몹쓸 병으로 몹시 시달리고 있었다. 체중이 34kg까지 내려가고 기력이 탕진되어 죽음의 공포에서 헤어나지 못하고 있었다. 죽음은 온통 내 정신을 지배하고 있었고 나는 이 공포로부터 벗어나기 위해 몸부림쳤다.
>
> (중략)
>
> 나는 죽음의 두려움을 덜기 위해 죽음을 인정하고 수용해버리는 역설적 방법으로 대응할 수밖에 없었다. 죽음을 삶의 연장선에 놓음으로써 삶의 한 부분으로 받아들이기로 했다. 이즈음 나는 쇼펜하우어나 노자 그리고 불교서적들의 한 귀퉁이에 많이 의존하고 있었다.[49]

문효치는 백제유물들을 만나고 나서 그의 시적 상상력에 불이 붙는다. 그는 "이 무렵을 전후해서 나는 백제 유물들을 만지작거리며 시를 썼다"[50]고 한다. 그는 "백제 유물들을 만지작거리며"라고 했는데, 이는 손이 한 것이 아니라 그의 상상력이 백제 유물들을 '만지작거리며' 시적 이

48) 홍신선, 「문효치의 시 한 편」, 『문효치의 시 읽기』, 지혜, 2012, 101쪽.
49) 문효치, 「백제를 구실로 한 작은 상상의 세계」, 『시와 시학』, 2006 가을 호.
50) 문효치, 「백제를 구실로 한 작은 상상의 세계」, 『시와 시학』, 2006 가을 호.

미지를 형상화했다는 의미이다. 그 결과 1973년에 「武寧王의 金製冠飾」과 「武寧王의 青銅飾履」를 발표한다. 문효치의 백제시 창작이 시작된 것이다. 이때 「바람 II」도 함께 발표했다고 한다.[51] 이처럼 백제 유물을 만나면서 문효치의 '사회적 죽음'으로부터의 해탈이 시작된다. 다시 말해 죽음에 대한 공포인 생명의 어둠인 무명無明을 벗기 위한 해解와 행行의 작업이 시작되었다.

그 다음부터 문효치의 시에서 "그 팔딱거리는 가슴 위에 샛노란 夕陽이 목을 조르고 있는" 새가 아니며, "은수저에 담겨오는 햇덩이의 살점처럼 죽어가면서 더욱 恍惚한 울음의 새"도 아니다. 이러한 백제시에 대해 김백겸은 "문효치 시인의 백제사랑은 단순히 지적 호기심을 넘어선 그 이상의 오랜 숙연과 배후 관계가 있지 않나 하는 생각이 들었다"[52]고 한다. 백제는 이제 역사 속에 사라진 국가가 아니라, 문효치의 시적 고향이 되었다. 하이데거는 "詩人의 使命은 歸鄕이다. 그리고 歸鄕으로 인하여 고향은 根源에 接近하는 땅이 되는 것이다"[53]라고 했다. 이제 시인은 근원에 접근하기 시작한 것이다. 1973년에 그가 처음으로 발표한 백제시는 「武寧王의 金製冠飾」과 「武寧王의 青銅飾履」등 2편이지만, 1976년에 발간된 제1시집에는 「武寧王의 木棺」, 「武寧王의 陶瓷燈盞」등 4편의 백제시가 수록되어 있고, 제2시집은 그 표제부터 『武寧王의 나무새』이며, 제2시집 '1부'는 「武寧王의 물병」을 표제로 하여 20편의 백제시가 수록되어 있다. 이에 대해 박진환은 "문효치 시인은 백제의 역사에서 자신의 운명을

51) 이성혁, 「허무의 극복을 위한 역사의 詩化」, 『문효치의 시 읽기』, 지혜, 2012, 268쪽.
52) 김백겸, 「시인의 환상과 응시가 불러온 백제왕국」, 『문효치의 시 읽기』, 지혜, 2012, 140쪽.
53) 하이데거, 蘇光熙 譯, 『詩와 哲學』, 博英社, 1978. 39쪽.

본다. 백제의 홍망이라는 역사 속의 사건과 유물이 시인의 상상력 속에 부활한 것이다. 저승과 이승을 넘나드는 새로 상징화되어 그의 시세계로 날아든 것이다"[54]라고 했다.

무령왕의 무덤에서 발굴된 유물들이 "저승과 이승을 넘나드는 새로 상징화되어 그의 시세계로 날아든 것"이라면, 무령왕의 무덤은 상징의 새를 탄생시킨 상징의 '알'이라고 하겠다. 엘리아데는 "알의 힘은 알에 구현되어 있는 상징으로부터 나오는 것이다. 이 상징은 탄생에 의하여 우주 창조적 범형에 따라서 반복되는 재생과 결부되어 있다"[55]고 했다. 무령왕의 유물을 만나고부터 문효치의 우주 창조적 상징체계가 재생하여, 그의 '백제시'가 시작되었으며, 죽음의식에서 벗어나는 해解와 행行이 시작되었다고 하겠다.

님은
불 속에 들어앉아계시다.

(중략)

당신의 머리 위에 얹히어 타던 불,
천하를 압도하던 위엄어린 음성이
저 불꽃의
널름대는 혓바닥 갈피갈피에 스며있다.

---

54) 박진환, 「전통의 현대적 접목과 그 변용의 미학」, 『문효치의 시 읽기』, 지혜, 2012, 219쪽.

55) M. 엘리아데, 이은봉 옮김, 『종교형태론』, 도서출판 한길사, 1996, 525쪽.

(중략)

님이여,
당신은 이 불속에 들어앉아 계시다.

―「武寧王의 金製冠飾」 부분

이 시는 제1시집에 수록된 4편의 백제시 중의 한 편이다. 물은 땅을 향해 아래로만 흐르고, 불은 하늘을 향해 타오르듯이, 영혼은 밝음을 향해 날아오른다. 그것은 <태양―빛―불―밝음>이 소위 태양체계solar system이기 때문이다.[56] 그의 백제시 이전의 상황은 터널 속의 어둠이었다. 그 상황이 「연기 속에 서서」와 「病中 2」의 이미지였음을 앞에서 살펴봤다. 위의 시에서 '金製'는 황금빛이고, '冠飾'은 머리에 쓰는 관이다. 빛과 밝음을 상징하는 비유적 이미지이다. 지상의 존재로서 빛을 내며 하늘로 오르는 것은 불뿐이다. 그래서 「武寧王의 金製冠飾」을 "님은/ 불 속에 들어앉아 계시다"라는 이미지로 형상화한다. 이 불은 "三界를 골고루 밝히며/한 송이 영혼으로 타고 있는 純金"이며, "당신의 머리 위에 얹히어 타던 불꽃, /천하를 압도하던 위엄어린 음성이/저 불꽃의/널름대는 혓바닥 갈피갈피에 스며있다"는 이미지로 형상화된다. 엘리아데는 "태양영웅은 항상 '어두운 면', 즉 죽은 자의 세계, 가입의례, 풍요 등과 관련되는 면을 보여주고 있다. 태양영웅의 신화도 똑같이 주권자나 조물주 숭배에 속하는 요소를 포함하고 있기도 한다"[57]고 했다. 죽은 자이며 주권자였던 무령왕을 태양영웅으로 형상화한 이미지이다.

---

56) 오세영, 「생명체험으로 풀어 본 역사의식」, 『문효치의 시 읽기』, 지혜, 2012, 228쪽.
57) M. 엘리아데, 앞의 책, 220쪽.

강희근은 이 작품에 대해 "신비스런 맛이 난다. 시인의 형상화 솜씨가 백제의 장인의 솜씨와 자웅을 겨루고 있다는 느낌이 든다. 출토된 무령왕의 금제관식을 보고 쓴 시인데, 금제관식을 '영혼의 불'로 은유해 놓으니까 시세계가 이글이글 타는 마법의 불이 되었다. 그 불 속에 무령왕이 들어앉아 있고 그 불은 삼계三界를 고루 밝히며 넘나들고 있다는 것. 그 넘나드는 모습을 역동적으로 드러내다 보니 때로는 매우 징그러운(?) 이미지가 되기도 한다"58)라고 했다.

문효치는 「武寧王의 金製冠飾」이란 백제 유물에서 '널름대는 불의 혓바닥'도 보고, '천하를 압도하던 위엄어린 음성'도 듣는다. 남은 못 보는 것을 보고, 남은 못 듣는 소리를 듣고, 그것을 언어로 그린 그림이 시적 이미지이다. 시인의 상상력은 "찰랑찰랑/魔法의 방울소리를 내며/인간의 마른 덤불에 댕겨 붙는 불"의 소리를 듣고, 불꽃의 모습을 본다. 여기서 '인간의 마른 덤불'은 현대인의 메마른 영혼의 은유적 이미지이다. 영혼은 "三界를 골고루 밝히며/한 송이 영혼으로 타고 있는 純金"이 되고 있다. 시인의 상상력은 그 불꽃을 「武寧王의 金製冠飾」에서 보고 그린다. 무령왕의 왕릉에서 발굴된 유물이 시인의 상상력과 만나서 그냥 골동품이 아닌 시적 제재가 되어 생명을 얻는다. 무생물이 아닌 영적 교감의 대상이 되었다는 말이다.

> 그렇지, 님을 실어 저승으로 저어가던 한 隻의 배가 세월의 골깊은 앙금에 익어 지금 여기에 머무르다. 이별을 서러워 하던 血肉의 눈물이 아직도 마르지 않은 채 쉬임없이 들려오는 蒼生의 울음소리, 짭짜름한 저승의 바람 냄새가 잡혀 와, 그렇지, 우리가 또 빈 손으로 타고

58) 강희근, 「시 읽기의 행복」, 『문효치의 시 읽기』, 지혜, 2012, 377쪽.

서 아스름한 바다를 가르며 저어가야 될 한 隻의 배가 여기에 왔지.

—「武寧王의 木棺」 전문

문효치는 '木棺'을 저승과 이승을 오가는 '한 隻의 배'라고 명명하고, "이 배에 탈 승객이 나는 아닐까"라고 한다. 그러다가 "나는 죽음의 두려움을 덜기 위해 죽음을 인정하고 수용해버리는 역설적 방법으로 대응할 수밖에 없었다"[59]고 한다. 그 후 문효치는 건강을 회복하게 된 것이다. 그의 건강회복은 온전히 백제 유물과의 만남에서였다고 한다. 그렇다면 '백제 유물에 대한 그의 페티시즘Fetishism'='주물숭배呪物崇拜'도 그의 생명탐구의 한 과정이라고 할 수 있다. 문효치는 "내가 백제 관련 시 백 수십 편을 쓰면서 제일 많이 생각해 본 것은 삶과 죽음의 합일화를 시로 승화시켜보자는 것이었다"[60]고 한다. 그는 "그렇지, 우리가 빈손으로 타고서 아스름한 바다를 가르며 저어가야 될 한 隻 의 배가 여기에 왔지"라고 시를 마무리한다. '죽음의 배'인 '木棺'을 두려워하지 않는다. 이에 대해 김정남은 "여기서 무령왕의 목관이란 단지 패망한 왕조의 유물이 아니다. 그것은 '님을 실어 저승으로 저어가던 한 척의 배'이자 , 우리가 또한 '빈손으로 타고 아스름한 바다를 가르며 저어가야 될 한 척의 배'이다. 여기서 삶과 죽음의 경계가 무화되고 있다는 사실보다 더 중요한 것은 시간의 의미다"라고 하고……"무령왕의 목관은, 죽은 자가 요단강을 건너가면 다시는 되돌아올 수 없다는 서구 기독교의 단절론이 아니라, 생과 사를 하나의 고리로 파악하는 동양적 연기론과 윤회론에 맞닿아 있다고 할 수 있다"[61]고 한다. 이 작품의 "이별을 서러워하던 혈육의 눈물이 아직도 마

59) 문효치, 「백제를 구실로 한 작은 상상의 세계」, 『시와 시학』, 2006 가을 호.
60) 문효치, 「백제를 구실로 한 작은 상상의 세계」, 『시와 시학』, 2006 가을 호.

르지 않은 채 쉬임없이 들려오는 창생蒼生의 울음소리, 짭짜름한 저승의 바람 냄새가 잡혀와,"라고 하는 이미지를 근거로 든다. 이것은 이승의 울음소리와 저승의 바람 냄새가 함께하는 곧 이승과 저승을 넘나드는 시적 상상력의 이미지임을 말해준다. 시인은 이승과 저승을 넘나드는 목관에서 '삶'과 '죽음'이 하나의 생명현상이라는 시적 이미지를 본 것이다.

千年의 세월 속에 오히려 꺼질까
삼베 심지에 배어드는 들기름은
님의 머리맡에서
노랗게 익어가는 白骨을 비추고
자유로이 나래 펴는 영혼을 밝히고
하여, 그의 五十代쯤의
손주의 방싯거리는 웃음의
새빨간 꽃잎에서도 다사롭게 타다.
사방으로 둥근 陶瓷의 가장자리에
幽界의 墨香으로 번지는 그을음은
지금, 내 붓끝에 묻어 새롭다.

—「武寧王의 陶磁燈盞」 전문

이 작품에 이르러 "천년의 세월 속에 오히려 꺼질까/삼베 심지에 배어드는 들기름은/님의 머리맡에서/노랗게 익어가는 白骨을 비추고"에서 보듯 물리적 시간의 개념이 무화되고, 주관적 상상의 시간만 존재한다. 물리적 시간이란 자연의 시간이다. 자연의 시간 "千年의 세월 속에" 무령왕의 도자등잔의 불꽃은 꺼져버렸다. 그러나 문효치의 시적 상상력 속에서

61) 김정남, 「되살아오는 저 뜨겁고 푸른 시간들」, 『문효치의 시 읽기』 지혜, 2012, 664쪽.

는 "님의 머리말에서/노랗게 익어가는 白骨을 비추고/자유로이 나래 펴는 영혼을 밝히고" 있다. 이 불꽃은 "그의 五十代 쯤의/손주의 방싯거리는 웃음의/새빨간 꽃잎에서도 다사롭게 타다"에서 보듯 꺼지지 않고 타고 있다. 강우식은 "불은 생명이다. 불의 동적 이미지는 상승이고, 불타오름은 춤이다. 나래를 편 자유다. 살아서 숨 쉬는 불을 보라. 정점에서 타오르는 꽃봉오리와 꽃잎을 보라. 그것들은 어린 손주의 방싯거리는 웃음처럼 해맑고 정화된 빛을 띠기도 하지만 때로는 악마적인, 아니면 백치미와 같은 웃음을 흘리기도 한다"[62]라고 한다. 물리적 시간의 개념을 무화시키고, 오직 생명으로 은유한 불의 이미지라는 것이다. 백제의 생명인 백제정신은 꺼지지 않고 시인의 상상력 속에 이어져 온다는 이미지이다. 문효치는 마침내 "사방으로 둥근 陶瓷의 가장자리에/幽界의 묵향으로 번지는 그을음은/지금 내 붓 끝에 묻어 새롭다"고 시를 마무리한다. 문효치의 백제시는 「武寧王의 陶瓷燈盞」의 꺼지지 않는 불꽃의 "幽界의 墨香으로 번지는 그을음"이 묻어 새롭다고 한다. 등잔불의 '그을음'이 '묵향'의 이미지로 형상화되면서, 죽음의 향기가 새로운 생기의 이미지로 바뀌어 생명상승의 이미지로 형상화되는 것을 감지하게 한다. 삶과 죽음의 시적 승화라고 하겠다.

2) 죽음에의 직시와 상승 이미지

문효치는 "나는 죽음의 두려움을 덜기 위해 죽음을 인정하고 수용해버리는 역설적 방법으로 대응할 수밖에 없었다"[63]고 술회한다. 그 이후 건강을 회복하게 되었는데, 그의 건강회복은 온전히 백제 유물과의 만남에

62) 강우식, 「사물들, 생생력적인 창조의 힘」, 『문효치의 시 읽기』, 지혜, 2012, 363쪽.
63) 문효치, 「백제를 구실로 한 작은 상상의 세계」, 『시와 시학』, 2006 가을 호.

힘입은 바 컸다고 한다. 서정주는 "그런 文君이 무슨 공부의 무슨 精神力의 힘으론지 그 오랜 病을 自力으로 회복시켜 내면서 그 사이에 이어서 써 모은 詩作品들로 이번에 어엿이 그의 詩集 『武寧王의 나무새』를 上梓하게 되어…"[64]라고 했으며, 문효치 또한 "내가 백제 관련 시 백 수십 편을 쓰면서 제일 많이 생각해 본 것은 삶과 죽음의 합일화를 시로 승화시켜보자는 것이었다"[65]고 한다.

> 머리로, 가슴으로
> 날아드는 새.
>
> (중략)
>
> 저승의 어느 산골
> 그 깊은 숲
> 소나무 잎새 끝에서 생겨나는
> 피리를 부느니.
>
> (중략)
>
> 마당으로, 방으로 날아드는 새,
> 그러다가
> 바스라져 가느니.
>
> —「武寧王의 나무새」 부분

---

64) 서정주, 「『武寧王의 나무새』의 序」, 『문효치의 시 읽기』, 지혜, 2012, 480쪽.
65) 문효치, 「백제를 구실로 한 작은 상상의 세계」, 『시와 시학』, 2006 가을 호.

육체적 '삶과 죽음'은 생사生死이고, 영혼의 '삶과 죽음'은 흥망興亡이다. 시를 쓰는 것은 영혼의 삶이며, 시를 쓰지 않는 것은 영혼의 죽음이다. 육체적 삶과 죽음은 공간의 일이고, 영혼의 삶과 죽음은 시간 속의 일이다. 백제라는 국가는 공간에서 사라졌지만 백제의 정신은 천년의 세월 속에서도 꺼지지 않는 불꽃으로 타오른다는 것을 「武寧王의 陶瓷燈盞」에서 살펴보았다. 시론에서 <하늘—영혼—불—밝음>과 <땅—육체—물—어둠>이라는 상징체계는 보편화된 이론이다. 무령왕릉에 잠들었다가 1971년에 부활한 「武寧王의 나무새」는 문효치의 "머리로 가슴으로/날아드는 새"가 되어 "이제 피곤한 날개를 접고/부활의 몸짓으로 서성이는 영혼을 위해 노래하느니"의 새가 되었다. 문효치는 '사회적 죽음'의 어둠 속에서 「武寧王의 나무새」를 만난다. 공간에 존재하는 '나무새'는 무생물이지만 상상력 속의 나무새는 하늘을 향해 날아오르는 상승의 새이다.

이 「武寧王의 나무새」는 "이제 피곤한 날개를 접고/부활의 몸짓으로 서성이는 영혼을 위해 노래하느니"라고 한다. '이제 피곤한 날개를 접고 부활의 몸짓으로 서성이는' 문효치의 영혼을 위해 노래하는 새가 된다. 제1시집에서는 실제로 날개를 가진 새였지만 노래하지 않고 우는 새였다. 우는 새는 생명의 하강 이미지이고, 노래하는 새는 생명의 상승 이미지라고 할 때, 그의 생명이 이제 날아오르기 시작한 것이다. 그는 나무새가 "저승의 어느 산골/그 깊은 숲/소나무 잎새 끝에서 생겨나는/피리를 부느니"라고 한다. 이 "소나무 잎새 끝에서 생겨나는/피리를 부느니"는 인위가 아닌 자연의 노래이다. 생명 상승의 이미지이다.

龍아,
예쁜 王妃의 팔목에 서리어
곱게 잠자던 누우런 龍아,

오늘은 나에게 달려드느냐.
불타는 눈으로 심장을 꿰뚫으며
요지부동으로 나를 휘감느냐.

(중략)

번쩍이는 비늘 갈피갈피에
앞서간 세월이 묻어있는 너는
우리네 할머니,
그분의 옛날 얘기처럼 길구나.

—「武寧王의 銀팔찌」 부분

제2시집에는 「武寧王의 銀팔찌」가 있다. 이 「武寧王의 은팔찌」의 첫 연에 새겨진 용은 "龍아, /예쁜 王妃의 팔목에 서리어/곱게 잠자던 누우런 龍아,"에서 보듯 순한 용인데, 둘째 연에 새겨진 용은 "오늘은 나에게 달려드느냐/불타는 눈으로 심장을 꿰뚫으며/요지부동으로 나를 휘감느냐" 에서 보듯 도전적이다. 전통적으로 남성을 상징하는 용은 여성에겐 사랑스럽게 보이고, 남성에겐 경쟁자로 보이게 마련이다. 위의 시의 화자인 문효치는 남성이므로 "둥그렇게 벌린 저 아가리/거대한 몸뚱이를 파동치며/속으로부터 끓어서 넘어오는/나에게 참으로, 참으로 할 말은/무엇이냐, 괴로운 龍 아"66)에서 보듯 도전적이다.

---

66) 「武寧王의 은팔찌」의 3연에서.

여기서 중요한 것은 다 같은 시적 이미지이지만 "예쁜 왕비의 팔목에 서리어" 있는 용은 "곱게 잠자던 누우런 龍"이지만, 2,3연에 새겨진 용은 권력을 상징하는 이미지라는 점이다. 권력을 상징하는 이미지는 당시에 연좌제로 문효치를 괴롭히던 권력이다. 그 권력은 "천정처럼 막혀서 저 세상이 보이지 않던/답답한 하늘을 찢어버리고 내려오느냐"[67]에서 보듯, '저 세상이 보이지 않던'은 미래를 예측할 수 없던 심리적 압박의 '사회적 죽음'의 이미지이고, '답답한 하늘'은 그 당시 빛이 보이지 않던 '사회적 죽음'의 상황을 상징하는 것이다. 이처럼 어려운 상황 속에서도 조각품에 새겨진 용에게서 밝음과 어둠의 이미지를 형상화할 수 있는 것이 시인의 눈이다.

못을 뽑는다.

암흑과 침묵을 지키고 있던
堅固한 쇠못을 뽑는다.

날개를 달고
푸시시 깨어 날으는
言語의 어지러운 새떼,

새떼의 자유로운 飛翔을 위해
새떼의 신선한 호흡을 위해
녹슨 쇠못을 뽑는다.

---

67) 위의 시 4연에서.

쇠못의 질긴 뿌리,
내 가슴에 답답하게 서린
뿌리도 함께 뽑는다.

—「武寧王의 棺釘」 전문

위의 시에서 "못을 뽑는다"는 해체의 이미지이다. 관棺은 시체를 넣는 궤이다. 이 관에 박힌 "암흑과 침묵을 지키고 있던/견고한 쇠못을 뽑는다"고 한다. 여기서 '암흑과 침묵'은 죽음의 이미지이다. 그렇다면 "堅固한 쇠못을 뽑는다"는 해체는 죽음의 허물을 벗고 '삶'을 회복하는 이미지이다. 물론 무령왕의 육신은 이미 무화無化되어 부활할 수가 없으니 여기서 살아나는 것은 무령왕의 정신이라 할 수 있겠다. 이 정신이 곧 백제의 예술혼이며, 그 예술정신이 "날개를 달고/푸시시 깨어나는/言語의 어지러운 새떼"가 되는 것이다. 관에 박혀있던 쇠못은, 단순히 무령왕만의 주검을 가리키는 것이 아니며, 문효치의 마음을 가두고 있던 죽음의식 곧 죽음에 대한 공포이기도 하다. 그래서 시를 '새떼'에 비유하고, "새떼의 자유로운 飛翔을 위해/새떼의 신선한 호흡을 위해/녹슨 쇠못을 뽑는다"고 한 것이다. 이것은 시적 이미지의 신선한 호흡을 위해 가슴 속에 박혀 있는 죽음의식을 뽑는 이미지이기도 하다. 이러한 일의 계기가 된 것은 「武寧王의 木棺」에 박힌 쇠못인 「武寧王의 棺釘」을 보면서이다. 문효치는 "무령왕의 목관재는 천오백 년의 세월을 거슬러 내 앞에 있었다. 나에게 있어서 이 널빤지는 저승과 이승을 오가는 한 척의 배였다"[68]라고 한다. 사실 그것은 '녹슨 쇠못'일 뿐이다. 이 '녹슨 쇠못'을 뽑는 것은 죽음의식이 더 이상 시의 비상을 막지 못할 것이며, 영적 교감의 '신선한 호흡'을 막지 못할

68) 문효치, 「백제를 구실로 한 작은 상상의 세계」, 『시와 시학』, 2006 가을 호, 163쪽.

것이라는 의지의 이미지이다. 그 "쇠못의 질긴 뿌리,"는 시인의 "가슴에 답답하게 서린" 죽음의식의 이미지이기 때문이다. 그래서 이 "뿌리도 함께 뽑는다"고 한다.

문효치는 무령왕을 만나면서부터 그의 시와 함께 그의 생기도 날개가 돋는다. 홍신선은 그의 시세계를 가리켜 「죽음과 부활의 시학」[69]이라고 했다. 적절한 지적이다. 그래서 위의 시는 "쇠못의 질긴 뿌리/내 가슴에 답답하게 서린다"로 마무리된다. 위의 작품뿐만 아니라 그의 모든 백제시는 그의 가슴에 박힌 '사회적 죽음'의 쇠못을 뽑는 작업이라고 하겠다.

> 한 송이 火焰으로 피어오르는
> 이승의 그리움을 다스리기 위해
> 나, 여기에 한사코 물을 담았지.
>
> 바위 속을 누비며 출렁이다가
> 투명한 알몸으로 뿜어오르는
> 시리도록 푸르른 샘물을 담았지.
>
> 홀로 가는 저승길, 해질녘이면
> 불타는 가슴팍을 풀어헤치고
> 눈감으며 뛰어들 바다를 담았지.
>
> —「武寧王의 물병」 전문

물은 지상에서 생을 영위하고 있는 육체적 생명의 원형상징이고, 불은 영적 생명의 원형상징이다. 물과 불의 조화로 생명이 영위되는 것을 동양

---

69) 홍신선, 「죽음과 부활의 시학詩學」, 『문효치의 시 읽기』, 지혜, 2012, 785쪽.

철학에서는 음양조화라고 한다. 그렇다면 「武寧王의 물병」은 문효치 자신의 물병이다. 생명의 원형상징인 이 물은 “바위 속을 누비며 출렁이다가/투명한 알몸으로 뿜어 오르는/시리도록 푸르른 샘물을 담았지”라고 그리고, 마지막엔 ‘바다’로 그리고 있다. 바다는 생명력의 절정이며, 샘물은 생기의 솟아오름이다. 왜 문효치는 샘물과 바다로써 생명이미지를 그렸을까. 자신의 생명력과 생기가 극도로 쇠약했기 때문이다. 그는 죽음의 공포에 갇혀 이승과 저승을 넘나드는 경계에 존재하고 있었다. 그래서 죽음의 경계를 넘어 저승에서 천오백여 년 동안을 숨어 있다가 다시 부활한 무령왕을 화자로 설정한 것이다. 위의 시에서는 무령왕의 영혼이며, 백제의 예술혼이 문효치의 시신詩神과 만나서 화자로 등장한 것이다. 시인의 상상력이 역사적 시간을 넘어서 시인과 무령왕이 하나가 되어 시 속의 화자가 된 것이다.

> 나는 이제 千年의 무게로
> 땅속에 가 호젓이 눕는다.
>
> (중략)
>
> 그 자리에, 나의 자유로운 영혼은
> 한 덩이의 푸르른 허공이 되어
> 섬세한 瑞氣로 남느니.
>
> 너는 이때에 한 채의 玄琴이 되어
> 빛깔 고운 한 가닥 旋律이 되어
> 안개처럼 멍멍히 젖어 들어오는

그리운 노래로나 서리어다오.

―「武寧王의 나무頭枕」 부분

위의 시의 화자는 무령왕이다. 이 화자는 "나는 이제 千年의 무게로/땅 속에 가 호젓이 눕는다"고 한다. 시의 화자는 "살며시 눈감은 하도 긴 잠 속, /육신은 허물어져 내리다가/먼지가 되어 포올포올 날아 가버리고,에서 보듯, 공간에 존재하는 무령왕의 육신은 무화되어버렸다. 그러나 "그 자리에, 나의 자유로운 영혼은/한 덩이의 푸르른 허공이 되어/섬세한 瑞氣로 남는다"고 한다. 오직 영혼만이 문효치의 상상력과 만나 대화하고 있다. 그래서 시를 가리켜 '신화'라고 한다. 이 "한 덩이 푸르른 허공이 되어/섬세한 瑞氣로 남느니"에서, '푸르른 허공'은 하늘의 이미지이고, 영혼이 하늘 곧 자연으로 돌아갔다는 의미이다. 홍신선은 "영혼의 집인 육신이 탈각되고 대신 허공에 서린 서기로서의 부활은 시간을 초월한 것이기도 하다. 무열왕릉이 발굴되고 그곳에서 나온 수많은 유품들을 집중적으로 시화하면서, 문효치는 시간을 뛰어넘어 영원이나 영생이 무엇인가를 생각한다"[70]고 한다.

참 시인은 나를 비우고 하늘이 되어야 한다. 그래서 문효치는 자신에게 "너는 이때에 한 채의 玄琴이 되어/빛깔 고운 한 가닥 旋律이 되어/안개처럼 멍멍히 젖어 들어오는/그리운 노래로나 서리어다오"로 시를 마무리한다. 무령왕의 유물에서 백제의 혼령과 교감하려면 "한 채의 玄琴이 되어"야 한다. 시인이 '현금'이 된다는 것은 자신이 악기가 된다는 이미지이다. 악기는 선율만 울리어 "안개처럼 멍멍히 젖어 들어오는/그리운 노래"일

70) 홍신선, 「죽음과 부활의 시학」, 『문효치의 시 읽기』, 지혜, 2012, 795쪽.

뿐, 자신의 지식이나 이념을 설파하지 않는다. 문효치의 그 많은 백제시가 모두 "그리운 노래로나 서리어" 오는 까닭이다.

> 죽은 것은 당신만이 아니다.
> 갈대 숲에 바람 부는 소리를 내며
> 내 몸속에도
> 죽음은 수시로 드나든다.
>
> 그럴 때마다
> 내 누운 방은
> 한 채의 상여가 되기도 하고
> 어두운 무덤 속이 되기도 한다.
>
> 죽은 자의 혼령들이여
> 죽은 것은 당신만이 아니다.
>
> —「武寧王의 陵」 전문

이 시에서도 그 제목만 「武寧王의 陵」 일뿐 무령왕의 이미지는 전연 그려지지 않고 있다. 무덤의 이미지도 없다. 오히려 살아있는 자신의 육신을 무덤의 이미지로 그리고 있다. 그의 건강이 이런 지경에 이르면 무덤 속에 있는 것이나 다름없다. 삶과 죽음의 경계선에서 살아 있으나 죽은 것처럼 무덤 속에 존재한다. 이런 상황을 "갈대숲에 바람 부는 소리를 내며/내 몸 속에도/죽음은 수시로 드나든다"고 했다. 그리고 "그럴 때마다/내 누운 방은/한 채의 상여가 되기도 하고/어두운 무덤 속이 되기도 한다"고 한다. 연좌제에 의한 조사와 감시가 얼마나 무서운 것인가를 알 수 있다. 그는 "죽은 자의 혼령들이여/죽은 것은 당신만이 아니다"에서 보듯 죽음의 지경에 있었던 것이다.

그러나 그가 참여시나 민중시 쪽에 가담하지 않은 것은 건강문제보다는 자신의 시관의 문제가 더 컸다고 생각한다. 그는 자신의 시관에 의해 서사보다는 서정 쪽에 몰두했다는 말이다. 그가 이런 시관을 갖게 된 것은 그의 은사인 미당의 서정시의 영향 때문이라고 생각한다. 서정抒情에서 중요한 것은 정情이다. 정은 마음과 사물의 만남에서 발생하는 심리현상이다. 마음은 시인의 주관이고 사물은 자연의 객관이다. 다시 말해 그의 시 창작은 자연과의 교감이며, 신과의 대화이고, 신화의 창조인 것이다.

3. 백제의 시공간, '백제시'의 귀향

문효치의 제3시집의 표제는 『백제의 달은 강물에 내려 출렁거리고』이고, 제4시집의 표제는 『백제 가는 길』이다. 제3시집의 표제에서 '달'과 '강물'은 순수 자연이고, 제4시집의 '가는 길'도 역사의식이나 이념과는 관계가 없는 말이다. 실제로 '백제의 달'은 3국 중 제일 먼저 패망한 '백제의 달'이 아니라, 백제의 정서로 바라보는 달이란 의미이고, '백제 가는 길'도 옛 백제의 영토였던 지방의 자연을 가리키는 말이다. 이것은 백제라는 역사적 고유명사보다 문효치가 여행한 백제의 옛 땅에서 느낀 정서를 형상화한 작품들이라는 의미라고 하겠다. 이런 현상은 문효치의 시의식이 인위의 틀을 벗고 자연과의 교감 쪽으로 전환하고 있다는 것을 의미한다. 이를 가리켜 '백제정신의 자연화 이미지'라고 한 것이다.

1) 이승과 저승 사이의 왕복

생명의 상승 이미지인 새가 목이 조이고 죽어가는 하강이미지로 형상화되다가 백제 유물을 만나면서 문효치의 상상력 속으로 날아드는 상승의 이미지로 바뀌는 과정을 살펴보았다. 새가 날아든다는 것은 그의 시적 상상력이 새로운 활동을 시작하는 것을 의미한다. 그 새로움이란 단순히 백제와의 만남이 무령왕 등 왕족에 국한되는 것이 아니라는 점이다. 이에 대한 시인의 말을 들어보자.

> 백제는 매몰된 왕국이었고 그 역사는 대부분 공백상태로 있을 뿐이었다. 매몰된 왕국의 공백이 바로 시인의 상상력이 활동하면서 새로운 시적 세계를 창출해 낼 수 있는 공간이 된다. 내가 백제 관련 시 백수십 편을 쓰면서 제일 많이 생각해 본 것은 삶과 죽음의 합일화를 시로 승화시켜보자는 것이었다. 여기서 삶과 죽음의 가교 역을 한 것이 많이 남지 않은 백제의 유물과 사건들이었다. 이것들을 통해서 나는 천오백년 전에 살다가 지금은 저승에 가 있는 백제인들과 만날 수 있었다.[71)]

그는 백제 관련 시로써 죽음에 대한 두려움을 극복하고 새로운 삶으로 승화시켜보자는 것이었다. 이로써 "천오백년 전에 살다가 지금은 저승에 가 있는 백제인 들과 만날 수 있었다"고 한다. 물론 "저승에 가 있는 백제인 들과 만날 수 있었다"는 것은 시를 통해 백제혼령들과 교감하는 것을 의미한다. 이야말로 "시인은 마치 그가 宇宙的 순간에 처해 있으며 宇宙

---

71) 문효치, 「백제를 구실로 한 작은 상상의 세계」, 시와 시학, 2006 가을 호. 163～164쪽.

的 生의 첫날과 동시적인 것처럼 세계를 발견한다"[72]는 엘리아데의 말을 확인해 준다.

> 며칠 만에 찾아든 산책길, 그러나 그 사이에 큰 변화가 일어나고 있었다. 헤아려보니 모두 열 하나의 무덤이 파헤쳐지고 있었다. 누구나 마지막 차지하는 최소의 땅, 이 최소의 땅의 꿈마저 안심하고 누릴 수 없다니.
>
> 도시는 산을 향해 쳐들어오고 있었다. 인구 폭발에 허덕이는 도시는 황산벌을 물밀어든 유신의 인해전술로 산을 향해 쳐들어오고 있었다.
>
> 내 발끝에 파헤쳐진 무덤 속의 혼령들은 어디로 피어올랐을까. 여기저기 피어올라 떠도는 혼령들로 하늘은 가득했다. 무덤들은 밤마다 울었다. 달빛이 푸르른 밤이면 어흐흥어흐흥 소리내며 빈 무덤들은 끌어안고 울었다.
>
> —「빈 무덤—백제시편 1」 전문

위의 시는 '백제시편 1'이라는 제목에도 불구하고, 백제와 관련된 어구語句는 "황산벌로 물밀어든 유신의 인해전술"뿐이다. 위의 시의 내용은 도시개발에 밀려 산이 파헤쳐지는 바람에 산자락에 있던 「빈 무덤」까지 파헤쳐지는 것을 안타까워하는 심정이다. 무령왕릉에서는 부장품이 쏟아져 나왔지만 이 「빈 무덤」은 말 그대로 빈 무덤일 뿐이다. 그러나 "내 발끝에 파헤쳐진 무덤 속의 혼령들은 어디로 피어올랐을까. 여기저기 피어올라 떠도는 혼령들로 하늘은 가득하다"고 한다.

왕릉이 아니라 유물은 나오지 않은 「빈 무덤」이지만. 유물이 없다고 혼령까지 없는 것은 아니다. 물론 무덤을 파헤치는 일꾼들에게는 그냥 빈

72) M. 엘리아데, 「現代의 神話」, 앞의 책, 322쪽.

무덤일 뿐이다. 그들에겐 혼령 같은 것은 보이지도 않고 들리지도 않으며 관심도 없다. 오직 시인에게만 "여기저기 피어올라 떠도는 혼령들로 하늘은 가득했다. 무덤들은 밤마다 울었다"에서 보듯 혼령들이 보이고, 울음소리도 들리는 것이다.

옛 백제의 땅에서는 "무덤들은 밤마다 울었다. 달빛이 푸르른 밤이면 어흐흥어흐흥 소리내며 빈 무덤들은 끌어안고 울었다"고 한다. 여기서 울음은 백제혼령들의 울음이며 문효치의 마음의 울음이다.

> 내 젊음이 끝나려 할 때 새는 날아왔다. 짙푸른 하늘의 한자락을 보자기만큼 도려내어 부리에 물고 날아왔다. 공중에서 통통 튀는 금빛 햇싸라기, 저 깊은 숲이 내쉬는 몇 움큼의 맑은 숨결, 강물을 쳐들고 오르는 물비늘 같은 것들을 보자기에 담아가지고 왔다. 그리고는 죽어 가는 젊음을 제사 지내기 위해 그는 혼신의 노래를 불렀다. 아무리 불러도 영 와주지 않던 새가 이런 때엔 홀연히 왔다. 님이여, 죽음이란 이렇게 황홀한 것인가요. 만날 수 없는 것, 누릴 수 없는 것을 만나서 누릴 수 있게 해 주는 것인가요. 그래서 계백은 마누라도 죽이고 자기도 죽었나요.
>
> —「새—백제시편 5」 전문

위의 시에서 시적 화자는 "내 젊음이 끝나려 할 때 새는 날아왔다. 짙푸른 하늘의 한 자락을 보자기만큼 도려내어 부리에 물고 날아왔다"고 한다. 여기서의 새는 생명상승의 이미지이다. 위에서 보듯이 "짙푸른 하늘의 한 자락, 통통 튀는 금빛 햇싸라기, 숲이 내쉬는 맑은 숨결, 강물을 쳐들고 오르는 물비늘" 들을 "보자기에 담아가지고 왔다"고 한다.

이것은 문효치의 시력詩歷에서 중요한 계기로 볼 수 있다. 그는 "나는 두려움을 덜기 위해 죽음을 인정하고 수용해 버리는 역설적 방법으로 대응할 수밖에 없었다. 그 결과 "육신은 아직 쇠약한 채로였지만 마음만은 다소 편안해졌다"[73]고 한다. 이러한 의식현상의 변화에서, "님이여, 죽음이란 이렇게 황홀한 것인가요. 만날 수 없는 것, 누릴 수 없는 것을 만나서 누릴 수 있게 해 주는 것인가요. 그래서 계백은 마누라도 죽이고 자기도 죽었나요"라는 이미지로 시를 마무리한다. 이제 죽음까지도 황홀한 시 미학적 형상화를 맞게 된다. 그 결과 그의 백제시가 창작되고, 마음의 안정을 찾아서 건강도 회복되기 시작한다.

천년 밖으로 흘러가버린
백제의 하늘이
날개를 달고
빛나는 깃털을 달고
날아든다.

(중략)

새가 날아든다.
쏟아진다.

—「백제의 새—백제시편 15」 부분

위의 시는 제3시집 『백제의 달은 강물에 내려 출렁거리고』 '1부'의 제목이 된 작품이다. 시집 '1부'에는 23편의 「—백제시편」이 수록되었으며, 이 「백제의 새—백제시편 15」 외에 「새—백제시편 5」, 「솟아오르는 새—

---

73) 문효치, 「백제를 구실로 한 작은 상상의 세계」, 시와 시학, 2006 가을 호. 163~164쪽.

백제시편 12」, 「날아오르는 것이 어찌 새 뿐이랴—백제시편23」 등 새를 제재로 한 시가 3편이 더 있다. 백제라는 역사적 시간은 '천년 밖으로 흘러가버려' 현재에는 존재하지 않는다. 이 백제가 「백제의 새」가 되어 "날개를 달고/빛나는 깃털을 달고/날아든다"고 한다. 문효치의 상상력 속으로 백제의 혼령들이 새가 되어 날아들고 있다. 무령왕의 유물을 만남으로써 문효치의 상상력 속으로 날아드는 새로 부활했지만, 아직 날아오르는 상승의 이미지는 아니다. 다만 "백제의 하늘이/날개를 달고/빛나는 깃털을 달고/날아든다"이다. 여기서 '날개를 달고'는 시적 상상력의 부활을 상징하는 이미지이고, '빛나는 깃털을 달고'는 시 미학적 예술혼의 부활을 상징하는 이미지이다. 백제의 혼령들이 "저승의 수많은 영혼의/갖가지 목소리를/무당의 옷처럼 울긋불긋/온몸에 휘감고" 날아들고 있다. 이 새는 "딩딩딩딩……/잦은 징을 두들기며/이승과 저승의 벽을 허는/자유의 새"이다. 여기서 '자유의 새'란 죽음에 대한 두려움의 속박에서 풀려난 그의 상상력을 상징하는 생명상승의 이미지이다.

홍신선은 이러한 문효치의 시력詩歷을 세 갈래의 큰 줄기로 나눠 볼 수 있다고 전제하고, "하나는 죽음에 대한 두려움과 그 극복의 세계이며, 둘째는 죽음으로부터의 부활, 그 구체적인 예로서의 무령왕을 집중적으로 살펴보고 있는 세계이며, 세 번째는 사랑의 세계이다"[74]라고 했다. 날개를 가지고 공간에 날아오를 수 있는 것은 새뿐이다. 그래서 "천년 밖으로 흘러가버린" 백제의 혼령들이 「백제의 새」가 되어 시인에게로 날아든다. 이 시 후반부의 "딩딩딩딩……/잦은 징을 두들기며/무리를 이루어/눈처

---

74) 홍신선, 「죽음과 부활의 시학詩學」, 『문효치의 시 읽기』, 지혜, 2012, 785쪽.

럼 쏟아진다/자유의 새/새가 날아든다/쏟아진다"에서 보듯, 시인의 상상력 속으로 쏟아지듯 날아든다. 상승의 이미지이다.

> 억수로 흩날리는 눈발 속에서도
> 얼음짱으로 굳어진 하늘에서도
> 백제의 새는 울었다.
>
> (중략)
>
> 무덤마다 문을 열고
> 백제의 새들은
> 솟아오르고 있었다.
>
> —「솟아오르는 새—백제시편 12」 부분

위의 시에 이르러서는 "억수로 흩날리는 눈발 속에서도/얼음짱으로 굳어진 하늘에서도/백제의 새는 울었다"에서 보듯, 울고 있는 새가 된다. 새가 운다는 것은 '살아있다'는 이미지이다. '울다'는 '노래하다'와 같이 '살아있다'의 이미지이기 때문이다.

여기서 "억수로 흩날리는 눈발 속"이나 "얼음짱으로 굳어진 하늘"은 심리적 압박에 의해 굳어진 그의 가슴속 이미지이고, 둘째 연의 "곰보딱지같이 돋아 있는/무수한 무덤들 위에서도"는 그 당시 공동묘지와 같았던 시대적 배경의 이미지이다.

그렇다면 "눈이면 눈, 바람이면 바람/속에서 새는/이승이고 저승이고 구별 없이/날아서 넘나들었다"[75]고 하는 그 새는 도대체 무엇인가. 그의

---

75) 위의 시 3연에서.

표현에 의하면 그것은 백제의 혼령들이다. "얼음짱으로 굳어진" 독재의 하늘 아래서, 그의 시적 상상력이 맘 놓고 만날 수 있는 것은 천오백년 전에 패망한 백제의 혼령들밖에 없다. 백제의 혼령들을 만난 시적 상상력이 이승과 저승을 넘나드는 새로 형상화된 이미지이다. 그래서 "새 울음은 불빛처럼 반짝였다./저절로 생기는 빛깔로 치장을 하며/억겁을 흘러내리는 울음소리를 울고 있었다"[76]고 한다. 백제시의 새 울음소리는 곧 문효치의 가슴 속에서 울고 있는 혼령들의 울음소리이다. 시 미학적 형상화에 의해 백제의 새가 부활한 것이므로, 그는 "죽음이 어디 있겠는가/ 보는 이의 시력만이 수없이 바뀔 뿐/죽음이야 있겠는가"라고 한다. 여기서부터 백제의 새는 죽음의 두려움을 극복하고 새롭게 날아오르는 상승의 이미지로 전환된다.

> 날아오르는 것은 새만이 아니었다.
> 公山城에서는
> 한 덩이의 기와쪽에서도
> 한 조각의 사금파리에서도
> 반짝이는 혼령들이 태어나
> 날갯짓을 하며 날아오르고 있었다.
>
> (중략)
>
> 지저귀는 것이 어찌 새 뿐이랴.
> 산성에서는
> 입이 없는 돌멩이 하나, 풀잎 하나까지도

---

76) 위의 시 4연에서.

모두모두 큰소리로 지저귀고 있었다.

—「날아오르는 것이 어찌 새뿐이랴—백제시편 23」 부분

백제의 옛 수도였던 "公山城에서는/한 덩이의 기와 쪽에서도/한 조각의 사금파리에서도/반짝이는 혼령들이 태어나/날갯짓을 하며 날아오르고 있었다"고 한다. 그래서 이 작품의 제목이 「날아오르는 것이 어찌 새 뿐이랴」이다. 공산성은 백제의 수도였던 공주에 소재하는 성이다. 그래서 "산성의 하늘은/이들의 날갯짓과 지저귐과 광채로 메워지고/무시로 불어오는 바람은/내 속으로 속으로/이것들을 실어서 들여놓고 있었다"에서 보듯, 공주에만 가면 그의 상상력은 백제의 혼령들과 만나게 된다.

천오백년 전의 과거가 되어 현재에는 없는 백제의 심상들이 시인의 상상력 속으로 "뼈의 문을 삐걱 열고/백마강도 일어서서 엉금엉금 들어오고/계룡산도 옷을 털며 어정어정 들어오고 있었다"고 한다. 공산성에만 가면 문효치는 백제로 돌아가 백제의 시인이 된다. 백제의 혼령들과 만나서 대화를 하는 시적 화자가 된다. 그래서 "지저귀는 것이 어찌 새 뿐이랴./산성에서는/입이 없는 돌멩이 하나, 풀잎 하나까지도/모두모두 큰 소리로 지저귀고 있었다"고 한다. 문효치는 공주에만 가면 옛 공산성의 사물들을 만나 "이것들을 통해 나는 천오백년 전에 살다가 지금은 저승에 가 있는 수많은 백제인 들과 만날 수 있었다"고 한 것이다.

이 시에 대해 강희근은 "상상이 두 갈래로 진행된다. 공산성에서 혼령들이 날아오르는 상상과 그 혼령들을 바람이 '내 속'으로 들여놓고 있다는 상상이다. 앞의 상상은 초시간적이고 뒤의 것은 초시간—초공간적인데 다만 그 공간이 외부세계가 아니라 화자의 내부공간이다"[77]라고 한다.

이것은 외부의 공간적 자연현상의 이미지가 내부적 상상의 세계로 들어와 시적 이미지로 형상화된다는 지적이다.

> 버스를 타고 그대의 나라로 출발 할 때 눈이 왔다
> 하늘의 조각들이 떨어져내려
> 나를 실어 나르는 기계 위에 부딪쳤다.
> 부딪칠 때마다 하늘의 음성이 들렸다.
> 하늘의 음성은 수없이 울렸고 나를 실은 기계는 공중에 떠가고 있었다.
> 공주까지 오면 그대 나라의 출입문이 보인다.
> 문지기 하나 서 있지 않은 큰 문은 누구나 자유롭게 드나들 수 있게 활짝 열려 있었다.
> 마치 연극의 개막처럼
> 까투리 한 마리가 푸른 정적을 가르며 날았다.
> 이 얇은 막을 제끼면 곧바로 당신의 나라.
> 나는 늘상 이런 식으로 복잡한 수속도 까다로운 증명서도 없이
> 쉽게 당신의 나라에 입국하곤 한다.
>
> —「武寧王의 나라」 전문

이 시는 제3시집 '2부'에 실려 있다. 이 시집에는 1500년 전「武寧王의 나라」에서만 있을 수 있는 사건을 소재로 한 작품이 5편이었다. 이를 계기로 문효치는 시 속에서 과거와 미래를 왕래할 수 있게 된다. 이 시의 첫 행, "버스를 타고 그대의 나라로 출발할 때 눈이 왔다"에서, '버스를 타고'는 현실적 공간의 행위이고, '그대의 나라로 출발할 때'는 상상적 공간의

77) 강희근,「새와 상상, 그리고 넘나들기」,『문효치의 시 읽기』, 지혜, 2012, 603쪽.

행위이며, '눈이 왔다'는 다시 물리적 공간의 자연현상이다. 시인이 '공주까지 오면'까지는 현실적 공간의 사건이고, 「武寧王의 나라」인 "그대 나라의 출입문이 보인다"는 상상 속의 사건이다. 여기서도 물리적 공간인 <현실—현재—이승>과 심리적 공간인 <상상—과거—저승>이란 상징 체계가 성립된다.

이 시에서는 새, 풀잎 등 생명 있는 생물들과 돌멩이, 기와조각 등의 무생물들이 백제라는 상상의 공간에서 만나, 시적 이미지로 부활하여 어울린다. 이승과 저승을 오가는 상상력을 이름이다. 문효치의 육신은 현실에 있지만 그의 상상은 무령왕의 나라에 있는 셈이다. 이승과 저승은 "까투리 한 마리가 푸른 정적을 가르며 날았다./이 얇은 막을 제끼면 곧바로 당신의 나라"에서 보듯 '얇은 막' 하나로 구별된다. 이 얇은 막을 넘나드는 것이 현실적 공간의 '새'이며, 상상의 날개로 이승과 저승을 넘나드는 것은 시인이다. 시인은 버스 위로 내리는 눈발을 "하늘의 조각들이 떨어져 내려/나를 실어 나르는 기계 위에 부딪쳤다./부딪칠 때마다 하늘의 음성이 들렸다"에서 보듯, 눈발을 하늘의 음성으로 바꿔 들으며 "공주까지 오면 그대 나라의 출입문이 보인다"고 한다. 시인이 공주에 이르러 본 '출입문'은 「武寧王의 나라」로 드나드는 문이다. 홍기삼은 "한겨울 날리는 눈발을 하늘의 음성으로 바꿔 들어가며 문효치 시인이 공주에 이르러 만난 것은 과연 무엇이었을까. 그것은 무령왕 당신의 나라이고 그의 정신적 고향인 옛 백제이다"[78]라고 한다. 시인의 상상력은 이승과 저승 사이의 벽도 '얇은 막'처럼 지워버리고, 저승의 소리와 사건을 듣기도 하며 볼 수도 있다. 이 또한 "위대한 시인에겐 과거가 존재하지 않는다고들 말한다"[79]

78) 홍기삼, 「전통 또는 백제의 시」, 『문효치의 시 읽기』, 지혜, 2012, 339쪽.

는 엘리아데의 말을 확인해 준다. 천 오백년 전의 과거가 시인의 상상력 속에서 현재가 된 것이다.

당신이 거느리던 영토는 잃었지만
당신의 영혼과 피는 여전히 살아서
금강 언저리에 출렁입니다.

(중략)

당신의 어느 이름 모를 하녀
그 손톱을 치장하던 봉숭아 붉은 물이

해마다 가을이면 스르르 날아가
앞마당 감나무 잎사귀에 옮겨 앉는
그 사소하지만 신비스런 이야기까지도.

강물 속에서 이런 이야기들은
오히려 차돌처럼 야물어지고
나는 기슭을 서성이며 귀기울입니다.

―「武寧王에게」 부분

위의 시에서 문효치는 "당신이 거느리던 영토는 잃었지만/당신의 영혼과 피는 여전히 살아서/금강 언저리에 출렁입니다"라고 한다. 시인의 눈에는 금강의 물결로 출렁이는 무령왕의 '영혼과 피'가 보인다. 시인의 눈에는 금강이 "半跏思惟像으로 몸을 일으켜 앉고는/바른손으로 턱수염을

79) M. 엘리아데,「現代의 神話」, 앞의 책, 322쪽.

긁적거리며/입을 쫑긋쫑긋 말을 합니다"[80]에서 보듯 시인과 대화를 한다. 금강은 시인에게 "용맹한 장수들의 싸움 이야기"[81]와 "신명을 바쳐 예술을 구워내던 匠人들의 이야기"[82]까지 들려준다. 이런 이야기를 들으려고 시인은 옛 백제의 땅을 열심히 찾는다. 시인은 "강물 속에서 이런 이야기들은/오히려 차돌처럼 야물어지고/나는 기슭을 서성이며 귀 기울입니다"라고 한다. 강은 나라의 흥망성쇠의 이야기를 안고 흐르는 서사의 이미지이다.

시인은 "당신의 어느 이름 모를 하녀/그 손톱을 치장하던 봉숭아 붉은 물이//해마다 가을이면 스르르 날아가/앞마당 감나무 잎사귀에 옮겨 앉는/그 사소하지만 신비스런 이야기까지도"에서 보듯, 백제 때의 세세한 이야기를 금강에게서 듣는다. 그것도 그냥 강물의 물결소리로 듣는 것이 아니라 '반가사유상'의 설법 말씀으로 듣는다. 그런 만큼 이 이야기들은 백제불교의 거룩한 설법 말씀이다. 그러나 그 내용은 결코 종교적 관념의 신비한 말씀이 아니라, '장수들의 싸움 이야기'와 천민이었던 '예술을 구워내던 장인들의 이야기' 그리고 '이름 모를 하녀의 손톱을 치장하던 봉숭아 붉은 물'의 이야기를 듣는 것이다.

이야기를 들려준 백제의 '반가사유상'은 "지상의 어느 나라 어느 시대의 불상보다도 특히 백제의 반가사유상은 최고 작품으로 평가받고 있다"[83]고 한다. 금강을 무령왕의 '영혼과 피'라고 할 정도로 시인은 백제를 감각적으로 실감한다. 그가 3국 중 제일 먼저 패망했고, 짓밟힌 백제의 시

80) 위의 시 2연에서.
81) 위의 시 3연에서.
82) 위의 시 4연에서.
83) 신동욱, 「문효치의 시와 의식」, 『문효치의 시 읽기』, 지혜, 2012, 497쪽.

인이 된 까닭은 백제를 너무 사랑하고 백제에 대한 향수가 짙었기 때문이다. 그의 사랑이야기를 들어보기로 하자.

> 참으로 신기해
>
> 숨어 있던 것이 보여.
> 막혀 있던 것이 들려.
>
> (중략)
>
> 몸 속에
> 줄기줄기 강이 흐르고
>
> 배들은 저마다
> 돛을 올려
> 바람도 불어
>
> 유니,
> 참으로 신기해.

—「사랑하면」 부분

위의 시에선 "숨어 있던 것이 보여./막혀 있던 것이 들려"와 같은 "참으로 신기해"의 사건을 만난다. 위의 시 「사랑하면」은 문효치의 '시창작론'이다. 그러니까 문효치의 모든 시작품들은 그의 「사랑하면」의 결실이다. 이처럼 「사랑하면」 "몸속에/줄기줄기 강이 흐르고"와 같이 생명의 강이 흐르고, "배들은 저마다/돛을 올려/바람도 불어"와 같은 "참으로 신기해"

라고 할 만한 감동의 세계가 열린다. 여기서 "줄기줄기 강이 흐르고"와 "돛을 올려/바람도 불어"는 생명의 상승과 확장의 이미지이며, 영적 생명의 부활을 상징하는 이미지이다. 시인이 「사랑하면」을 제3시집 '4부'의 제목으로 한 까닭이 밝혀진 셈이다. 백제시는 그의 백제사랑에 의해 부활한 백제혼령의 이미지이다. 이에 대한 문효치의 말을 들어보자.

> 시는 인위적 의도만으로는 쓰여질 수 없다. 시의 씨가 싹을 틔우고 잎을 피기 위해서는 시적 영감이 필요하다. 하늘이 주는 이 시의 영감을 받아들이기 위해서는 기도와 같이 경건한 사랑의 심안을 가져야 한다. 사랑 없이 보는 돌은 그냥 돌에 지나지 않는다. 그러나 사랑의 눈으로 보는 돌은 돌이 아니라 하나의 생명이다. 백제의 유물들이 나에게 있어서 하나의 무정한 물체가 아니라 신비로운 생명체로 보이는 것은 사랑의 눈으로 보기 때문이다. 이럴 때 영감은 하늘로부터 스스로 내려온다.[84)]

시는 "하늘이 주는 영감"이며, "사랑의 눈으로 보는 돌은 돌이 아니라 하나의 생명이다"라고 할 만큼 사랑과 생명은 하나이다. 사랑이 없으면 하늘로부터의 영감도 없으며, 시도 없다는 말이다. 시인의 사랑의 시관이 위의 시 「사랑하면」에서도 그대로 형상화되고 있다. 시창작의 원동력은 상상력이고, 상상想像의 우리말은 '그리다'이다. 마음속으로 그리는 것이 '그리움'이고, '그리움'의 다른 말이 곧 사랑이다. 그렇다면 상상력은 곧 사랑의 힘이다. 이 사랑이 아니면 그의 백제시도 존재할 수 없다. 그가 사랑한 백제는 곧 그의 생명이며, 고향이다. 먼저 백제와 관련된 사랑을 주제로 한 시 한편을 보기로 한다.

---

84) 문효치, 「허무의 센티멘탈리즘을 넘어서」, 『조선문학』, 1994. 3월호.

두꺼운 구름을 떠밀고
나, 그대의 나라에 숨어들 때
선화여, 내 앞길에
하염없이 떠다니는 그대의 얼굴.

(중략)

그대의 알몸을 안고
내 마을로 들 때
감자밭은 황금의 동굴이 되고,

숲에서 바다에서
일제히 머리 들고 일어서는 빛,
풍장치며 날으는 빛.
새롭게 열리는 하늘에서
땀을 닦느니.

—「薯童의 기쁨」 부분

위의 시의 '서동薯童'은 백제의 30대 임금인 무왕武王의 아명이다. 백제왕으로서의 정치적 이름보다 신라의 선화공주와의 사랑이야기로 더 알려졌다. 위의 시도 '백제시'라는 명목으로가 아니라, 선화공주와의 사랑을 주제로 한 작품이다. 위의 시는 그 제목대로 사랑에 빠진「薯童의 기쁨」이 주제이다.

첫 연의 "두꺼운 구름을 떠밀고/나 그대의 나라에 숨어들 때/선화여, 내 앞길에/하염없이 떠다니는 그대의 얼굴"은, '서동요 설화'대로 신라의 선화공주를 사모한 백제의 서동이 국경을 넘어 신라에 잠입하는 이미지이다. 사랑에 빠지면 국경을 넘는 위험도 무릅쓰고 오직 '그대의 얼굴'만 보이는 기쁨뿐이라는 사랑의 이미지이다. 그는 왜 널리 알려진 '서동요 설화'를 새삼스레 시적 이미지로 형상화했을까. 설화에 의하면 서동薯童이라 불리던 때의 무왕武王은 왕자가 아닌 가난한 소년이었다. 가난한 백제의 소년이 신라의 공주를 사모했다는 것도 신분의 차이를 넘어선 파격의 이야기며, 마薯나 캐던 소년이 백제의 30대 무왕이 되었다는 것도 파격이다.

서동이 마를 캐서 경주의 아이들에게 나누어주고 서동요를 부르게 했더니, "돌 같은 감자, 감자 같은 돌의 팔매질에/견고한 성벽도/물엿으로 녹아내리고/단내를 풍기며/나에게 걸어 나오시는 선화여"에서, "돌 같은 감자, 감자 같은 돌의 팔매질"은, 가진 것은 마薯밖에 없지만 선화를 향한 서동의 사랑은 '돌같이 단단하고 변함없다'는 이미지이고, "견고한 성벽"은 '헐어버릴 수 없는 신분의 차이'를 상징하는 이미지이다. 오직 '돌 같은 사랑으로 신분의 차이'라는 '견고한 성벽'도 "물엿으로 녹아내리고/단내를 풍기며/나에게 걸어나오시는 선화여"에서, "물엿으로 녹아내리고"와 "단내를 풍기며"는 사랑의 힘과 그 향기를 상징하는 이미지이며, "나에게 걸어 나오시는 선화여"는 사랑을 성취하는 이미지이다. 설화의 이야기를 문효치의 시로 재현한 것이다. 박철희는 이 작품에 대해 "「薯童의 기쁨」은 시인의 개인적 경험에서 우러나온 개인적 창작이라기보다 또 한 번의 전승행위, 말하자면 재 구술된 작품이라는 국면을 지니고 있는 것이다. 이렇듯 삼국유사 권이劵二 무왕조의 얘기를 옛날 얘기꾼처럼 다시 들려주는 태도로 「薯童의 기쁨」은 노래되고 있다"[85]고 한다. 문효치 시인은

85) 박철희, 「薯童의 기쁨」, 『문효치의 시 읽기』, 지혜, 2012, 60쪽.

개인적 체험도 시적 이미지로 형상화했지만 역사적 전승의 설화도 시로 재현해 보여준 시인이라는 평가이다.

이처럼 사랑을 성취한 결과, 3연의 "전생의 질긴 인연이 옥빛으로 살아나/흘러들어오는 강물에/무수히 꽃피어 흐르는 그대의 얼굴"에서 보듯, 서동의 미래인 '인생의 강물'에 아름다운 꽃이 피어나고, 4연의 "그대의 알몸을 안고/내 마을로 들 때/감자밭은 황금의 동굴이 되고"에서는, 감자밭과 같던 서동의 인생이 '황금의 동굴'이 된다. 설화에서는 서동이 황금을 못 알아봤다고 하지만, 사랑을 성취하면 감자밭이 황금동굴이 되는 변화가 온다는 이미지이며, 마薯나 캐던 소년이 사랑의 힘으로 황금동굴의 주主인 임금이 된다는 이미지이기도 하다.

이제 서동은 그 인생의 "숲에서 바다에서/일제히 머리 들고 일어서는 빛./풍장치며 날아오르는 빛/새롭게 열리는 하늘에서/땀을 닦느니"에서 보듯, 땀 흘리며 일할 뿐이다. '빛'은 생명상승의 이미지이다. 내 생명만이 아니라 모두의 생명을 소생시키고, 상승시키는 이미지이다. 그에게는 시가 곧 그의 생명을 소생시키고, 상승시키는 유일한 빛이었다. 그의 삶은 오직 시를 향한 사랑만으로 "돌 같은 감자, 감자 같은 돌의 팔매질"로 한국시의 견고한 성을 녹아내리게 했다. 이런 의미에서 「薯童의 기쁨」은 문효치 자신의 자화상이라고 할 수 있다.

2) 백제, '새로운 고향'의 이미지

귀향이 불가능할 때 향수는 더욱 짙어진다. 향수가 짙어지면 그리움이 많아지고, 상상력이 활동하여 시를 창작하게 된다. 시를 창작하는 것은 영적 귀향의 작업이다. 하이데거는 "詩作은 즐거움이며 快活化인 것이다. 왜냐하면 詩作은 최초의 歸鄕이기 때문이다"[86]라고 했다. 백제의 시간적 배경은 1500년 전의 과거이다. 당연히 현재에 존재하지 않는다. 그러나 자연의 공간적인 배경은 엄연히 존재한다. 백제는 문효치 시인이 귀향해야 할 운명적인 고향이다. 공간적인 고향에로의 귀향은 버스를 타고 「武寧王의 나라」인 공주에 가는 형이하의 귀향이고, 시간적인 고향에로의 귀향은 '백제의 유물'과의 영적 교감을 하는 것이다.

한 때 개칠한 내 이름이
평제탑平濟塔이었음을 아는가.

소열蘇烈의 창끝에 찔린
다리를 절면서 여기까지 온 것은
너를 만나기 위함이다.

(중략)

밤이 깊으면
발가락이 하나씩 떨어져 나갔지만

나는 편히 쉴 수도
까무러치고 죽을 수도 없었다.

(중략)

---

86) 하이데거, 蘇光熙 譯, 『詩와 哲學』, 博英社, 1978. 34쪽.

사랑하는 자식과 계집을 벤
큰 칼의 식지 않은 쇠울음.

(중략)

오, 내 앞에 날아 온 迦羅頻伽
이마에 손을 얹은
네 깊은 고뇌와 고운 울음만이
내 아픔을 다스릴 수 있겠구나.

―「백제탑의 말」 부분

위의 시의 화자는 시의 표제대로 '백제탑'이다. 이 「백제탑의 말」은 곧 '백제패망의 아픔과 한'이다. 이 한 때문에 "소열의 창끝에 찔린/다리를 절면서 여기까지 온 것은/너를 만나기 위함이다"라고 한다. 여기서 '너'는 일정한 대상이 없다. 누구든지 백제탑을 보러 온 사람이다. 누구든지 "여기까지 온 것은/깊은 인연으로 너를 만나기 위함이다"라고 한다. 천 사백여 년이 흐르는 동안 "바스러져 나간 어깨 한 켠이 쓰리고…발가락이 하나씩 떨어져 나갔지만…까무러치고 죽을 수도 없었다"고 한다. 그것은 "우리의 궁성이 불 탈 때/성 안에 가득한 아픔 같은 연기 속에서/내 가슴에 옮겨 붙은 불길은/아직도 타고 있는데"[87]에서 보듯, 망국의 슬픈 불길이 계속 타고 있기 때문이다. 이렇게 아픈 「백제탑의 말」을 들을 수 있는 사람은 시인뿐이다.

가슴 속에 타는 불은 "백마강의 찬물을/마르도록 퍼다가 끼얹어도/꺼지지 않는데,/지금 내 앞에 선 너/이제 말하고 싶구나/닫힌 가슴을 열고 싶

87) 위의 시, 7연에서.

구나"[88]에서 보듯 그 불꽃은 문효치의 가슴 속의 불꽃이다. 이 소리를 듣고 문효치는 백제의 시인이 되었다고 하겠다. 그 아픈 한이란 "九天에 떠돌아 때때로 소나기가 되는/삼천장의 가여운 꽃잎의 넋/사랑하는 자식과 계집을 벤/큰 칼의 식지 않은 쇠 울음/또는 성난 짐승 앞에/무릎 꿇은 억조창생의/울부짖음……"[89]에서 보듯, 꽃잎 같은 삼천궁녀의 원혼과 가족의 목을 벤 계백의 칼의 울음과 패망한 백제 백성의 울부짖음이다. 이토록 아프게 타오르는 망국의 한을 '가라빈가'라는 불경에 나오는 상상의 새에게 "오, 내 앞에 날아 온 迦羅頻伽/이마에 손을 얹은/네 깊은 고뇌와 고운 울음만이/내 아픔을 다스릴 수 있겠구나"라고 읊조리며 시는 마무리 된다. 이 '가라빈가'는 「백제탑」과 교감하고 있는 시인을 은유한 이미지이다.

육신이 거느린 것
모두 떼어내고
더는 깎아낼 것 없는
등뼈로 서서도
깎아낼 궁리만 한다.

닳아빠진 모서리마다
매달았던 귀마저 떼어버린 것은
빗소리도 듣지 않고
다만 비에 젖고 싶음이다.

돌이끼 피워

---

88) 위의 시, 8, 9연에서.
89) 위의 시, 10, 11, 12연에서.

아픔 덮어가며
구름꽃 둘러
하늘에 이른다

―「마곡사의 탑」 전문

위의 「마곡사의 탑」과 앞의 「백제탑의 말」은 다 같이 '탑'을 제재로 한 작품이다. 특히 「마곡사의 탑」은 사원에 세워진 탑인만큼 "물질의 견고함, 조야함, 항구성은 원시인의 종교의식에서 '히에로파니'[90]를 표상한다"[91]고 엘리아데는 돌의 상징성을 말했다. 그러나 두 작품의 이미지는 전혀 다르다. 위의 시는 마곡사에 세워진 탑이라는 명색에 의해 시인이 불교적 사유로 바라보고 형상화한 시각적 이미지이다. 백제 때의 탑인만큼 오랜 세월 동안 마모될 대로 마모된 탑을 의인화해서 "육신이 거느린 것/모두 떼어내고/더는 깎아낼 것 없는/등뼈로 서서도/깎아낼 궁리만 한다"라고 표하여, 불교적 수도승의 이미지로 형상화하고 있다. 물론 탑신에 귀가 있을 리 없지만 모서리의 각이 닳아진 것을 "매달았던 귀마저 떼어버린 것"으로 표현함으로 수도승의 이미지에 더욱 근접시킨다. 그 결과 "빗소리도 듣지 않고/다만 비에 젖고 싶음이다"와 같은 자연화의 경지에 이른다. 아무리 사원에 세워진 탑이라도 탑은 인위적 작품이다. 이 탑이 시간의 흐름에 의해 마모되어 가는 것은 자연현상이다. 이 자연현상을 "돌이끼 피워/아픔 덮어가며/구름꽃 둘러/하늘에 이른다"고 하여, 세상을 초탈한 수도승의 이미지로 형상화한다.

---

90) '히에로파니'(그리스어 hieros=성(聖), phainein=나타내다의 합성어로 '성(聖)을 나타내다'의 의미).
91) M. 엘리아데, 앞의 책, 297쪽.

위의 시에서 둘째 연의 "닳아빠진 모서리마다/매달았던 귀마저 떼어버린 것은" 부분을 보자. 시간의 흐름에 의해 '닳아빠진' 것은 탑신이 피동적으로 당한 것이며, '귀마저 떼어버린 것은 "탑신이 능동적으로 행한 것처럼 표현한 것이다. 자연의 사물은 의식적 존재가 아니기 때문에 능동적인 행위를 할 수 없다. 그러나 시인은 자연의 사물인 탑을 의인화함으로써 "빗소리도 듣지 않고/다만 비에 젖고 싶음이다" 처럼 의식적 존재로 표현한 것이다. 자연의 사물을 의인화할 때 가장 합당한 이미지가 수도승이다. 그 결과 "돌이끼 피워/아픔 덮어가며/구름꽃 둘러/하늘에 이른다"는 아름다운 이미지가 형상화된 것이다.

치자물이 곱게 든
넓은 보자기.

달빛이면
물에 씻겨 맑은 달빛을,

(중략)

노을 번지는 백마강
나루터에 세워놓은
고운 깃발.

—「백제여인의 옷」 부분

위의 시는 제3시집 「백제 가는 길」 '1부'의 제목이 된 작품이다. 첫 연의 "치자물이 곱게 든/넓은 보자기"는 옷의 재료인 천의 시각적 이미지이고,

둘째 연의 "달빛이면/물에 씻겨 맑은 달빛을"과 셋째 연의 "별빛이면/불처럼 빛나는 별빛을/감싸는 보자기"도 옷감을 달빛과 별빛으로 비유한 이미지이다. 그리고 4, 5연의 "걸음을 옮길 때마다/엊저녁 고란사 종소리가/꽃잎이 되어 떨어지는데"와 "노을 번지는 백마강/나루터에 세워놓은/고운 깃발"에서는, 옷감을 '종소리와 깃발'로 은유한 비유적 이미지이다. 여기서 '고란사'와 '백마강'에서 백제와의 관련성을 느낄 뿐이다. 그의 '백제 시편'들은 백제라는 고유명사의 틀에 갇히지 않고, 순수한 자연의 이미지로 형상화하여 생명의 상승 이미지로 피어난다. 현대시의 자율성이란, 시는 시인의 것이 아니라 언어의 것이라는 시론이다. 실물로 존재하는 「백제여인의 옷」을 보고 쓴 것이 아니라, 문효치의 상상력으로 형상화한 시적 이미지이다. 그가 상상한 「백제여인의 옷」은 "물에 씻겨 맑은 달빛"과 같이 출렁이고, "불처럼 빛나는 별빛을/감싸는 보자기"처럼 펄럭이며, 그 옷을 입은 백제의 여인이 "걸음을 옮길 때마다/엊저녁 고란사 종소리가/꽃잎 되어 떨어지는"과 같은 아름다운 이미지로 피어난다. 그래서 그 옷은 백제를 상징하는 "노을 번지는 백마강/나루터에 세워놓은/고운 깃발"과 같은 은유가 된다. 시인은 백제의 옛터를 여행하면서, 이 '고운 깃발'이 펄럭이는 것을 보게 된다. 그리고 "노을 번지는 백마강"은 백제의 최후를 연상한 이미지이며, "꽃잎 되어 떨어지는데"는 낙화암에서 몸을 던진 궁녀들의 옷을 연상한 이미지이다.

강은
하늘에서 걸어 내려오고 있었다.
풋풋한 동아줄을 부여잡고

건너산의 어깨에 내려
어깨에서 가슴과 배로
한 걸음 한 걸음
걸어 내려오고 있었다.

(중략)

묻혀버린 왕국은
이 강에 그대로 녹아
무성한 도회의 거름이 되어
새로 피는 꽃대궁에
솟아나고 있었다.

—「백마강」 부분

위의 시 「백마강」은 물리적 공간에 존재하는 강이 아니라, 시인의 상상력을 천 오백여년 전의 백제로 이끌어가는 심리적 공간의 물줄기이다. 왜 물줄기인가. 백제에 관한 한 「백마강」은 생명선이나 핏줄의 이미지이기 때문이다. 그래서 「백마강」은 땅위로 흐르지 않고 "강은/하늘에서 걸어 내려오고 있었다./풋풋한 동아줄을 부여잡고/건너산의 어깨에 내려/어깨에서 가슴과 배로/한 걸음 한 걸음/걸어 내려오고 있었다"고 그린 것이다. 강물은 땅위로 흐르는 실물이지만, 그의 시 속에 「백마강」은 그가 "이미 지하에 매몰되어버린 왕국" 백제를 그리워하는 마음이 그린 이미지이다. 그래서 "아침이면/비파소리로 어둠을 걷어내고/저녁이면/피리소리로 달을 띄워 올리던/번성한 도성"을 그린 것이다. 강물은 '번성한 도성'을 만든 생명의 근원이다. 이 강물은 "새로 피는 꽃 대궁에/솟아나고 있었다"에서 보듯, 생명을 키우는 원동력이다.

물이 낮은 곳을 향해 흐르지만 생명현상의 하강 이미지가 아니라 생명을 살리는 상승이미지이다. 위의 시에서는 낮은 곳을 향한 물의 흐름을 "어깨에서 가슴과 배로/한 걸음 한 걸음/걸어 내려오고 있었다"라고 한다. 그러나 이 물은 "아침이면/비파소리로 어둠을 걷어내고/저녁이면/피리소리로 달을 띄워 올리던" 상승이미지로, 백제의 "번성한 도성"을 이룩했고, 현재는 "이 강에 그대로 녹아/무성한 도회의 거름이 되어/새로 피는 꽃 대궁에/솟아나고 있었다"고 시를 마무리한다. 물의 자연현상은 높은 곳에서 낮은 곳으로 흐르는 하강이지만, 물의 생명현상은 "새로 피는 꽃 대궁에/솟아나고 있는" 상승의 이미지이다.

왕비여 여인이여
내가 그대를 사모하건만
그대는 너무 멀리 계십니다.

(중략)

내 살을 깎아
용의 살을 붙이고,

(중략)

왕비여, 여인이여
내가 그대를 사모하는 것은
그대 이름이 높으나 높은
왕비여서가 아니라

다만 그대가 아름다워서일 뿐,
눈 시리게 아름다워서일 뿐입니다.

—「武寧王妃의 은팔찌—多利의 말」 부분

이 시에는 「—多利의 말」이란 부제가 붙어있다. 시적 화자가 은팔찌를 만든 장인이다. 그 말의 내용이 왕비에게 보내는 애정고백이다. 시인은 왜 이런 형식을 취했을까. 이 시의 첫 행이 "왕비여 여인이여"이다. 여기서 왕비와 여인은 무엇이 다른가. 왕비라는 인위의 옷만 벗기면 같은 여인이다. 왕비라는 옷으로 인해 "같은 이승이라지만/우리의 사이에는/까마득히 넓은 강이 흐릅니다"와 같이 다른 세계에 존재하는 인간이 된다. 왕비라는 이름으로 인하여 장인과 왕비 사이엔 건널 수 없는 강이 흐른다.

문효치는 이러한 인위의 강을 반대하는 낭만주의적 애정관을 「武寧王妃의 은팔찌 —多利의 말」을 통해 형상화한다. 건널 수 없는 '인위의 강'은 그 당시의 규율이다. 은팔찌에 용을 새겨 넣을 때, "내 살을 깎아/용의 살을 붙이고//내 뼈를 빼어내어/용의 뼈를 맞춥니다"에서 보듯, 장인의 정신은 작품의 창작을 위해 살과 뼈를 다 깎아내고 빼내는 순애의 과정이다. 장인 다리는 "그대 이름이 높으나 높은/왕비여서가 아니라/다만 그대가 아름다워서일 뿐"이라고 한다. 왕비라는 인위의 옷을 벗은 순수한 여인의 아름다움인 동시에 장인의 작품세공에 대한 미의식의 이미지이다.

바작을 넓게 펴고
한 가락 노래나 지고 갈 거야.

(중략)

달빛에 날개 젖어
날으는 새처럼
조금은 청승 맞고
다시 보면 화사한
사랑이나 더엉실 지고 갈 거야.

—「지게의 말」 부분

위의 시에서 지게는 "한 가락 노래나 지고 갈 거야. 뒷산 한 자락 그 그림자나 지고 갈 거야. 구름이나 한 덩이 지고 갈 거야. 돈 꾸러미 져다가 뭘 해, 무섭기만 하지. 사랑이나 더엉실 지고 갈 거야"라고 한다. 문효치의 마음속에 있는 「지게의 말」이므로 실은 문효치의 발언이다. 시인 자신이 지게가 되어 그의 인생관을 말하고 있다. 지게로는 '노래, 그림자, 구름, 사랑'을 지고 갈 수 없다. 그는 자기의 시에서 '노래, 그림자, 구름, 사랑"의 이미지를 형상화 하겠다는 말이다. 시는 도구가 아니기 때문에 돈을 져올 수 없다. 그러나 지게라는 도구로는 '돈'을 져올 수 있다. 문효치는 「지게의 말」을 빌려, "나락은 져다가 뭘 해, 무겁기만 하지/돈 꾸러미 져다가 뭘 해, 무섭기만 하지"라고 한다. 그의 시관을 「지게의 말」을 빌려 피력한 것이라고 하겠다.

선녀가 지나가나보다.
俗塵에 흐려진 내 시력으로
보이지 않지만
저리도 향기로운
바람이 이는 걸 보면
방금 뱀사골 어디쯤에서

목욕을 끝낸
선녀가 이 앞을 지나나보다.
그녀의 집은
이 근방 안개 속 어디일까.
저리도 맑은
바람소리가 들려오는 걸 보면
여기엔
선녀가 많이 모여 사나보다.

—「지리산 詩—바람 소리」 전문

위 시 전반부에 "선녀가 지나가나보다. 俗塵에 흐려진 내 시력으로/보이지 않지만/저리도 향기로운/바람이 이는 걸 보면/방금 뱀사골 어디쯤에서/목욕을 끝낸/선녀가 이 앞을 지나나보다"에서, '향기로운 바람'은 곧 '자연의 향기'이다. 이 향기를 맡은 시인은 "목욕을 끝낸/선녀가 이 앞을 지나나보다"라고 한다. 바람에 실려 오는 향기로 보아 '선녀가 지나가나보다'라고 한 것은 선녀의 향기가 있다는 말이다. 바람에 실려 오는 '향기'는 주로 식물의 향기이다. 바람은 무색무취의 자연이기 때문에 향기가 없다. 향기를 실어올 뿐이다. 그리고 후반부에선 "그녀의 집은/이 근방 안개 속 어디일까./저리도 맑은/바람소리가 들려오는 걸 보면/여기엔 /선녀가 많이 모여 사나보다"라고 한다. 보통 사람 같으면 이런 말을 하지 않는다. 시인이기 때문에 이처럼 향기와 소리로 선녀의 이미지를 그리는 것이다. 이 선녀는 자연미를 대표하는 이미지로 그린 것이라 하겠다.

—사랑합니다.
길가의 돌멩이보다 흔한 말

나는 이 말을 듣고
푸르른 강물에도 씻고
붉은 장미꽃잎에도 문대어
광을 냅니다.
당신에게 바칠 말 오직 하나
—사랑합니다.

(중략)

구슬이 되어 영원히 반짝일
—사랑
그러나 차가운 구슬을 그대로는 바칠 수 없어
내 심장 깊이깊이 묻었다가
뜨거운 피로 달구어낸 말
—사랑합니다.
지중해의 햇빛보다 밝고
소양호의 달빛보다 더 고운 말
—사랑합니다.

—「그대에게」 부분

위의 시 「그대에게」는 "—사랑합니다"로 시작한 한 편의 연시이다. 그런데 이 "—사랑합니다"는 "길가의 돌멩이보다도 흔한 말"이라고 전제하고, "나는 이 말을 듣고/푸르른 강물에도 씻고/붉은 장미꽃에도 문대어/광을 냅니다"라고 한다. 이 "—사랑합니다"는 참으로 귀한 말이지만 일상에서 너무 흔히 쓰는 "길가의 돌멩이보다 흔한 말"이 되었다. 시적 이미지는 "정서 또는 정열을 가진 언어로 구성된 회화"[92]라고 한다. 시인은 세속의

92) 문덕수, 「문효치의 시세계」, 『문효치의 시 읽기』, 지혜, 2012, 445쪽.

때가 묻은 "—사랑합니다"란 말을 "정서와 정열을 가진 언어"로 바꾸기 위해 "푸르른 강물에도 씻고/붉은 장미꽃잎에도 문대어/광을 냅니다"의 과정을 거쳐 "당신에게 바칠 말 오직 하나/—사랑합니다"로 바꾼다. 여기서 세속의 때를 씻는 '푸르른 강물'은 시인의 맑은 정서의 이미지이고, '붉은 장미꽃잎'은 시인의 불타는 정열의 이미지이다.

이런 의미에서 위의 시는 '시로 쓴 시론'이며, '사랑의 철학'이다. 문효치의 시에서는 <생명—시—사랑>이라는 상징체계가 확실하게 이어짐을 볼 수 있다. 그런 만큼 문효치는 맑은 정서와 붉은 정열의 시인이다. 시인의 길은 '생명'의 길이며, '사랑의 길'이어야 한다는 것을 시인이 자신에게 다짐하는 작품이다. 그러므로 "—사랑/그러나 차가운 구슬을 그대로 바칠 수 없어/내 심장 깊이깊이 묻었다가/뜨거운 피로 달구어 낸 말—사랑합니다./지중해의 햇빛보다 밝고/소양호의 달빛보다 고운 말—사랑합니다"로 시를 마무리 한다.

> 쓸쓸한 가을을 안고
> 잠이나 자자.
> 하루 종일 무슨 일엔가 바빴지만
> 되는 일도 허물어지는 일도 결국은 없었는데……
>
> 쓸쓸한 가을을 안고
> 쓸쓸한 꿈이나 꾸어보자.
>
> —「쓸쓸한 잠」 전문

위의 시 「쓸쓸한 잠은」 '6부'의 제목이 된 작품이다. 제4시집이 1991년도에 출간되었으니 시인은 50의 마루턱을 오르는 40대 후반이다. 이때 이미 인생의 가을을 예감한 것일까. 아닐 것이다. 시인으로서 상상의 "쓸쓸한 가을을 안고/잠이나 자자./하루 종일 무슨 일엔가 바빴지만/되는 일도 허물어지는 일도 결국은 없었는데……"에서 보듯, 그의 '쓸쓸한 가을'은 인생의 계절감이 아니라 성취감의 부재에서 오는 쓸쓸함이다. 그러니까 일상적인 바쁨 끝에 느끼는 시인으로서의 쓸쓸함이다. 시인은 "쓸쓸한 가을을 안고/쓸쓸한 꿈이나 꾸어보자"로 시를 마무리한다. 시적 성취감의 부재에서 오는 쓸쓸함은 "쓸쓸한 가을을 안고/쓸쓸한 꿈이나 꾸어보자"로 마무리 할 수밖에 없다.

4. 물과 산의 물활론物活論

1) 상승하는 물의 이미지

물도 흐르고, 시간도 흐른다고 한다. 물의 흐름은 공간에서 발생하는 가시적인 자연현상이고, 시간의 흐름은 불가시적인 자연현상이다. 엘리아데는 "물은 형태가 없는 것, 잠재적인 것의 원리로서 모든 우주적 표명의 토대이자 모든 씨앗의 용기로서, 모든 형태가 발생하는 원초의 물질을 상징하고 있다. 물은 그 자신의 퇴행 혹은 대홍수에 의하여 다시 그 형태로 돌아가지 않으면 안 되는 본체이다"[93]라고 했다. 물과 시간의 흐름은 인위적으로 막을 수 없는 본체이다. 특히 불가시적 시간의 흐름은 결코 인위적으로 막을 수 없다. 인간은 물의 흐름을 막아 저수지도 만들고, 인위로 수로를 만들어 물길을 바꾸기도 한다. 그러나 물의 흐름은 반드시 「바다의 문」을 통과해서 바다에 이르게 된다. 이것은 필연의 자연현상이

93) M. 엘리아데, 이은봉 옮김, 『종교형태론』, 265쪽.

다. 그러나 역사적 시간의 흐름은 인위에 의해 흐름이 막힐 수도 있고, 역류할 수도 있다. 물의 흐름에 비유하면 현대는 바다에 이른 시대이다. 이처럼 역사의 흐름도 반드시 「바다의 문」을 통과해서 바다에 이르러야 한다. 바다는 자유와 평등을 상징하는 이미지이다.

> 나의 사십대를 영원히 과거로 밀어 넣으면서 이 책을 엮는다.
>
> 사랑과 기쁨은 물론 아픔 · 고뇌 · 절망까지도 아름답기만 한 이승에서의 젊음을 神께 다시 되돌려 드리는 내 생의 중요한 매듭, 그 아린 매듭을 기념하는 작은 표지로 삼고자 한다.[94]

시간과 생명의 흐름도 눈으로 볼 수는 없지만 흐르는 것이 분명하다. 이 분명한 진실reality을 분명한 사실fact로 보여줄 수 있는 것이 물의 흐름이다. 그래서 물은 인간생명의 원형상징이다. 엘리아데는 "비록 시간적 공간적으로는 각각 떨어져 있다 해도 이런 것들은 우주론적인 전체를 이루고 있다. 물은 존재의 모든 차원에서 생명과 성장의 근원이다"[95]라고 했다. 물의 흐름은 바다에 이르러 그 흐름이 끝난다. 어느 한쪽을 향해 흘러야 하는 민물의 생명은 끝났지만 하늘과 하나가 된 바닷물의 큰 삶은 계속되어야 한다.

문효치는 "내 생의 중요한 매듭, 그 아린 매듭을 기념하는 작은 표지로 삼고자" 제5시집 『바다의 문』을 출간한다고 했다. 이것은 그의 시간과 생명의 흐름에서 매우 중요한 매듭이다. 시간의 흐름은 40대가 끝나고 50대가 시작되는 매듭이고, 생명의 흐름은 소외와 하강에서 조화와 상승으로

---

94) 문효치, 「自序」, 『바다의 문』, 인문당, 1993.
95) M. 엘리아데, 앞의 책, 267쪽.

변환되는 매듭이다. 공자도 50에 이르러 하늘이 맡겨준 사명을 알았다고 했다.[96] 이 제5시집 『바다의 문』의 「자서」는 오직 존재구현과 생명의 새로움을 위한 창작에 몰두하겠다는 선언이다.

저 문을 통과하면서
빛은 키가 쑥쑥 자랐다.

어둠의 보자기에 감싸여
자라지 못한 왜소한 몸뚱이를
저 바다에 날려 목욕하면서
빛은 솔솔 살이 올라
해가 되었다.

붉은 빛 노란 빛으로
날치는 파도는
지나가는 바람을 모두 끌어 모아
쩌렁한 함성을 뿜어 올렸다.

육지의 뼛속에까지
깊숙이 부식해 들어가는 잠을
세차게 후벼내는 칼끝이 되어
번쩍이고 있었다.

— 「바다의 문 1」 전문

위의 시에서 보는 "저 문을 통과하면서/빛은 키가 쑥쑥 자랐다"처럼 의식의 키도 자라야 한다. 인간의 의식현상이 자유와 평등의 바다가 되어야

---

96) 論語, 爲政, 「五十而知天命」.

한다는 이미지이다. 물의 흐름은 냇물이 강물이 되고, 강물이 바다가 되듯 필연의 자연현상이다. 인간의 의식도 물처럼 민물의식을 벗고 서로 조화하는 공평무사의 바다정신을 회복해야 한다. 노자는 "최고의 선덕은 물과 같다"[97]고 했다. 문효치는 물과 새를 제제로 하여 생명현상의 상승과 하강, 생성과 소멸, 밝음과 어두움의 이미지를 그려왔다.

위의 시 둘째 연에선 "어둠의 보자기에 감싸여/자라지 못한 몸뚱이를/저 바다에 날려 목욕하면서/빛은 솔솔 살이 올라/해가 되었다"고 한다. 이것은 영혼이 바닷물의 선덕에 감화되어 큰 빛이 되었다는 이미지이다. 해는 태양이며, 태양은 큰 빛이다. 큰 빛이 된 영혼은 "육지의 뼛속에까지/깊숙이 부식해 들어가는 잠을/세차게 후벼내는 칼끝이 되어/번쩍이고 있었다"고 한다. '육지'는 어둠의 상징이며, 물질의 상징이고, 잠은 영혼의 잠을 상징한다. 영혼의 잠을 "후벼내는 칼끝이 되어/번쩍이고 있"는 것은 시인이 시적 영감에 의해 생명의 차원이 상승하는 이미지이다. '시에서만 잠든 영혼이 깨어 일어나기'興於詩 때문이다. 이를 가리켜 장윤익은 "뼛속까지 스며든 육지의 잠을 세차게 후벼대는 빛은 모든 존재의 눈을 뜨게 하는 것은 물론, 오염된 세계를 깨우쳐 주는 살아있는 존재다"[98] 라고 했다. 시의 창작은 허물벗기 곧 해탈이며, 새 생명의 창조이기 때문이다. 시인은 "오늘을 사는 이 땅의 시인으로서 나에게도 주어진 일의 몫이 있을 것이다. 그것을 알아차리고자 한다"[99]고 했다. 이 시대 시인으로서의 사명감을 실감하고 있다.

---

97) 道德經, 8장, '上善若水'.
98) 장윤익, 「영원한 과거와 소생의 미학」, 『문효치의 시 읽기』, 지혜, 2012, 525쪽.
99) 문효치, 「自序」, 『바다의 문』, 인문당, 1993.

바다 끝에
악기가 떴다.

팽팽하게 긴장된 絃
건드리지 않아도
저절로 퉁겨져 나오는 울음

물밑 어둠 속에서
애태워 사랑하다 죽어간
물고기들의 무덤
무덤마다 떨리는 영혼이
악기 위에 피어오른다.

늙은 무인도는
노을 속에
동백나무 하나 꽂아 놓고
슬픈 넋을 건지고 있지만
매양 헛손질만 하고 있을 뿐.

—「바다의 문 3」 전문

바다에는 높은 물도 없고, 낮은 물도 없다. 바닷물은 민물처럼 어느 한 방향을 향한 흐름이 없고 물결만 일으키는 파도만 있다. 한 방향을 향한 흐름은 주의主義에 오염된 의식화 현상이고, 물결과 파도는 언론의 자유를 상징하는 이미지이다. 그런 "바다 끝에/악기가 떴다"고 한다. 이 '악기'는 무엇일까. 음률을 만들어 내는 기구이다. 그런데 '바다 끝에' 떠있는 악기는 "팽팽하게 긴장된 絃/건드리지 않아도/저절로 퉁겨져 나오는 울음"

의 악기가 되었다. 왜일까? 인간의 의식현상이 아직 「바다의 문」을 통과하지 못했기 때문이다. 제4시집이 1991년에 출간되고 제5시집이 1993년에 출간되었으면, 「바다의 문」 연작시는 1991년에서 1993년 사이의 작품들이다. 이 시기야말로 문효치가 적절하게 은유한 「바다의 문」 바로 그 시기이다. 외적으로는 자유와 평등을 말하는 민주의 시대라고 하지만, "물밑 어둠 속에서/애태워 사랑하다 죽어간/물고기들의 무덤/무덤마다 떨리는 영혼이/악기 위에 피어오른다"고 한 상황이다. 여기서 '물밑'은 무엇일까. 겉으로는 민주주의라고 소리치며 파도치듯 출렁이지만 속으로는 '물고기들의 무덤'과 같이 인권의 무덤이었던 시대의 이미지이다.

연좌제의 끈에 묶여 끝없는 감시와 압박으로 무덤 속과 같은 어둠에 갇혀 있던 문효치의 의식현상을 상징한 이미지이다. 결국 인위의 무덤이 아닌 "늙은 무인도는/노을 속에/동백나무 하나 꽂아 놓고/슬픈 넋을 건지고 있지만/매양 헛손질만 하고 있을 뿐"이다. '무인도'는 인위의 손길이 닿지 않은 무위의 자연이다. 자연의 손길이 인위의 허물을 벗겨보려 하지만 "매양 헛손질만 하고 있을 뿐"이다. 바다의 물고기는 바닷물에서 살아야 한다. 그런데 사회현상은 민물 그대로인 것이다. 어느 한 쪽으로만 흘러가게 하려는 보수적 사회현상인 것이다. 그로 인하여 바닷물고기는 질식사 할 수밖에 없다.

> 늙은 배들은
> 턱에 밧줄이 묶인 채
> 사장에 발목이 빠져 있고
>
> (중략)

술잔에 가득한
그리움 마시며
바라보는 보길도 저 섬은
고개 돌려 슬픈 얼굴 감춘다.

—「바다의 문 8」 부분

위의 시는 바다라는 사물의 이미지가 아니라 바닷가 풍경의 이미지이다. 제일 먼저 그린 풍경이 "늙은 배들은/턱에 밧줄이 묶인 채/사장에 발목이 빠져 있고"이다. 배가 없이는 바다에서 살 수가 없다. 강물의 시대에는 강물에 맞는 배를 타야하고, 바다의 시대에는 바다의 배를 타야한다. 바다는 역사적으로 20세기를 상징한다고 했다. 1993년이라면 자연의 시간은『바다의 문』을 통과한지 1세기가 되고 있는 시대이다. 그러나 우리 민족은 1945년까지는 일제의 노예였고, 1992년까지는 군사정부 시대였다. 그러면 그 시대에 맞는 배는 무엇을 상징하는 이미지일까. 인간이 한 시대의 물 위에서 타고 있는 배는 그 시대에 맞는 의식현상이라야 한다. 그런데 시인이 보기에는 그 시대를 살고 있는 사람들의 의식현상이 모두 '늙은 배들'인 것이다. 조선시대의 사대근성, 일제 때의 노예근성, 군정 때의 독재근성까지, 모든 '늙은 배들'은 "턱에 밧줄이 묶인 채/사장에 발목이 빠져 있고" 바다에 나가 파도를 헤치고 고기를 잡아야 할 "허리 굽은 어부 / 부르는 노래마다/ 그물에 걸려 파닥"이고만 있는 것이다.

왜 '늙은 배들'인가. 민주의 바다는 자율의 파도가 출렁이고 있는데, 이 파도 속에 들어가 함께하지 못하기 때문이다. 그래서 2연의 "허리 굽은 어부/부르는 노래마다/그물에 걸려 파닥인다"일 수밖에 없다. 그는 "나의 사십대를 영원한 과거로 밀어 넣으면서 이 책을 엮는다"고 했다. 바다의 물결과 같은 젊음을 과거로 돌려보냈기 때문이다. 이제는 "술잔에 가득한 /그리움 마시며/바라보는 보길도 저 섬은/고개 돌려 슬픈 얼굴 감춘다"고 한다. 새로운 생명의 물결에 함께 할 수 없는 사회현상의 이미지이다.

이별을 선언해 놓고
겨울 늪에 쓰러지는
다리를 세워 일으켰다.
미끄러져 물속에 잠기는
마음을 끌어올렸다.
석양의 살점을
뚝뚝 떼어서 온몸에 치장한
요염한 저 파도의 유혹에
익사할 뻔한 목숨을
간신히 구해 싣고 돌아오는
배의 엉덩이에
파도는 끝끝내 따라 붙어 꼬리치고 있었다.

—「바다의 문 14」 전문

늪에도 민물고기나 물벌레 같은 생명체는 있다. 그러니까 죽은 물은 아니라는 말이다. 물의 흐름이 없는 늪은 발전하지 못하고 정체된 원시적 씨족공동체를 상징하는 이미지이다.

민물과 바닷물은 무엇이 다른가. 민물은 반드시 흘러야 한다. 민물은 냇물과 강물을 거쳐 『바다의 문』을 통과하고 바닷물이 되어야하기 때문이다. 바닷물은 이미 존재를 구현한 존재자체이기 때문에 흐르지 않고 출렁일 뿐이다. 어디를 향해 흘러가는 것은 달성해야 할 목적이 남아 있다는 것을 의미한다. 그 달성해야 할 목적이 곧 존재의 원형이며 귀향해야 할 고향이다. 물이 흐르는 것은 귀향의 실천이고 「바다의 문」을 통과하는 것은 '귀향'의 달성이다. 바닷물은 어디를 향하여 흐르지 않고, 파도의 출렁임만으로 존재를 구현하고 있다.

위의 시에서 '겨울의 늪'은 '현실 속에 안주함'을 상징한 이미지이다. 시인은 이 늪에 "미끄러져 물속에 잠기는/마음을 끌어올려야" 한다. 그리고 "석양의 살점을/뚝뚝 떼어 온몸에 치장한/요염한 저 파도의 유혹에/익사할 뻔한 목숨을" 지켜야 한다. 여기서 '익사할 뻔한 목숨'은 시인의 시를 향한 의지이며, 존재에 대한 향수이다. 잠든 영혼은 시로써만 깨워 일으킬 수 있기 때문이다. 시인을 유혹해서 물속에 잠기게 하려는 세속의 파도를 넘어서야 한다.

아침 식사.
상 위에 그릇 가득 담겨 있는
상쾌한 출렁임.
여기가 내 바다였구나.

날아와 부유하는 나의 은어
햇빛 오려 접은 배 위에
그윽한 고동소리 깃발로 세우고
가는 곳은 어디나
따뜻한 항구였구나.

— 「바다의 문 69」 전문

위의 시 「바다의 문 69」는 바닷물이 된 삶의 모습을 그린 이미지이다. 사람의 일 중에 '식사'가 제일 중요하다. 식사 중에도 "아침 식사./상 위에 그릇 가득 담겨 있는/상쾌한 출렁임./여기가 내 바다였구나"에서 보듯, 삶의 출발점이 되는 '아침 식사'가 '상쾌한 출렁임'의 바다인 것이다. 영적 삶의 두 요소가 사랑과 희망이다. 위의 첫 연은 사랑이 넘치는 삶의 이미지이다. 둘째 연의 "날아와 부유하는 나의 은어/햇빛 오려 접은 배 위에"는 시인으로서의 삶을 상징하는 이미지이다. 여기서 "햇빛 오려 접은 배"는 그의 시작품을 상징한다. 그는 "그윽한 고동소리 깃발로 세우고/가는 곳은 어디나/따뜻한 항구였구나"에서 보듯, 시의 배로써 세파를 헤치고 항해하며 따뜻한 항구에 들르는 이미지를 그린 것이다.

2) 자연회귀와 들꽃의 이미지

시골은 돌아가야 할 고향이다. 이 시골마을은 도회마을의 반대개념이 아니라, 돌아가야 할 인간존재의 원형이다. 이 원형을 상실한 인간존재는 '없음無'이다. 인간존재는 없음無이기 때문에 존재에 대한 향수로 인간은 언제나 귀향을 시도한다. 이 공간적 귀향의 시도가 여행이고, 정신적 귀향의 시도가 시의 창작이다. 문효치의 말을 들어보자.

> 산다는 것은 어딘가를 향해 간다는 말과 같다. 이 책의 시들은 이렇게 어딘가를 향해 가면서 주워든 것들이다. 주워든 것들을 내 깜냥으로 열심히 문지르고 갈아서 광을 내 보고자 했다. 그 외에 시에 대하여 할 말이 없다. 정말 깊이 사랑하는 연인에게는 할 말이 별로 없더라는 내 친구의 말과 같은 이치라고 생각한다.[100]

'어딘가를 향해 떠난다는' 것은 설렘 그 자체이다. 그냥 떠난다는 것밖에 아무것도 없는 떠남, 그것이 곧 시인의 여행이다. 문효치는 여행을 "내 눈으로 확인되어지고 손으로 감촉되어지는 보물들과의 애정 어린 대화를 즐기는 것이다"라고 한다. 여기서 "보물들과의 애정 어린 대화"는 시각적, 촉각적인 체험이다. 그는 "마침내 거기서 얻어지는 시편들을 건져 올리는 일이다"라고 한다. 이처럼 목적성이 없는 떠남에서 시편들을 건져 올리는 여행은 장자莊子의 소요유逍遙遊와 같은 개념이다. 이에 대해 "소요의 소逍의 자의字意는 유遊 혹은 자적自適의 뜻이다. 요遙의 자의는 원遠이니 소요는 원요遠遙 혹은 소풍逍風을 뜻한다. 소요는 자기가 몰두집착하고 있는 입장에서 이탈 초월하여 판단 자가 종래의 가치판단태도를 중지하는 것이다"[101]라고 한다. 여기서 "종래의 가치판단태도를 중지하는" 까닭은 "감각은 자연에 통하는 유일의 창구이다. 자연적 태도로서의 환원은 사고의 판단태도를 포기하고 감각적 태도로의 환원을 의미한 것이다"[102]라고 한다. 여기서 중요한 것은 인위적 <사고의 판단태도>를 포기하고, <감각적 태도>로의 환원이다. 자연적 태도를 감각적 태도라고 한 것은 현대시 이미지이론의 그것과 같은 맥락이다. 그리고 순수감각에로의 환원은 현대시의 귀향의식과 같은 것이다. 귀향이 곧 환원이기 때문이다.

총을 쏘아올린 사내는
한 보시기 연기가 되어
미궁으로 달려가 사라져버렸다.

---

100) 문효치, 「책머리」, 『선유도를 바라보며』, 문학아카데미, 1997.
101) 具本明, 「老莊의 意識構造論」, 『中國思想의 源流體系』, 大旺社, 1982. 255쪽.
102) 具本明, 위와 같음.

(중략)

멋모르고 태어난 원추리
어정쩡하게 서있는 곳
산의 얼룩이 같이 서서 으르렁거렸다.

밤새워 솔잎 끝에서 자라고 있던 햇빛들
산의 얼룩 위에 내려앉고 있었다.

—「지리산 시—피아골」 부분

위의 시는 "총을 쏘아올린 사내는/한 보시기 연기가 되어/미궁으로 달려가 사라져버렸다"로 시작된다. 여기서 "총을 쏘아올린 사내는" 그때에 싸우다가 죽은 사람의 이미지이며, "한 보시기 연기가 되어"는 사람이 연기처럼 기화되었다는 이미지이다. 누가 어떻게 죽었는지, 어디에서 죽었는지도 모르기 때문에 "미궁으로 달려가 사라져버렸다"고 한다. 이곳에선 자연도 상처를 입어 "귀퉁이가 떨어져 나간/섬진강 젖은 달은/안간힘으로 겨우 솟아올랐고"라는 이미지로 이어지고 있다. 산은 자연이며 인간 존재의 원형이다. 이 산이 전쟁터가 되었다. 산의 생명인 나뭇가지에도 "고로쇠나무 가지마다/생채기 난 뻐꾸기 울음이 걸려 있었다"이며 생명의 원형인 물도 "계곡물 굽이굽이/아스라한 아픔 담아 끓이고 있었다"고 한다. 이 "사라짐, 생채기, 아픔, 울음"이 "지리산 피아골"의 이미지이다.

현재는 '지리산의 피아골'이 관광명소가 되어 등산로, 야영장, 단풍축제, 맛 집까지 늘어선 곳이 되었지만, 문효치의 눈엔 "연기처럼 사라진 사내들, 귀퉁이가 떨어져 나간 자연, 생채기 난 뻐꾸기 울음, 아스라한 아픔 담아 끓이는 물소리"등의 이미지가 보인다. 제5연의 "멋모르고 태어난 원추리/어정쩡하게 서있는 곳/산의 얼룩이 같이 서서 으르렁거렸다"에서, "멋모르고 태어난 원추리"는 피아골의 전쟁을 모르는 청소년들의 이미지이고, "어정쩡하게 서 있는 곳"은 청소년들과 문효치 사이의 어정쩡한 거리감의 이미지이며, "산의 얼룩이 같이 서서 으르렁거렸다"는 지리산이 입은 지난 상처의 얼룩이 산울림으로 함께 울었다는 이미지이다. 그는 제4시집의 「지리산 詩」에서도, "산은 울었다.//뻐꾸기만 날아와도/산은 울었다.//솔방울만 떨어져도/산은 울었다.//말 못하는 산의/가슴속에/문둥이 같은 슬픔이 못박혔나보다"라고 했다.

자연의 원형인 산의 생명력은 "밤새 솔잎 끝에서 자라고 있던 햇빛들/산의 얼룩 위에 내려앉고 있었다"에서 보듯, 지난날의 상처와 얼룩을 빛으로 바꾸고 있었다고 한다. 빛은 곧 생명이며 희망의 이미지이다. 생명의 상징인 햇빛이 상처의 상징인 '산의 얼룩'을 치유하는 이미지이다. 산은 인간이 돌아가야 할 원형이다. 그런데 그 산이 전화戰禍로 인해 상처를 입었다. 자연의 산은 상처가 치유될 만큼의 시간이 흘러서 겨울이 가고 봄이 오고 있다. 그러나 마음속의 산은 상처가 치유되지 않았다. 공간적 귀향을 위해 산을 찾는 것은 마음속의 "바위에 내려앉아/푸른 이끼가 된/총성을 씻어 내리기" 위해서이다. 문효치는 산과 바다를 찾는 공간적 귀향을 계속하고 있는 것이다.

> 바위에 내려 앉아
> 푸른 이끼가 된
> 총성을 씻어 내리고 있네.

음험했던 역사의 거울
산은 서서히 겨울을 벗겨내고 있네.

옷을 갈아입고 앉아
명상의 숲들을 다독거려 키우고 있네.

―「지리산 시―물소리」 전문

자연에 귀의하는 것은 먼저 산으로 가는 것이다. 그만큼 산과 숲 곧 산림은 인간존재의 원형이다. 신선은 산에서 노닌다는 것이 전통적 관념이다. 그러나 지난 전쟁 때 총소리와 연기에 의해 신선은 산에서 쫓겨난 것이다. 특히 지리산의 총성과 연기는 지워지지 않는 상처이다. 그래서 위의 시 첫 연은 "바위에 내려앉아/푸른 이끼가 된/총성을 씻어 내리고 있네"로 시작한다. 물은 인간생명의 원형상징이다. 겨울의 추위는 생명을 위축시키는 전쟁의 이미지이고, 봄바람은 생명의 부활을 상징하는 생성의 이미지이다. 그래서 둘째 연은 "음험했던 역사의 겨울/산은 서서히 역사의 겨울을 벗겨내고 있네"이다. 역사의 봄이 오는 것을 상징하는 이미지이다. 제5시집을 출간한 1993년부터 역사의 봄이 오기 시작한 것이다. 이 시기는 "음험했던 역사의 겨울"의 잔설인 군정이 끝나고, "산은 서서히 겨울을 벗겨내고 있네"의 봄이 오기 시작한 시기이다. 이 시는 "옷을 갈아입고 앉아/명상의 숲을 다독거려 키우고 있네"로 마무리된다. 여기서 '옷을 갈아입고'는 구속을 벗어난 자유의 이미지이고, '명상의 숲'은 창조활동을 하는 인간의 의식세계의 이미지이다. 봄이 오면서 숲이 피어나는 산을 외부의 구속에서 벗어나 자유로워지는 의식세계로 비유한 이미지이다.

섬 속에 들어 잠자던
작년 묵은 달빛이 알몸 되어
바다에 뛰어들어 목욕을 하고

감나무에 기어오르네

달빛이
꽃 되고, 감 되고
감이 어두운 하늘을 장식하는
붉은 등불이 되고

문둥이는
감나무 밑에 옹기종기 모여들어
조막손으로 불빛을 줍고 있네

—「소록도—감나무」 전문

인간이 '자유의 존재'가 된 것은 '無의 존재'가 된 것을 의미한다. 사르트르는 "인간이 自由인 이유는 인간이 自然現象을 지배하는 因果法則에 지배되지 않는 意識을 갖고 있기 때문"[103]이라고 했다. 물이 『바다의 문』을 통과하고 바닷물이 된 다음에는 어디로 흘러가야한다는 목적의식에 구속되지 않는 자유를 의미한다. 이런 상황이 '무의식無意識'이다. 칼 융Jung, Carl Gustav(1875—1961)은 무의식을 원형原形Archetype이라 하고, "원형적 심상은 신화시대의 '조상 어머니Great Mother'의 심상과 같은 형태로 우리의 영혼에 남아 있다"[104]고 한다. 의식意識은 인위적 목적의

---

103) 朴異汶, 앞의 책, 115쪽.
104) 손해일, 「칼 융의 분석심리학」, 『현대의 문학이론과 비평』, 시문학사, 1991. 50쪽.

식에서 벗어날 수 없지만 무의식은 출렁이는 생명의 바다와 같다.

소외된 생명의 보금자리가 진정한 존재의 원형이다. 위의 시에서 "섬 속에 들어 잠자던/작년 묵은 달빛이/바다에 뛰어들어 목욕을 하고"로 시인의 길이 열린다. 여기서 "섬 속에 들어 잠자던 달빛"은 '원형 어머니 Great Mother'의 이미지이다. 달빛은 어머니 사랑의 이미지이다. 오세영은 "달은 우주적 원형상상력에서 물, 여성과 더불어 소위 월체계luna system를 형성하는 중심 사물이다. 달은 즉 여성인 것이다"105)라고 한다. 땅과 물과 여성은 생명을 잉태하고 키운다. 이 "달빛이/꽃 되고, 감 되고/감이 어두운 하늘을 장식하는/붉은 등불이 되고"에서 보듯, 소록도는 소외된 생명의 '꽃과 열매'가 되어주고, 버림받은 생명의 등불이 되어주는 어머니의 품과 같은 보금자리이다. 그래서 이 시는 "문둥이는/감나무 밑에 옹기종기 모여들어/조막손으로 불빛을 줍고 있네"로 마무리된다. 문둥이의 '조막손'은 버림받은 생명의 오그라든 모습의 이미지이지만, 그래도 절망하지 않고 "불빛을 줍고 있네"라고 한다. 문효치의 「소록도」 시 아홉 편중에서 '문둥이'라는 말은 2번밖에 안 나온다. 그는 「소록도—눈물」에서도 "이 섬이 왜 아름다운가를 알았네./바다에 떠 있는 신의 눈물"이라고 한다. 이만큼 버림받은 생명에 대해 사려가 깊은 시인이다. 연좌제로 인한 심리적 압박으로 문둥이와 같은 소외감을 체험한 그의 눈으로만 소록도 "바다에 떠 있는 신의 눈물"을 볼 수 있다고 하겠다.

> 우리의 배는 파도를 뚫지 못했다.
> 나와 선유도 사이에서

105) 오세영, 「생명체험으로 풀어 본 역사의식」, 『문효치의 시 읽기』, 지혜, 2012, 228쪽.

파도는 키를 높이 세우고
두 팔을 벌려 가로막았다.
仙遊島
신선이 노는 섬에
슬그머니 끼어들어 보려 했던
부끄러움이
부슬비처럼 내렸다.

—「선유도를 바라보며 1」 전문

시인을 가리켜 시선詩仙이라고 한다. 그렇다면 『선유도를 바라보며』란 시집의 표제는 시인의 향수를 상징하는 이미지이다. 그런데 "우리의 배는 파도를 뚫지 못했다"고 한다. 그리고 "나와 선유도 사이에서/파도는 키를 높이 세우고/두 팔을 벌려 가로 막았다"고 한다. 문효치는 이 시집 머리말에서 "산다는 것은 어딘가를 향해 간다는 말과 같다"고 했다. 그렇다면 시인이 '산다는 것'은 '선유도'를 향해 간다는 말이다.

문효치 시인은 "仙遊島/신선이 노니는 섬에/슬그머니 끼어들어 보려 했던/부끄러움이/부슬비처럼 내렸다"고 한다. 그는 자신의 시에 대해 언제나 부족하다고 생각한다. 그래서 시인은 언제나 '선유도를 바라보며' 파도를 헤치고 항해할 뿐이다. 이에 대해 그는 "이 책의 시들은 이렇게 어딘가를 향해 가면서 내가 주워든 것들이다. 주워든 것들을 내 깜냥으로는 열심히 문지르고 갈아서 광을 내 보고자 했다. 그 외에 시에 대하여 할 말이 없다"고 한다. 그렇다. 시인은 '선유도를 바라보며' 그곳에 가기 위해 파도를 헤치며 최선을 다할 뿐이다. 현실의 파도가 가로막아서 선유도에 이르지 못했다는 부끄러움이 부슬비처럼 내려도, 선유도를 향한 시인의 항해

만은 끝나지 않는다. 시인은 곧 시선이기 때문이다. 문효치가 걸어온 시의 길이 험난했음을 말해주는 이미지이다. 그러나 시에 대한 꿈을 접을 수는 없다.

머나먼 섬에도
봄은 오고 있는가.
파도의 주름 속에
숨어 있던 푸른 달빛들이
저 섬을 깨워 색칠하고
조류에 녹아 표류하던
오랜 시간들이 발라진 해풍은
섬으로 섬으로 모여드니
저 바다에도 봄은 오고 있는가.

—「선유도를 바라보며 2」 전문

문효치의 제5시집이 출간되고, 제6시집이 1997년에 출간된 것으로 계산하면, 이 시집의 시편들은 93년에서 97년 사이의 시편들이다. 이때의 시간적 배경은 민주화의 봄이 오고 있다는 예감의 시대이다. 그래서 「선유도 2」는 "머나먼 섬에도/봄은 오고 있는가"로 시작된다. 이 '머나먼 섬'은 '선유도'이며, 그의 시세계를 상징하는 이미지이다. 그의 항해를 가로막던 파도는 그의 생명을 얼어붙게 하던 한파寒波의 이미지이고, 그 "파도의 주름 속에 /숨어 있던 푸른 달빛들이/저 섬을 깨워 색칠하고"에서, "숨어 있던 푸른 달빛"은 그의 시 정신을 상징하는 이미지이며, "저 섬을 깨워 색칠하고"는 그의 시세계의 새로운 개화를 기대하는 이미지이다. 그의 시에서 달빛은 언제나 시적 상상력의 근원이 되고 있다.

왜 이리도 그 목소리가 듣고 싶은 것이냐
시골 학교의 이 마당에 이르러
보석을 찾듯 흙을 파고 있다.

(중략)

진짜배기 갈마리 사투리
그것 말고는 모두 쓸어버리고

(중략)

우리의 육신이 서로 다른 곳에 있다는 것 하나로
친구야.
저 석양의 빛깔을 슬픔으로 보아야만 하는 것이냐.

—「정의홍—초등학교」 부분

정의홍은 문효치와 동국대학에서 만나 30여 년 동안 시의 길을 함께 걸어온 시인이다. 정의홍 시인이 교통사고로 타계한 후 문효치는 「정의홍」 연작시를 썼다. 그는 "따로 목적지를 정하지 않고 그저 발길 닿는 대로 흘러 다니는 떠돌이 길을 나서서 저절로 닿은 곳이 예천이다. 아니 그의 혼백의 은근한 부름에 이끌려 들어선 고장이다"에서 보듯, 정의홍의 고향이며, 그가 묻혀 있는 예천에 그의 발길이 닿았다. 그리고 정의홍시인의 모교인 개포초등학교에 가서 보고, 위의 시를 썼다. 그는 "시인이 이 학교를 다닐 때는 6·25 전쟁과 가난이 이 나라를 할퀴고 있을 때였다. 음악시간이나 운동장 조회 때에 동요대신 군가를 가르치던 그 시절, 그도 이 나라의 여느 어린이들과 같이 박박 깎은 머리에 어쩌면 도장부스럼을 얹고 누런

코를 흘리면서 책상도 없는 교실의 마룻바닥에 엎디어 공부를 했으리라"는 생각에 잠긴다.

위의 시 첫 연의 "왜 이리도 그 목소리가 듣고 싶은 것이냐/시골 학교의 이 마당에 이르러/보석을 찾듯 흙을 파고 있다"에서, 1, 2행은 서술이고, 3행의 "보석을 찾듯 흙을 파고 있다"만 추모의 이미지임을 알 수 있다. 죽은 자의 육신은 이미 땅속에 묻혔지만 그의 목소리와 추억은 마음속에 묻혔다. 이 '그의 목소리와 추억은' 보석이고, 그의 마음은 흙속이다. 이 흙속에서 파내는 보석은 "전쟁의 포성과 가난의 된 아픔에 섞여/캐어져 나오는 네 소년의 목소리"이다. 이 보석을 3, 4, 5연의 "대한민국 갈마리 사투리/그것 말고는 털어버리고 /진짜배기 갈마리 사투리 /그것 말고는 모두 쓸어버리고/ 내 목소리 몇 장 씻어/하얀 명주 보자기에 싼다"에서 보듯, 참 귀한 보석이다. 시의 길을 같이 한 것은 생명의 길을 같이 한 것이다. 그런 벗의 모교인 초등학교에 찾아가서 세속에 물들기 이전의 목소리를 담아 오겠다는 시인의 마음이다. 그래서 "진짜배기 갈마리 사투리/그것 말고는 모두 털어버리고, 쓸어버리고" 가져오겠다고 한다. 여기서 '갈마리'는 정의홍의 고향 마을이다.

이때에 "석양은 왜 이 보자기에만 물들어/나를 슬프게 하는 것이냐"라고, 그는 울먹일 수밖에 없었다. 먼저 타계한 시우詩友의 모교를 찾아가서 벗의 초등학교 때의 모습을 상상하고, 그가 쓰던 '순수 사투리'의 목소리를 담아오면서 "우리의 육신이 서로 다른 곳에 있다는 것 하나로/친구야, /저 석양의 빛깔을 슬픔으로 보아야만 하는 것이냐"라고 푸념하고 있다.

이름을 붙이지 말아다오.
거추장스런 이름에 갇히기 보다는
그냥 이렇게
맑은 바람 속에 잠시 머물다가
아무도 모르게 사라지는 즐거움.

두꺼운 이름에 눌려
정말 내 모습이 일그러지기 보다는
하늘의 한 모서리를
쪼금 차지하고 서 있다가
흙으로 바스라져

내가 섰던 그 자리
다시 하늘이 채워지면
거기 한 모금의 향기로 날아다닐 테니.
이름을 붙이지 말아다오
한 송이 '자유'로 서 있고 싶을 뿐.

—「공산성의 들꽃」 전문

'공산성'은 백제의 옛 수도이고, '들꽃'은 자연적 생명의 피어남이다. 1연의 "이름을 붙이지 말아다오./거추장스런 이름에 갇히기 보다는/그냥 이렇게/맑은 바람 속에 잠시 머물다가/아무도 모르게 사라지는 즐거움"에서, 「공산성의 들꽃」이라고 '백제'라는 고유명사와 관련 짓지 말아 달라는 이미지이다. 그냥 "맑은 바람 속에 잠시 머물다가/아무도 모르게 사라지는 즐거움"은, 자연 그대로의 들꽃으로 피었다가 자연으로 돌아가는 '즐거움'이다. '들꽃'이 '들꽃'으로 맑은 바람 속에 머물다가 아무도 모르게 사라지는 즐거움은 생명의 자율성을 의미하는 이미지이다.

'들꽃'이 자연적 생명의 피어남이듯이 시는 인간생명의 피어남이다. 그렇다면 '들꽃'은 '시'를 상징하는 이미지이다. 이제까지 그의 시를 고찰한 바에 의하면, 그의 시는 인간생명의 피어남임을 확인할 수 있다. 그의 시는 '순수니 참여니' 하는 이념이나 주의에 "갇히기 보다는/그냥 이렇게" 인간생명의 꽃으로 피어나고자 한다. 그의 시는 "두꺼운 이름에 눌려/정말 내 모습이 일그러지기보다/하늘의 한 모서리를/조금 차지하고 서 있다가/흙으로 바스라져" 자연으로 돌아가면, "내가 섰던 그 자리 다시 하늘이 채워지면/거기 한 모금의 향기로 날아다닐 테니, /이름을 붙이지 말아다오/한 송이 '자유'로 서 있고 싶을 뿐"이다. 그는 현재 한국문인협회 이사장이란 명함을 가지고 있다. 그 이름에 눌려 "정말 내 모습이 일그러지기 보다는" 시 자체가 지니고 있는 시 미학적 생명의 꽃으로, 그 향기로 존재하겠다는 의지다.

'들꽃'의 생명은 '들꽃'의 빛깔과 향기만으로 피어난다. 「공산성의 들꽃」이라고 그 빛깔과 향기가 가감되지 않는다. 시적 생명의 피어남도 시 자체의 작품성으로만 형상화될 뿐이다. 어떤 이념이나 주의로 덧칠을 하면 시 자체의 빛깔과 향기를 덮을 뿐이다. 이 작품에 이르러 "백제정신의 자연화 이미지"의 실상을 확인할 수 있다. 그의 시는 결국 백제라는 표제와 상관없이 순수 생명이미지의 형상화로 귀착하게 된다. 중요한 것은 생명사랑이라는 시정신이지 백제라는 형식적인 표제가 아니라는 것이다. 위의 시에 '백제시'라는 표제를 붙이지 않은 까닭이라고 하겠다.

제3장

불교적 사유와 만난 시적 상상력

1. 반가사유상과 생명사랑

1) 미륵보살과 자비사상

문효치의 상상력이 「금동미륵보살반가사유상」의 눈길과 만난 다음부터는 "저 미물의 목숨, /목숨의 애틋함에까지도 닿아 있다"는 자비의 길이 된다. 그는 백제의 유물들이 무정한 물체가 아니라 신비로운 생명체로 보이는 것은 사랑의 눈으로 보기 때문이라고 한다. 문효치의 시의 길은 곧 사랑의 길이 된다. 인위적 형식보다 그것을 넘어선 사랑의 길은, 앞에서 본 "이름을 붙이지 말아다오/한 송이 자유로 서 있고 싶을 뿐"이라고 한 「공산성의 들꽃」의 길이다. 시의 길은 곧 사랑의 길이며, 자유의 길이기 때문이다.

> 백제의 유물들이 나에게 있어서 하나의 무정한 물체가 아니라 신비로운 생명체로 보이는 것은 사랑의 눈으로 보기 때문이다. 이럴 때 영

감은 하늘로부터 스르르 내려온다.

> 내가 틈만 나면 공주 박물관에 송산리 고분에 공산성에 부여의 여기저기에 익산의 미륵사지에 석촌동 방이동 고분에 가서 그들을 껴안고 어루만지는 것은 이런 영감을 하늘로부터 받아들이기 위한 나의 기도이다.[106]

백제시의 근원은 백제 유물을 비롯하여 옛 백제의 공간과 시간, 역사적 배경까지 복합된 모든 것이다. 그는 백제의 영토였던 곳의 공간은 백제의 하늘이라 하고, 백제의 수도였던 공주를 「武寧王의 나라」라고 할 만큼 백제를 사랑한 시인이다. 그의 시적 영감은 백제의 하늘에서 날아드는 새로 형상화한다. 그의 「시」라는 표제의 작품을 보기로 하자.

생각지도 못했던
먼 먼 아지랑이 너머
상상의 세계에서
날아와 가슴 속에 내려앉고
이내 하얀 뿌리를 내려

가슴의 진액을 빨아들이며
잎과 꽃을 피우고
나를 허무로 앓게 하고
몸져 눕게 하는
저것

---

106) 문효치, 「허무의 센티멘탈리즘을 넘어서」, 『조선문학』, 1994 3월호.

이름도 형체도
분명치 않은
미지수의 문제아.

—「시」 전문

시는 시인의 생명이며, 그 생명이 피어나는 꽃이다. 시인의 시적 영감은 "생각지도 못했던/먼먼 아지랑이 너머/상상의 세계에서/날아와 가슴 속에 내려앉고/이내 하얀 뿌리를 내려" 시를 싹틔우고 자라게 한다. 여기서 "먼먼 아지랑이 너머"는 백제의 이미지이며, 그의 시적 영감은 백제의 하늘에서 날아드는 새이다. 이 시적 영감은 시인이 거부할 수도 없으며, 거부하지도 않는다. 시인에게 시적 영감이 가슴 속에 날아들지 않으면 시인의 삶은 사는 것이 아니다. 시인은 오직 시로써만 살고, 시로써만 생명을 꽃피울 수 있다. 실제로 그의 시적 행보와 작품들의 이미지를 연구하면서, 시는 그의 생명이며 운명이라는 것을 절감했다.

이 시의 첫 연은 시와 시인의 운명적 관계를 보여주는 이미지이다. 시는 그의 "가슴의 진액을 빨아들이며/잎과 꽃을 피우고"라고 한 것은, 그가 생명의 진액을 다 바쳐 시를 창작한다는 이미지이다. 시인은 생명의 진액을 빨아들여 시를 쓴다. 위의 시에서 '잎과 꽃'은 그의 시작품을 상징하는 이미지이다. 잎과 꽃은 살아 있는 식물의 생명의 진액이 피어나는 것이다. 그는 생명의 진액으로 잎과 꽃을 피워내면, "나를 허무로 앓게 하고/몸 져 눕게 하는/저것"이 된다. 시인에게 있어 시적 영감은 거부할 수도 없고, 거부하지도 않는 '저것'일 수밖에 없다. 그래서 "이름도 형체도/분명치 않은/미지수의 문제아"라고 시를 마무리 한다. 그의 이런 시적 영감의 원천이 백제이다. 그는 이 시적 영감을 머리와 가슴으로 날아드는 백제의 혼령이라고 했으며, 날아들고 날아오르는 혼령의 구상적 이미지를 새로 형상화했다.

> 전주 가는 길목
> 몸빛이 고와 반짝이는
> 그 바위에 걸터앉아 있네
>
> 지금도 그 바위 옆
> 시냇물 문질러 닦아내고
> 가슴에 품어
> 핏줄 잇대어 목숨 건네주고 있네
>
> —「백제시—노래」 전문

이 작품의 제목이 「백제시—노래」이다. 시와 노래는 하나이며 한자어로는 시가詩歌라고 한다. 그런데 현대시는 외형률의 리듬이 아니라 내재율의 리듬이다. 이 내재율의 리듬이 곧 현대시의 이미지이다. 그러니까 위의 시 「백제시—노래」는 그가 백제의 혼령들과 교감하는 이미지이다. 이 작품을 왜 백제시라고 했을까. 첫 연의 "전주 가는 길목/몸빛이 고와 반짝이는/그 바위에 걸터앉아 있네"일 뿐이다. 그런데 둘째 연의 "지금도 그 바위 옆/시냇물 문질러 닦아내고/가슴에 품어/핏줄 잇대어 목숨 건네주고 있네"에서 보듯, 전주는 백제의 옛 땅이었다는 것으로 백제시가 된 것이다. 이 시에서 화자가 '시냇가 바위에 걸터앉아 있는 것'이 전경前景이고, "핏줄 잇대어 목숨 건네주고 있네"가 후경後景이다. 바위에 앉아있는 모습은 시각적 이미지의 전경이고, 노랫소리가 "핏줄 잇대어 목숨 건네주고 있네"는 백제의 혼령과 교감하는 비유적 이미지의 후경이라는 말이다. 그는 백제의 옛 땅에만 가면, 「武寧王의 나라」에서 백제의 혼령들과 교감하는 시인이다. 이 영적 교감이 그의 시의 후경이다.

지금은 저기
한 장의 허공이 되었네

아직도 더운 체온으로
하늘 한 모서리를 데우고 있는
한 장의 연기가 되었네

발가벗은 혼령이 떠돌아
그들을 입혀주고
한 장의 질긴 노을이 되었네

—「백제시—옷」 전문

이 시의 전경은 "한 장의 허공, 한 장의 연기, 한 장의 질긴 노을"이다. 문효치의 상상력 속에는 백제의 옷이 허공으로, 연기로, 노을로 펄럭이다가 소멸되는 것이 보인다. 백제는 3국 중에 제일 먼저 패망한 나라다. 그는 "매몰된 왕국의 공백이 바로 시인의 상상력이 활동하면서 새로운 시적 세계를 창출해 낼 수 있는 공간이 된다"[107]고 했다. 그렇다면 <한 장의 허공, 한 장의 연기, 한 장의 노을>은 그대로 백제를 상징하는 전경의 이미지이고, 백제의 "발가벗은 혼령이 떠돌아/그들을 입혀주고"는 이 시의

107) 문효치, 「백제를 구실로 한 작은 상상의 세계」, 『시와 시학』, 2006 가을호.

후경이다. 시작품의 후경이란 시인의 상상력 속의 이미지이다. 그의 백제에 대한 사랑이 위의 시의 후경의 이미지로 형상화된 것이다.

> 몸에는
> 무한정한 시간들이
> 둘둘 감겨 있습니다.
>
> 댕겨진 불길로 절이 탈 때
> 호쾌하게 내지르던
> 소정방의 고함소리도
>
> 아비규환의 와중에서
> 달아나는 백성의 비명소리도
>
> 이제는 둘둘 감긴
> 시간의 현絃 위에서
> 아련한 음률이 되어 퉁겨져 나옵니다.
>
> 아무리 큰 아픔이라도
> 오래오래 묵혀
> 우리네 장醬처럼 삭히고 삭혀
> 전혀 다른 새로운 맛으로 만들고 있습니다.
>
> —「백제시—백제탑」 전문

탑이란 유한한 인간이 무한을 꿈꾸며 세운 조형물이다. 그 탑의 "몸에는/무한정한 시간들이/둘둘 감겨 있습니다"라고 한다. 이것은 천 오백년 동안이나 견디어온 백제혼의 이미지이다. 어느 탑에나 자연적인 시간은 그 탑신에 "둘둘 감겨 있습니다"라고 할 수 있다. 그러나 '백제탑'이란 고유명사가 될 땐 백제의 흥망이라는 역사적 시간이 함께 "둘둘 감겨 있"는 것을 볼 수 있다. 자연적 시간이 감겨 있는 탑신의 모습은 시각적 이미지의 전경이고, 그 전경 뒤에 "문학과 사회 간의 역동적 긴장"인 후경은 시인이 본 이미지이다. 전쟁으로 "댕겨진 불길로 절이 탈 때/호쾌하게 내지르던/소정방의 고함소리도/아비규환의 와중에서/달아나는 백성의 비명소리"까지, 탑신에 "이제는 둘둘 감긴/시간의 현絃 위에서/아련한 음률이 되어 퉁겨져 나옵니다"라고 한다. 자연적 시간의 현에서는 "아련한 음률이" 나올 수 없다. 백제의 흥망이라는 역사적 시간이 시적 상상력을 만나 음률이 되어 울려나온다.

백제의 흥망성쇠라는 역사적 시간이 새가 되어 날아들기도 하고, 음률이 되어 흘러나오기도 한다. 이 작품에서도 '소정방의 고함소리'와 '백성의 비명소리'가 "오래오래 묵혀/우리네 장처럼 삭히고 삭혀/전혀 다른 새로운 맛으로" 울려나온다. 천오백여년 동안 백제탑에 감겨 있던 역사적 시간이 백제시의 이미지로 부활한 것이라 하겠다.

그대가 다니는 길은
이제는 닳을 대로 닳아서
칙칙한 숲 속에서도
환한 금빛으로 뻗어 있다.

(중략)

길을 가다말고 앉아서

그가 생각하는 것은
로뎅의 저 '생각하는 사람'의 생각과는 달라서
저 미물의 목숨,
목숨의 애틋함에까지도 닿아 있다.
—「백제시—금동미륵보살반가사유상」 부분

위의 시 첫 연의 "그대가 다니는 길은/이제는 닳을 대로 닳아서/칙칙한 숲 속에서도/환한 금빛으로 뻗어 있다"에서, "그대가 다니는 길"은 보살의 길이고, 금동미륵보살반가사유상은 백제의 유물이므로 천 오백여년 동안 보살도를 행했으며, "이제는 닳을 대로 닳아서/칙칙한 숲 속에서도/환한 금빛으로 뻗어 있다"고 한다. 눈에 보이는 상像은 시각적 전경이고, 보살도는 "환한 금빛으로 뻗어 있다"는 후경이다. 그리고 "칙칙한 숲속"은 인간의 숲인 사바세계의 이미지이다.

둘째 연의 "숲에서 일어/몸부림치는 바람도/이 길에 들어서면/금빛이 된다"에서, "숲에서 일어/몸부림치는 바람"은 사바세계에서의 갈등과 번뇌의 이미지이고, "이 길에 들어서면/금빛이 된다"는 보살도를 만나서 깨달음의 금빛이 된다는 이미지이다. 셋째 연의 "개개비 쑥꾹새/딱정벌레나 딱정벌레의 새끼들도/언제나 몸부림치며 살지만"은 사바세계의 고해에서 허덕이는 중생의 이미지이다. 반가사유상半跏思惟像은 가부좌를 하고 생각하는 상이다. 시각적 이미지의 전경은 같지만 그 사유의 내용은 "로댕의 저 '생각하는 사람'과 달라서/저 미물의 목숨, /목숨의 애틋함에까지 닿아 있다"에서 보듯, 그 후경은 다르다. 그 다른 내용이 '미물의 목숨의 애틋함'이다. 그는 이 미물들의 생명의 애틋함에 대해 다음과 같이 말한다.

작은 것 약한 것에도 세계가 있고 우주가 있다. 이것들을 통해서 보는 세계는 거대하다. 거기에는 꿈이 있고, 아픔과 상처도 있다. 사랑도 있고, 괴로움과 번민도 있다. 그래서 이것들을 '미물'이라고만 치부해 버릴 수 없다. 정말 놀라운 일이다. 하마터면 밟아버릴 뻔한 귀뚜라미 한 마리에게도 억 광년쯤의 거리를 자맥질해 온 생명의 신비가 있고, 길바닥 옆 시멘트 틈새에 나 있는 작은 냉이에게도 삶의 열망과 회한의 몸부림이 있다.[108]

그에게는 이 애틋함이 자기 자신의 목숨에 대한 애틋함이다. 미물처럼 버림받고, 소외되고, 감시받으면서 살아온 자신의 목숨에 대한 애틋함을 반가사유상의 이미지에서 깨닫고, 그 애틋함을 시적 이미지로 승화시킨다. 그는 "시의 씨가 싹을 틔우고 잎을 펴기 위해서는 시적 영감이 필요하다. 하늘이 주는 이 시의 영감을 받아들이기 위해서는 기도와 같이 경건한 사랑의 심안을 가져야 한다"[109]고 했다. 이 "기도와 같이 경건한 사랑의 심안"의 이미지를 '금동미륵보살반가사유상'에서 본 것이다. 이제 그의 시가 종교적 사유와 만나는 계기가 된다.

큰스님 기침소리에
산그늘이 와 엎드린다.

솔밭 와르르 모여와
그 푸르름 털어내어
그늘 속에 탑을 세운다.

---

108) 문효치, 「잊혀진 혹은 감춰진 생명」, 『시와 사상』, 2014 가을호.
109) 문효치, 「백제를 구실로 한 작은 상상의 세계」, 『시와 시학』, 2006 가을호.

탑 속에 들어와 사는
부처님의 세월

세월에 솔잎 푸르름
서리서리 물든다.

—「묵상 —석탑」 전문

위의 시 첫 연의 "큰스님 기침소리에/산그늘이 와 엎드린다"에서 보듯, "큰스님 기침소리"라는 불교적 이미지와 "산그늘이 와 엎드린다"는 시 미학적 비유가 어울림으로써, 기침소리라는 청각적 이미지와 산그늘이라는 시각적 이미지의 단순한 결합과는 다른 차원의 불교적 이미지가 형상화된다. 그리하여 둘째 연의 "솔밭 와르르 모여와/그 푸르름 털어내어/그늘 속에 탑을 세운다"에서 보듯 솔밭이 그 푸르름을 털어내어 탑을 세우는 종교적 신비의 이미지를 연출한다. 여기서 '푸르름'은 생명상승의 이미지이고, '탑을 세운다'는 것은 예술적 조형을 통해 생명의 불멸성을 세운다는 이미지이다. 백제는 지금 없지만 백제의 석탑은 존재하고 있으며, 시인을 만나면 언제든지 백제의 예술혼으로 부활할 수 있다. 이 예술혼은 셋째 연의 "탑 속에 들어와 사는/부처님의 세월"에 이르면 신비한 불사不死의 시간과 조우하게 된다. 마지막으로 "세월에 솔잎 푸르름/서리서리 물든다"에서, '세월에'는 앞 연의 '부처님의 세월'이므로 부처님의 법력法力의 이미지이고, '솔잎 푸르름'은 생명력의 상승이미지이며, "서리서리 물들다"는 생명력 확산의 이미지이다. 여기서 생명력이란 그의 시적 상상력이며, 하늘로부터 내려오는 시적 영감이다.

옥개석에 누워
잠자던 세월이 내려 온다.

용화산 소나무
목숨의 한 끝 다쳐
앓고 일어나는데

구겨져 날아다니던 햇빛들
이제는 저 들 끝으로 모두 가버리고

텅 비어 적이 안심되는 평화.
요 무언의 땅바닥,
미륵의 세상인가.

—「미륵사터의 탑」 전문

위의 시 「미륵사터의 탑」의 "옥개석에 누워/잠자던 세월이 내려온다"고 한다. 세월은 결코 잠을 자지 않는다. 탑이 건립된 7세기의 세월은 계속 흘러와 지금은 21세기에 와 있다. 그렇다면 '잠자던 세월'은 무엇인가. 그것은 백제의 혼령이다. 백제의 유물 속에 잠자던 혼령들이 문효치의 상상력을 만나 그의 상상력 속으로 내려온다는 것이다. 무령왕의 무덤 속에서 잠자던 유물이나, 백제의 옛 땅에서 잠자던 백제의 혼령들이 그의 상상력을 만나 그의 시 속에서 모두 부활한다. 그 결과 그는 백제의 혼령과 교감하는 백제의 시인이 된다. 시 속에서는 "용화산 소나무/목숨의 한 끝다쳐/앓고 일어나는데"에서 보듯 소나무까지도 '앓고 일어나는' 것이며, 셋째 연의 "구겨져 날아다니던 햇빛들/이제는 저 들 끝으로 모두 가버리고"에서 보듯 '햇빛들'까지 '구겨져 날아다니던' 것이었다. 여기서 '소나무'는 그의 생명을 상징하는 이미지이고, '햇빛들'은 그의 마음을 상징하는 이미지이다. 그의 생명은 다치고 마음은 구겨진 것이었는데, 시 속에서 다친 목숨은 '일어나'고, 구겨진 마음은 '가버린'다고 한다. 마지막 연의 "텅 비어 적이 안심되는 평화./요 무언의 땅"은, 그를 향한 군수사기관의 감시와 수사가 줄어진 것의 이미지이고, 마지막 행인 "미륵의 세상인가"는 정말로 새 세상이 온 것인가라고 자문하는 이미지이다.

> 저녁 나절
> 얇은 안개처럼
> 봉선사에 스며들다가
> 종각 토방에 걸려서 넘어진 김에
> 반가사유상의 흉내로 앉아 있으니
> 청설모 한 마리
> 달빛 한 조각 물고 지나가다가
> 놀란 눈으로
> 물고 가던 달 한 조각
> 내 시선 위에 넌지시 걸어놓고 가더라
>
> —「봉선사에서」 전문

불교적 사유와 만난 시적 상상력은 시 미학적 이미지 형상화에 치중하게 된다. 물론 그의 시세계도 한층 심오해진 것이 사실이다. 위의 시에서 "저녁나절/얇은안개처럼/봉선사에 스며들다가/종각 토방에 걸려서 넘어진 김에/반가사유상의 흉내로 앉아 있으니"에서 보듯, 그 제목이 「봉선사에서」임에도 불구하고, 염불이나 발원 같은 불교적 용어나 행위가 전혀

없이, 오직 시 미학적 비유의 이미지 형상화에만 치중해 "얕은안개처럼/봉선사에 스며들다가"에서 보듯, 자신을 안개로 비유하여 객관적 사물화의 이미지로 형상화한다. '안개'라는 자연의 사물로 비유한 다음에 "종각 토방에 걸려 넘어진 김에/반가사유상의 흉내로 앉아 있으니"에서 보듯 '안개'가 자연스럽게 불교적 사유의 반가사유상으로 변신한다. 그러고도 "청설모 한 마리/달빛 한 조각 물고 지나가다가"와 같은 놀라운 시 미학적 이미지의 미감을 이룩한다. 마지막으로 그 청설모가 "놀란 눈으로/물고 가던 달 한 조각/내 시선 위에 넌지시 걸어놓고 가더라"라는 놀라운 비유에 이르러선 시적 상상력이 불교적 사유와 만나서 이룩하는 시 미학적 실상을 목도하게 된다.

이와 같은 시 미학적 이미지의 형상화는 선시禪詩의 경지와 방불하다고 하겠다. 불교적 사유와 시적 상상력의 만남으로 그의 시적 방향이 반가사유상의 눈길과 만나게 된 것이다.

> 적막이 너무 무거워
> 목을 뒤트는 나무 잎사귀
>
> 푸른 하늘도
> 견고한 적막에 부딪쳐
> 깨지고 으깨져
> 골짜기로 떠내려가고
>
> 수덕사 독경소리마저
> 그대로 굳어 법당 앞에 쌓여 있는데

여기 들어온 순간
내 몸 또한
아무 뜻도 없는 한 점 적막일 뿐

색도 형체도 보이지 않는
태어나기 이전의
한낱 허공일 뿐.

—「수덕사의 뜰」 전문

위의 시 「수덕사의 뜰」은, 문효치의 시가 불교적 사유와 만나 미학적으로 조화를 이룬 대표적 작품이다. 작품의 제목부터 '수덕사'라는 불교적 공간과 '뜰'이라는 자연공간의 만남이다. 제1연의 "적막이 너무 무거워/목을 뒤트는 나무 잎사귀"에서, '적막이 너무 무거워'는 '색즉시공色卽是空'의 '공空' 이미지이며, '목을 뒤트는 나무 잎사귀'는 '물색物色'의 이미지이다. 즉 불교적 사유의 공간인 「수덕사의 뜰」이 불교적 사유의 실상인 '적막'이 되어, <수덕사의 뜰=적막>이라는 이미지이다. '적막'은 청각적 소리와 시각적 물색이 '개공皆空' 즉 다 공이라는 의미이다. 그 결과 2연의 "푸른 하늘도/견고한 적막에 부딪쳐/깨지고 으깨져/골짜기로 떠내려가고"는, 다 공이고 오직 '골짜기로' 흐르는 물소리밖에 없다는 느낌을 형상화한 이미지이다.

3연의 "수덕사 독경소리마저/그대로 굳어 법당 앞에 쌓여 있는데"에서는 청각적 이미지인 '독경소리'를 '쌓여 있는'이란 시각적 이미지로 변환시킴으로써 시 미학적 형상화의 미감이 절정에 이른다. "독경소리마저/그대로 굳어 법당 앞에 싸여 있"게 하는 적막의 힘, 곧 법력法力에 의해 그는

"여기 들어온 순간/내 몸 또한/아무 뜻도 없는 한 점 적막일 뿐//색도 형체도 보이지 않는/태어나기 이전의/한낱 허공일 뿐"에서 보듯, '색즉시공'의 체험을 몸소 하게 된다.

2) 삶의 긍정과 '밝은 밤' 이미지

문효치의 시는 불교적 사유와 만나 더욱 심오한 경지에 이른다. 그가 불교적 사유와 만났다는 것은, 그가 불교에 입문한 것이 아니라, 백제의 유물인 「금동미륵보살반가사유상」과 「미륵사 터의 탑」을 만나서, 이 조형물에서 백제의 예술혼과 교감한 것을 말한다. 교감은 사귐이며 사귐은 사랑이다. 그의 사랑에 대한 말을 들어 보자.

> 연좌제라는 야만적 굴레에서 이 땅의 많은 사람들이 고통 받던 때 나도 거기 물색도 모르고 한 다리 끼어서 괴로워한 때가 있었다. 분하고 답답하고 가슴이 터질 듯이 아팠다. 그리고는 무기력에 함몰되어 젊음의 아까운 세월을 하염없이 보내야 했다. 정신과 육신의 힘이 빠졌다. 건강은 최하의 지경에 이르러 삶의 의욕도 없어졌다.
>
> (중략)
>
> 사랑은 활력이다. 열정이다. 그리고 생명이다. 그 동안 어둠속에 잠복하여 숨죽이고 있던 사랑이 깨어나고 있는 것이다. 이 활력, 이 생명력, 그러나 어딘가에 가서 닿아 무엇인가를 해야 할 사랑, 이 뜨거움이 그동안 방향감각을 잃었고 지향점도 모호해졌다. 허공에 떠도는 이 에너지 이 뜨거움을 어찌 감당해야 할까.[110]

---

110) 문효치, 「사랑시를 위한 변명」, 『시와 표현』, 2017. 6월호.

시적 이미지를 '말로 그린 정열적 그림'이라고 정의한다고 했다. 이 정의에서 '정열적'이란 말은 뜨거운 사랑을 의미한다. 사랑이 없으면 시인이 될 수 없다는 말이다. 그는 사랑을 "이 활력, 이 생명력, 그러나 어딘가에 가서 닿아 무엇인가를 해야 할 사랑"이라고 했다. 이 사랑의 힘이 백제에 가서 닿았고, 시에 가서 닿아서, 그의 백제시가 탄생했다. 이 사랑이 일본에까지 닿아서 일본에 피어 있는 백제의 꽃을 만난다.

달빛은 바다를 건너
보라색으로 오네

와서 여왕의 어깨에
꽃밭을 가꾸네

꽃은 날아가 아스카데라飛鳥寺를 짓고
부처님도 모셔 앉히네

기와 굽던 솔숲에서
두견이는 울어쌓고

여왕의 꽃밭에서도
웃음이 흰 이를 드러내며 반짝이네.

—「백제시—스이고천황推古天皇」 전문

시의 첫 연이 "달빛은 바다를 건너/보라색으로 오네"이다. 백제의 혼령을 달빛으로 은유하고, 바다를 건너오는 모습은 보라색으로 은유한 것이다. 보라색으로 "와서 여왕의 어깨에/꽃밭을 가꾸네"라고 한다. 여기서

‘여왕의 어깨’는 왕권의 이미지이며, ‘꽃밭’은 영광의 이미지이다. 백제계 여인으로 황위에 올랐으니 그 영광이 꽃밭이 된 것이다. 이 “꽃은 날아가 아스카데라飛鳥寺를 짓고/부처님도 모셔 앉히네”에서 보듯, 스이고천황은 황권의 영광을 남용하지 않고 사원을 짓고 부처님을 모시는 데 쓴다. 백제의 혼령은 권력을 남용해서 백성을 괴롭히는 것이 아니라 일본에까지 가서도 꽃밭을 가꿨다는 이미지이다. 꽃은 식물적 생명의 절정이며, 인간으로 비유하면 왕권의 개화開花이다. 그렇다면 “기와 굽던 솔숲에서/두견이는 울어쌓고”는 태평한 세월의 이미지이며, “여왕의 꽃밭에서도/웃음이 흰 이를 드러내며 반짝이네”는 영광의 이미지이다.

이 시에 대해 오세영은 “일본 역사를 추적하여 백제 여인 스이고 천황을 노래한 작품이다. ‘여성’이라는 이미지 자체가 그렇지만 꽃을 키우고 아스카데라를 짓는 여왕의 모습은 분명 생명력의 상징이다. 그리하여 시인은 한국에서 이미 단절되었고 일본의 전통에서는 아직 살아 숨 쉬는 이 민족사적 유년, 백제를—그가 제2부와 3부의 시에서 ‘유년의 세계’ 또는 ‘패랭이꽃 속의 나라’에 대해서도 그러했듯—또한 간절히 그리워하는 것이다”[111]라고 평가한다. 그의 생명사랑과 백제 사랑이 위의 시를 꽃피웠다는 평가이다. 한국에서는 이미 단절된 백제정신이 일본에서는 아직 살아 있다가 문효치의 백제시로 개화했다는 평가이다.

> 차나무 가지 끝 물방울
> 속에 버스가 멈추네

111) 오세영, 「생명 체험으로 풀어 본 역사의식」, 『문효치의 시 읽기』, 지혜, 2012, 238쪽.

정류장에서 길이 열려
백제사로 가네

절을 짓고
탑을 쌓고
풍경의 옆으로 바람이 와 등을 치네

맑은 염주 속에
큰스님 들어앉아 염불하듯

물방울 속에
버스 한 대 와 있네.

—「백제시—쿠다라지마에百濟寺前」 전문

일본 나라지방의 한 버스 정류소 이름이 구다라지마에百濟寺前이다. 곧 백제사 앞 정류소라는 뜻이다. '백제사'라는 절이 있었고, 그 절 앞의 버스정류소라는 것이다. 백제는 없지만 그 이름은 일본에서 사원의 이름으로 존재하고 있다는 것이다. 백제를 사랑하는 문효치가 이국땅에서 그 이름을 만났으니, 얼마나 반가웠으면 시로 형상화했을까. 첫 연의 "차나무 가지 끝 물방울/속에 버스가 멈추네"라는 표현이 환상적이다. 실은 '차나무 가지 끝'에 맺힌 빗방울 속에 버스그림자가 비친 것이다. 이로 말미암아 문효치의 상상 속에는 백제사가 지어지고 그 백제사를 방문한다. "절을 짓고/탑을 쌓고/풍경의 옆을 바람이 와 등을 치네"에서 보듯 백제의 절이 새로 지어지고, "맑은 염주 속에/큰스님 들어앉아 염불하듯 // 물방울 속에/버스 한 대 와 있네"에서 보듯 그 절은 문효치의 상상 속의 절이다. 백제사 앞 버스정류소란 이름 때문에 차나무 끝에 맺힌 물방울 속에 머문 버스의 그림자로 백제사로 가는 길을 보며, 상상 속에 백제사가 지어진다. 문효치의 길은 어디에서나 백제에 닿아 있다고 하겠다.

이제 스님은
큰부처님 속에 들어가 살고 있네
저 속에서
논 갈고 밭 매다가

(중략)

동대사東大寺 뜰에 저녁 이내 퍼질 무렵
스님 헛기침소리 몇 번
들려오네.

—「백제시—行基」 부분

문효치의 마음의 길이 백제에 닿아있기 때문에 그의 길은 시공을 초월하여 백제로만 향한다. 일본에 가서도 그가 가는 길은 백제에 닿아있다. 위의 시의 표제가 된 「行基」는 "왕인의 후손으로 일본 불교에 큰 업적을 남긴 대승정. 특히 동대사東大寺 비로자나대불을 주조했다"는 시인의 주가 있다.

위의 시에서 "이제 스님은/큰부처님 속에 들어가 살고 있네/저 속에서/논 갈고 밭 매다가"로 형상화한다. 행기스님의 보살도는 "생명 키움의 길"이며, "살고 있네"의 길이다. 그 구상적 전경의 이미지가 '논 갈고 밭 매다가'이며, 영적 후경의 이미지가 "하늘 한 모서리 뚝 떼어/연못 하나

만드네/물을 대어 노랑어리연이나 수련을 키우네"이다. 물은 생명의 원형 상징이므로 "물을 대어"가 생명 키움의 근본이다. 행기스님이 비로자나불을 주조한 것은 "부처님 속에 들어가 살고" 싶은 발원發願에서였다. 그 발원이 이루어져 중생들이 "때로는 갈 수 없었던 먼 나라/다리 놓아 건너가네"를 이루었고, 행기스님의 "동대사東大寺 뜰에 저녁 이내 퍼질 무렵/스님 헛기침소리 몇 번/들려오네"의 이미지가 형상화된다. 금동미륵보살반가사유상을 만난 문효치의 시가 동대사 뜰에 이르러 "스님의 헛기침소리 몇 번/들려오네"의 이미지를 형상화하기에 이른다.

이 시에 대해 오세영은 "소박한 한국의 독자들은 이 시에서 세계 제2대 경제 대국으로 부상해 있는 오늘의 일본문화의 원류로서 한국(백제)을 느끼며 어떤 민족적 자존감에 취할지도 모른다. 물론 이 시에는 그런 측면을 자극할 만한 요소가 없는 것도 아니다. 그러나 우리가 주목해야 할 사실은 다른 데 있다"[112]고 한다. 위의 시에서 주목해야 할 것은, 우리에게 있어 백제는 거의 사라진 역사인데 일본에서는 오히려 살아서 숨 쉬고 있는 역사라는 것을 지적하고 있다.

> 그의 침묵이 물에 쓸려
> 지층의 아래로 가라앉았을 때
> 참으로 호젓한 옥으로 계시다가
>
> (중략)
>
> 큰 눈을 부라리고

112) 오세영, 「생명 체험으로 풀어 본 역사의식」, 『문효치의 시 읽기』, 지혜, 2012, 224쪽.

이제 곧 입에서도 벽력같은 호령이 떨어질 듯

아, 그러나 끝내
나에겐 아무 말이 없으시니.

—「백제시—아스카 대불大佛」 부분

위의 「백제시—아스카 대불大佛」에는 "6—7세기경 백제 조각가 사마지리司馬止利가 만듦. 1950년대에 땅속에서 발굴됨"이라는 주가 있다. 일본의 땅속에 묻혔다가 발굴된 백제 유물이다. 불상으로 조형된 예술품이므로 그 상의 전경인 시각적 이미지는 민족이라는 경계가 없는 물상物像이다. 문효치의 시적 상상력이 바라본 것도 "그의 침묵이 물에 쓸려/지층의 아래로 가라앉았을 때/참으로 호젓한 옥으로 계시다가"의 상만을 본다. 땅 속에 묻혀 있을 때에는 "옥의 눈을 달고/그 어둠을 두루 살피시다가// 끈끈한 어둠 주물러 주물러/금강석으로 단단히 빚어 빛내시다가"의 이미지로 형상화되었던 것이, 발굴된 뒤에는 "큰 눈을 부라리고/이제 곧 입에서도 벽력같은 호령이 떨어질 듯"한 이미지로 형상화한다. 문효치가 처음에는 그토록 사랑하는 백제의 유물을 일본에서 만난 것에 대한 민족적 죄책감으로 "벽력같은 호령이 떨어질 듯," 했는데, 결국엔 "아, 그러나 끝내/나에겐 아무 말이 없으시니,"로 마무리된다. 왜 그럴까. 불교적 사유와 시적 상상력에는 민족이나 국가의 차별이 없기 때문이다. 오직 생명존중에 대한 경외감과 시 미학적 미감밖에 없다. 대불상이나 반가사유상의 눈길이 미물의 생명에까지 닿아 있듯이, 문효치의 시선도 민족이나 국가의 차별을 넘어 시 미학적 미감에 닿아있다.

그가 벤 것은
적의 목이 아니다

햇빛 속에도 피가 있어
해 속의 피를 잘라내어
하늘과 땅 사이
황산벌 위에 물들이고

스러져가는
하루의 목숨을
꽃수 놓듯 그려 놓았으니

일몰하였으되
그 하늘 언제나
꽃수의 꽃물로 가득하여 밝은데
이를 어찌 칼이라 하랴.

—「계백의 칼」 전문

칼은 싸움의 도구 곧 무기이다. 싸움엔 반드시 적이 있게 마련이고, 적의 목을 베는 것이 칼이다. 위의 시 「계백의 칼」에서 "그가 벤 것은/적의 목이 아니다"라고 한다. 여기서 '그가'는 계백이다. 문효치는 「새—백제시편 5」에서는 "죽음이란 이렇게 황홀한 것인가요.………그래서 계백은 마누라도 죽이고 자기도 죽었나요"라고 하고, 「싸움—백제시편 11」에서는 "계백의 오천 병사는 죽기 위해 싸웠다.… 무덤의 앞문이 열렸다. 문이 열리면서 그들은 각각 한 덩이의 빛이 되어 달려 들어갔다. 빛은 이 땅에 선 것들을 밝히고 그 후예의 눈을 밝혔다"라고 한다. 이와 같은 계백의 이미지에 의하면 「계백의 칼」이 벤 것은 "적의 목이 아니다"라고 할 수 있다. 그리고 "계백의 오천 병사는 죽기 위해 싸웠다"고 했으며, "그들은 각각 한 덩이 빛이 되어 달려 들어갔다"고 했다. 이에 의하면 죽음은 곧 빛이 되는 것이며, 그 "빛은 이 땅에 선 것들을 밝히고 그 후예의 눈을 밝혔다"고 한다.

이것이 문효치의 한결같은 사생관이다. 위의 시 「계백의 칼」에 이르러 선 죽음은 죽음이 아니라 빛이 되는 것이다. 둘째 연의 "햇빛 속에도 피가 있어/해 속의 피를 잘라내어/하늘과 땅 사이/황산벌 위에 물들이고"에서 보듯, <햇빛—피—생명>의 시각적 이미지로 "스러져가는/하루의 목숨을/꽃수 놓듯 그려 놓았으니", 황산벌 싸움에서 죽어간 '계백의 오천 병사'들은 "일몰하였으되/그 하늘 언제나/꽃수의 꽃물로 가득하여 밝은데/이를 어찌 칼이라 하랴"에서 보듯 꽃수의 아름다운 불꽃이 되어 빛나고 있다. 문효치는 황산벌을 걸으면서 계백의 번뜩이는 칼날에 눈이 부시고, 병사들의 함성에 귀가 먹먹해진다.

위의 시에서 「계백의 칼」은 적의 목을 베는 칼이 아니라 햇빛의 피를 잘라내어 꽃수를 놓은 칼이다. 적의 목을 베는 칼은 전쟁터의 무기로서 시간과 함께 스러져갔다. 인류역사의 수많은 전쟁에서 적의 목을 벤 칼은 다 사라져갔지만 계백의 칼이 베어내 꽃수를 놓은 생명들은 황산벌을 찾아온 시인 앞에 "꽃수의 꽃물로 가득하여 밝은데"에서 보듯 살아 있다. 황산벌의 풀꽃들은 "한 덩이 빛이 되어 달려간 오천 병사들의 생명의 꽃수"이며, 금동미륵보살반가사유상의 시선이 가 닿은 미물들의 생명이다.

이로 보아 문효치 시의 초점은 '생명과 미학'에 있다는 것이 다시 확인된다. 그는 <시—생명—백제—자연—빛—꽃>의 이미지를 하나로 형상화하고 있다. 위의 시에서도 생명이 꽃으로 다시 피어나는 이미지이다. 이제 빛과 꽃의 이미지를 보기로 하자.

햇살이 내려앉아
기웃거린다

먼 길을 날아와
발디딘 곳
그러나 낯설지 않다

가득히 걸려 있는
현금弦琴의 현弦, 손끝으로 퉁겨
잠든 음률 깨운다

하늘에 떠다니는 색깔
쥐어다가 바르고 치장하면
밤도 밝다

상시 적정 기온이
낙화처럼 날리는
유년의 세계다.

—「패랭이꽃 속의 나라 1」 전문

꽃은 식물적 생명의 형상화이고, 시는 인간생명의 형상화이다. 꽃은 자연이지만 시는 인위적으로 형상화한 이미지이다. 위의 시는 "햇살이 내려앉아/기웃거린다"로 시작한다. 햇살이 꽃을 찾아와 만나는 이미지이다. 2연의 "먼 길을 날아와/발 디딘 곳/그러나 낯설지 않다"고 한다.

사실 「패랭이꽃 속의 나라」는 곧 빛의 나라이며, 생명의 생성과 소생의 나라이다. 이 나라에서 "가득히 걸려 있는/현금玄琴의 현弦, 손끝으로 퉁겨/잠든 음률 깨운다"는 것은, 생명의 생성과 소생을 구체화한 이미지이다. 음률은 생동하는 소리로서 상승의 이미지이다. 이 음률이 "하늘에 떠다니는 색깔/쥐어다가 바르고 치장하면/밤도 밝다"에서 보듯, 죽음이 없는 "밤도 밝은" 「패랭이꽃 속의 나라」가 세워진다. 이 나라는 "상시 적정기온이/낙화처럼 날리는/유년의 세계다"이다. 오세영은 "결국 그가 패랭이꽃 속의 나라에서 발견한 것은 유년의 세계였다"[113]고 한다.

인위의 불빛이 없어도 '밤도 밝다'고 한 「패랭이꽃 속의 나라」는 곧 '빛의 나라'이며, 빛으로 가득한 '유년의 세계'이다. 이 '유년의 세계'는 인간 존재의 원형이며, 돌아갈 수 없는 고향이다. 이 돌아갈 수 없는 고향에 대한 향수가 시를 향한 갈증이며, 시인으로 하여금 시를 찾아 떠돌게 한다. 그는 이 향수병에 걸려 일생을 시를 찾아 떠돈다고 했다.

2. 국경을 넘어 인류 보편으로

1) 꽃으로 피어난 칼七支刀의 이미지—일본의 '백제시'

문효치는 "이 활력, 이 생명력, 그러나 어딘가에 가서 닿아 무엇인가를 해야 할 사랑,"[114]이라고 했다. 그의 "이 활력, 이 생명력"이 공간적으로 바다를 건너 일본에 가 닿은 것이 '일본의 백제시'이다.

---

113) 오세영, 「생명 체험으로 풀어 본 역사의식」, 『문효치의 시 읽기』, 지혜, 2012, 23쪽.
114) 문효치. 앞의 것과 같음.

백제는 우리의 사서史書에 존재하고 있는 나라이지만 또한 사서에 의해 상당부분 인멸, 훼손된 나라이다. 삼국 중에서 가장 화려한 문화를 꽃피웠으나 미궁에 빠져버린 나라다.

이런 미궁의 나라가 내 상상력을 자극한다. 사서에서 지워진 여백에서도, 훼손된 채 드러나 있는 부분에서도 내 상상적 세계는 새롭게 펼쳐진다. 백제는 내 시의 광맥이다.[115)]

위의 글은 2004년에 출간한 『백제시집』의 「독자를 위하여」의 부분이다. 문효치의 '이 활력과 이 생명력'이 백제에 닿음으로써 백제시가 탄생했다. 그는 "나는 아직도 시를 잘 모른다. 정말 시는 어렵다. 그런데도 싫지는 않다. 이러면서 오십 년 시에 매달려 왔다. 또 다시 시집을 준비한다. 괴롭지만 또한 즐거운 것이 이 작업이다"[116)]라고 했다. 우리나라에서 백제는 "상당부분 인멸, 훼손된 나라이다. 삼국 중에 가장 화려한 문화를 꽃피웠으나 미궁에 빠져버린 나라"가 되고 말았으나, 오히려 백제문화의 꽃씨는 바다를 건너 일본에까지 날아가 피어났다.

저 관음의 속에서는
이제 녹나무 잎이 나네
녹나무 자라 숲을 이루네

우리 남해안이나 제주도쯤의 해풍에
천의天衣 자락을 날리며
숲은 엷은 미소를 보내네

---

115) 문효치, 「독자를 위하여」, 『백제시집』, 문학아카데미, 2004.
116) 문효치, 「自序」, 『왕인의 수염』, 연인E&B, 2010.

앙드레 말로가 숲에 오네
서어나무 옆으로 새어드는 총성과 함성을 밀쳐내며
법륭사 절 마당에서
건져 올린 햇볕, 숲에 바르네

세월이 빚어 넣은
관음의 눈과 귀
저 키 속에 우거지는 녹나무 숲은
그 그늘 아래
맑은 별 하나 들여놓네

—「백제시—백제 관음상」 전문

위의 시 1연의 "이제 녹나무 잎이 나네/녹나무 자라 숲을 이루네"는, 오랜 세월이 흘러 '관음상'의 몸에서 인위의 흔적이 지워져가는 이미지이다. 석상石像도 오랜 세월 속에서는 마모되어 지워지는데, 이 '관음상'은 목상木像이라 천여 년 동안 유지된 것도 일본이 국보로 잘 보관했기 때문이다.

제2연의 "우리 남해안이나 제주도쪽의 해풍에/천의天衣 자락을 날리며/숲은 엷은 미소를 보내네"에서는 1연의 이미지가 구상화된다. "우리 남해안이나 제주도쪽의 해풍"은 자연풍이며, '천의'는 자연화한 인위의 '옷'이며, '엷은 미소'는 관음상과 교감하는 이미지이다. 3연에서는 예상 밖에 "앙드레 말로가 숲에 오네/서어나무 옆으로 새어드는 총성과 함성을 밀어내며/법륭사 절 마당에서/건져 올린 햇볕, 숲에 바르네"라는 이미지가 펼쳐진다. 프랑스 작가인 앙드레 말로는 일본을 방문해서 국보급 문화재를 둘러본 다음, 기자회견을 할 때, 한 기자가 "만약에 일본이 가라앉으면 일본의 문화재 중 어떤 것을 구하겠느냐고 했더니, 「백제 관음상」이라고 답

했다"는 인연이 있다. 이로 인해 「백제 관음상」은 세계적인 문화재가 되었고, 문효치는 이런 인연을 "법륭사 절 마당에서/건져 올린 햇볕, 숲에 바르네"란 이미지로 형상화했다. 생명의 상징인 '햇볕'을 '관음상'의 몸에 자란 '숲에 바르네'는 자연화를 더욱 심화시키는 이미지이다.

이렇게 심화된 자연화 이미지는 "세월이 빚어 넣은/관음의 눈과 귀/저키 속에 우거지는 녹나무 숲은/그 그늘 아래/맑은 별 하나 들여놓네"로 마무리한다. 그의 생명이미지와 시 미학'이 심화되었다는 증좌이다.

법륭사 금당에 들어
부처님과 눈이 마주치는 순간
나는 그만 허공에 뜨고 말았네
체중은 모두 연기가 되어 사라지고
비어 있는 그림자가 되어

(중략)

지리불사의 부처님이
이렇게 띄워 올렸네

—「백제시—止利佛師」 부분

위의 시에는 '止利佛師: 법륭사 석가삼존상을 만든 백제인.'이란 주가 붙어있다. 그렇다면 "법륭사 금당에 들어/부처님과 눈이 마주치는 순간"의 부처님은 백제인이 만든 석가삼존상이다. 백제문화의 꽃씨가 '석가삼존상'이란 예술작품으로 피어났다. 이 "부처님과 눈이 마주치는 순간" 시인은 "나는 그만 허공에 뜨고 말았네/체중은 모두 연기가 되어 사라지고/

비어 있는 그림자가 되어"버린다. 내가 없어져 '공空'이 되는 이미지이다. 2연의 "그냥 편안했네/오색의 색깔들이 그 편안함 안으로/들어와 채우고"는, 나의 색신色身이 비워지는 '색즉시공色卽是空'의 이미지이다. 이러한 '색즉시공'의 진리를 문효치는 "오색의 색깔들이 그 편안함 안으로/들어와 채우고"라는 이미지로 형상화하고, "60년 전 유년의 배추밭에서/잠자리나 나비의 날개에 내려앉던/늦가을 햇빛의 반짝임이/비어 있는 그림자 속을 밝혔네"라는 이미지로 그리고 있다. 불교적 사유에 의해 시공을 넘어선 생명의 빛과 만나는 체험이다. 이런 환희의 세계로 "지리불사의 부처님이/이렇게 띄워 올렸네"에서 보듯, "부처님과 눈이 마주치는 순간"은 그의 자아가 무아無我의 미학으로 '올려지는' 순간이 된다.

이 시에서 가장 중요한 이미지는 셋째 연의 "유년의 배추밭, 잠자리나 나비의 날개, 햇빛"이다. 이 <유년, 배추밭, 잠자리, 나비, 햇빛>은 인간 존재의 원형의 이미지이다. 이 시에 대해 김춘식은 "60년 전의 '늦가을 햇빛'과 '부처의 눈,' 이 둘은 기억이라는 매개를 통해 시인의 내면에서 동시적으로 공존한다. 이런 공존의 자각은 시인의 자아, 육신을 '무화'시키는 감각을 부여하는데, 이런 체험은 이 시의 '여행'이 단순한 이동이 아니라 '현실'에 대한 탐색의 일환임을 알게 한다"[117]고 평가한다. 시인의 여행은 "현장에 도착해서 내 눈으로 확인되어지고 손으로 감촉되어지는 보물들과의 애정 어린 대화를 즐기는 것이다. 그리고 마침내 거기서 얻어지는 시편들을 건져 올리는 일이다"[118]라는 그의 말을 확인해 주는 평가이다. 이 시에서도 '백제'나 '일본'과 관련된 이미지가 아니고, 오직 "부처님의 눈과 마주치는 순간" 눈과 귀가 열리는 생명체험의 이미지이다.

117) 김춘식, 「시인의 밥, 슬픔의 원점」, 『문효치의 시 읽기』, 지혜, 2012, 439쪽.
118) 문효치, 「독자를 위하여」, 『詩가 있는 길』, 문학아카데미, 1999.

물은 흐르는데
시간은 응고한다

(중략)

소금 같은 바람이
나른한 오후의 한구석을
염장한다
나라의 들판에서

—「백제시—쿠다라카와百濟川」 부분

“나라奈良지방에 있는 「쿠다라카와百濟川」를 메이지유신 때에 소가카와會我川로 개칭했다고 한다”는 주가 달려있다. 아무리 개칭을 해도 문효치의 마음속에 굳어 있는 ‘백제’라는 이름은 변하지 않는다. 그 결과 위의 시는 백제시 「쿠다라카와百濟川」라는 표제이다. 그러한 심상을 “물은 흐르는데/시간은 응고한다”라고 표현했다. 물의 흐름은 가시적인 자연현상이고, 시간의 흐름은 불가시적 자연현상이다. 가시적 자연현상인 물의 흐름은 결코 멈추지 않지만 불가시적 시간의 흐름은 마음속에서 응고할 수 있다.

시간의 흐름도 자연현상인 한 그 흐름을 멈추지 않는다. 시간의 흐름에 의해 백제는 현재에 없고, 나라지방에 있는 백제의 흔적도 지워진 것이 많다. 다만 마음속에 응고한 “견고한 시간의 몸체에/햇빛이 부딪칠 때마다/금빛 불꽃이 튄다”고 한다. 그러면 “견고한 시간의 몸체”의 정체는 무엇인가. 그것은 마음속에 굳어 있는 추억이나 집착 혹은 고집이다. 불교에서는 이 불가시적 ‘고체’를 ‘오온五蘊’[119]이라고 한다. 이 몸체에 “햇빛

---

119) 「반야심경」에서는 마음속에 굳어진 ‘색(色), 수(受), 상(想), 행(行), 식(識)의 집적

이 부딪칠 때마다/금빛 불꽃이 튄다"고 한 것이다. '햇빛'이 곧 '생명'인 만큼 '고체'에 부딪칠 때마다 '불꽃'이 튀게 마련이다. 고정될 수 없는 "함성의 정령들이/치마를 날리며 내려앉는다"하고, "소금 같은 바람이/나른한 오후의 한 구석을/염장한다/나라의 들판에서"로 시는 마무리된다. 시인은 "나라의 들판"에서 '백제천'은 변함없이 "물은 흐르는데" '백제천'의 이름이 '회아천'으로 바뀐 것을 알고 있는 그의 마음을 "소금 같은 바람이…염장한다"고 한다. 그의 마음은 변함이 없다는 이미지이다.

바람으로 지은 집이 있다
바람으로 기둥을 세우고
바람으로 지붕도 대문도 방도 마당도 만들고

풀들이 들어와 살다가
그림자 벗어 걸어놓고 간
집이 있다

하늘에서 걸러낸
하얀 칠로
우울과 고뇌를 감춘 얼굴

부처님처럼 좌정하여
미소 짓고 있는 집이 있다

—「백제시—백제사 터」 전문

(集積)'이라고 한다.

이 백제시에도 일본에 '백제사'라는 명칭의 절은 현재 여섯 곳쯤 있다. 물론 과거에는 더 많았다.'라는 주가 달려 있다. 그러나 이 시는 '백제사'의 이미지가 아니고 '백제사 터'의 이미지이다. 그러니까 현재 '백제사'는 존재하지 않고 그 터만 있는 것이다. 현재 그 실물이 없는 '백제사'를 그 이름만으로 문효치의 상상력이 지은 사원이다. 그래서 "바람으로 지은 집이다/바람으로 기둥을 세우고/바람으로 지붕도 대문도 방도 마당도 만들고"라고 한다. 단적으로 말해서 불교적 사유의 이미지인 '空'의 집이며, 그런 만큼 "풀들이 들어와 살다가/그림자 벗어 걸어놓고 간/ 집이 있다"에서 보듯 생명의 그림자가 걸려있는 집이다. 불교적 사유의 집은 가시적인 형체는 없어도 '생명의 그림자'는 있다. 다시 말해 절이 있던 터이기 때문에 "하늘에서 걸러낸/하얀 칠로/우울과 고뇌를 감춘 얼굴"의 이미지로 '무명無明'을 해행解行한 '공空'의 이미지이다. 그 얼굴은 "부처님처럼 좌정하여/미소 짓고 있는 집이 있다"에서 보듯 부처님의 미소의 이미지이기도 하다. 다시 말해 실물이 아예 없는 것에서 상상력으로 짓는 것이니 '공즉시색空卽是色'이란 불교적 진리의 시적 형상화이다. 시인의 눈은 '백제사 터'에서 부처님의 얼굴을 본다.

백제와 시적 상상력이 만나 시적 이미지를 형상화한 것이다. 이제 다음 작품에선 없는 것에서 생명이 솟아나는 '공즉시색'의 구체적 이미지를 살펴보기로 한다.

그 풀에
그대의 옷, 옷의 자주 물감 들여

그 풀에
그대의 옷, 옷 속의 살내음 들여
꽃 피우네

그대 언덕 위로
땀 개어 오를 때

눈길視線에 걸어 둔 엊저녁 노을
그 풀에 달아 불을 켜네

그 풀 심네
내 안에 파여
어둡고 습한 동굴 속
그 풀로 밝히네

어둠 속의 치밀한 적막을 뚫어
길을 닦네

—「백제시—왕인 묘역의 풀」 전문

왕인王仁은 일본에 학문을 전한 백제의 학자이며, 그 자손은 대대로 일본에 살면서 일본 조정에 봉사하여 문화발전에 공헌하였다고 한다. 물론 왕인의 묘는 일본에 있다. 위의 시는 그 묘역의 풀을 제제로 한 작품이다. "그 풀에/그대의 옷, 옷의 자주 물감 들여//그 풀에/그대의 옷, 옷 속의 살내음 들여/꽃 피우네"에서, '옷의 자주 물감'은 그 옷을 입은 왕인의 인품을 상징하는 시각적 이미지이고, '옷 속의 살 내음'은 왕인의 생명을 상징하는 후각적 이미지이다. 인간사회에서 옷은 그 옷을 입은 사람의 신분을 상징한다. 그러나 그 사람이 죽은 다음에는 그 사람의 사회적 신분도 사라지고 모든 것이 자연으로 돌아간다. 그것을 상징하는 이미지가 '무덤'이며, 죽은 다음의 환경이 그 묘역이다. '묘역'은 죽어서 무無로 돌아가 공空이 된 이미지이며, 이 무無와 공空에 "옷의 자주물감 들여……옷 속의 살내음 들여/꽃 피우네"는 시적 상상력으로 형상화한 공즉시색空卽是色의 이미지이다.

문효치는 일본에 가서 백제문화가 부활해서 꽃으로 피어난 것을 많이 보았다. 그 구체적인 이미지를 '왕인 묘역의 풀'에서 본 것이다. 그것이 "그대 언덕 위로/땀 개어 오를 때/눈길視線에 걸어 둔 엊저녁 노을/그 풀에 달아 불을 켜네"에서 보듯, 왕인이 바라보던 저녁노을까지도 '왕인 묘역의 풀'에 달아 불을 켜는 이미지로 형상화한다. 이 '풀'은 왕인의 혼이며, '풀'의 자라남은 왕인의 부활이다. 문효치도 "그 풀 심네/내 안에 피여/어둡고 습한 동굴 속/그 풀로 밝히네"에서 보듯, 시적 이미지의 불을 밝힌다. 그리고 "어둠 속의 치밀한 적막을 뚫어/길을 닦네"는 그 '풀'의 생명이미지로 '어둠 속의 적막'인 '무명無明'을 '닦아낸다는 이미지이다. 그가 가슴에 심는 '풀'은 그의 시상詩想의 이미지이다. 이 '어둠 속'은 왕인이 불을 밝혀주기 전의 미개한 일본의 '어둠'이며, 동시에 문효치의 가슴 속에 자리한 무명의 어둠을 밝히는 생명의 이미지이기도 하다.

> 세월을 건넌다
> 오사카 회색지붕의 주택가를 건너
> 이빨이 단단한 햇빛에 물어뜯기며
> 산모퉁이를 돌아 저승 어디쯤에 이르면

(중략)

희한한 나라에 당도하는
다리 하나가 여기에 있다

—「백제시—백제대교」 부분

문효치는 공주에 가는 것을 무령왕의 나라에 간다고 표현했다. 그런 시인이 일본에서 '백제대교'를 건너는 것은 "세월을 건넌다/오사카 회색 지붕의 주택가를 건너/이빨이 단단한 햇빛에 물어뜯기며/산모퉁이를 돌아 저승 어디쯤에 이르면"이라고 할 수밖에 없다. 천오백 년의 세월을 건너 "산모퉁이를 돌아 저승 어디쯤에 이르면" 그곳은 문효치의 상상 속에서는 백제의 어느 마을일 수밖에 없다는 말이다. 그곳 사람들이 실제로는 일본 사투리를 말하지만 문효치는 "시골 관청에 모이는 백제 사투리의 소음 속으로/좁은 길은 연결된다"고 한다.

문효치는 일본에서 '백제대교'를 건너 백제마을에 이른다. 그 마을은 "이 통로를 지나/저승의 넓은 평야/수염 긴 좌평의 행차가 마침 요란하다/구름도 히히힝 말을 달리고/새도 뻐끔뻐끔 담배를 피우는 세상"[120]이다. 백제대교를 건넘으로써 문효치는 상상의 "이 통로를 지나" 천오백년 전의 "저승의 넓은 평야"에 이르러 "좌평의 행차"도 보고, "구름도 히히힝 말을 타고 달리"는 광경을 보았으며, "새도 뻐끔뻐끔 담배를 피우는 세상"을 본 것이다. 문효치는 이 '백제대교'를 "희한한 나라에 당도하는/다리 하나가 여기에 있다"로 작품을 마무리한다. 일본에서 백제대교를 건너면서 1500년 전의 백제 마을로 가는 환상에 잠긴다.

120) 위의 시 3연에서.

세월도 무덤이다
일곱 개의 칼끝에서 빛나던
별들이 떨어진다

찌르고 찌르다가
베어 문 일곱 개의 하늘이 무너져
무덤 속으로 든다

문득, 무덤 위 잔디에 섞여 솟아난
할미꽃의 슬픈 자주색이 내 눈을 후빈다

백제도 가고 왜倭도 가고
칼도 어딘가로 자꾸만 가서

또 한 송이의 자주색이 된다

—「백제시—七支刀」 전문

문효치는 이 시집 「시인의 말」에서 "'백제'는 아직도 충분히 나를 사색의 그윽한 길로 끌어들인다. 나에게 있어 그 광맥의 끝은 어딘지 모르겠다"고 한다. 그러나 제10시집 이후에는 그의 시집에서 '백제시'라는 표제가 없어졌다. 왜 그랬을까. 그 까닭을 제10시집 『七支刀』의 「시인의 말」에서 찾아볼 수 있다.

> 요즈음 벌레와 잡초 등에 부쩍 관심이 간다. 그래서 그와 관련된 시를 좀 썼지만 이 책에 넣지 않았다. 책 한 권 치의 분량이 모아지면 다음 시집으로 엮을 요량이다.[121)]

위의 시 첫 연의 "세월도 무덤이다/일곱 개의 칼끝에서 빛나던/별들이 떨어진다"에서도 그 까닭을 읽을 수 있다. "세월도 무덤이다"는 모든 인위적인 것은 세월의 흐름에 따라 자연으로 돌아간다는 의미이다. 왕인도 무덤이 되었고, 백제도 저승의 마을이 되었다. 시인은 인간이 서로 "찌르고 찌르다가/베어 문 일곱 개의 하늘이 무너져/무덤 속으로 든다"고 한다. 칼은 인간이 적을 '찌르고' 적의 목을 '베기' 위한 전쟁의 도구이다.

이 「七支刀」에는 적을 찌르기 위한 일곱 개의 칼날이 있다. 이 일곱 개의 칼날이 "베어 문 일곱 개의 하늘이 무너져/무덤 속으로 든다"고 한다. 그리고 "문득 무덤 위 잔디에 섞여 솟아난/할미꽃의 슬픈 자주색이 내 눈을 후빈다"고 한다. 이제 "백제도 가고 왜倭도 가고/칼도 어딘가로 자꾸만 가서/또 한 송이의 자주색이 된다"로 시는 마무리된다. 전쟁의 도구인 칼까지도 예술적 생명으로 부활하는 이미지이다. 그것도 "또 한 송이의 자주색"으로 부활한다. 「계백의 칼」이 '벤 빛'이 황산벌의 '꽃'으로 피어나는 것과 같은 이미지이다. '싸움'과 '죽음'의 전쟁은 가고, 생명의 꽃으로 피어나기를 바라는 꿈의 이미지이다.

이 시의 제목이 된 「七支刀」는 전쟁의 도구인 칼이 아니라 예술작품으로 역사 속에 부활한다. 이 「七支刀』는 근초고왕이 왜왕에게 하사한 것이므로 전쟁의 도구가 아니라 화해의 도구임을 알 수 있다.

2) '백제 없는 고향'의 재발견—한국의 '백제시'

이제까지는 문효치의 '일본의 백제시'를 살펴봤다. 그 결과 '일본의 백제시'는 한국이나 일본이라는 국가적 개념을 초월한 시적 이미지의 형상

121) 문효치, 제10시집 『七支刀』, p.5

화임을 확인할 수 있었다. 그의 백제시는 일본에 갔다 온 후의 백제시와 그 이전의 시로 나눌 수 있다. 일본여행 전의 백제시는 백제유물과 백제역사와 관련된 시적 제재의 이미지였다. 그는 이 백제와 관련된 시적 제재들을 '백제의 혼령'이라고 했다. 그런데 일본에 다녀온 후의 시편들은, 그가 '백제시'라는 표제를 부쳤음에도 불구하고 '백제'와 관련이 없는 자연적 제재라는 것이 특징이다.

백제라는 고유명사도 인위적 명색名色이다. 이 명색에서 '색즉시공色卽是空'의 사유를 거쳐 색이 빠지면 "부처님과 눈이 마주치는 순간/나는 그만 허공에 뜨고 말았네(백제시 ―止利佛師)"에서 보듯 '허공'에 떠버리게 되는 시적 체험을 한다. 이를 가리켜 자아를 넘어선 생명미학의 구현이라고 했다. 그 결과 문효치는 자신의 고향인 '남내리'란 고유명사를 벗어버리고 자연의 '들'을 떠도는 바람이 된다. 이 자연의 '들'이 시인의 고향이다. 시의 창작은 '귀향'의 '행行'이며, 원형회복의 '행'이기 때문이다.

저 쌀의 나라에
바람으로 불어 몸부비며 가고 싶네
벼 알 한 알 한 알
일일이 만나서 안아 보고 싶네

(중략)

바람으로 불어
조금은 흔들어 놓고 싶네

―「남내리 엽서―들」 부분

제9시집의 백제시에는 '한국의 백제시'가 없다. 위의 시의 표제인 '남내리'는 문효치의 실제적 고향이며, 옛 백제의 영토이다. 백제는 그의 시적 고향이며, 실제적 고향이기도 하다. '백제시'라는 표제의 시가 아닌 위의 시를 '백제시'로 간주하고 인용한 까닭이다.

이 시는 "저 쌀의 나라에/바람으로 불어 몸 부비며 가고 싶네/벼 알 한 알 한 알/일일이 만나서 안아 보고 싶네"로 시작한다. 그는 자신의 고향을 "저 쌀의 나라"라 하고, 위 시의 부제인 '들'을 고향의 이미지로 묘사한다. 그는 "바람으로 불어 몸 부비며 가고 싶네"라고, 향수의 이미지를 형상화한다. '바람'은 떠돌이의 이미지이며, 시인 자신의 이미지이다. 그는 "나는 시간 나는 대로 떠돌기를 좋아한다.……얼마 동안 여행하지 않으면 마음이 답답해지고 육신도 부실해진다"[122]라고 한다. 이 시에서 바람의 여행은 "벼 알 한 알 한 알/일일이 만나서 안아 보고 싶네"의 여행이다. 시인이 귀향해서 안아보고 싶은 "벼 알 한 알 한 알"은 생명 자체의 구체적인 이미지이다. 그의 상상력이 불교적 사유를 만난 뒤로는 그의 눈길이 반드시 생명자체에 가 닿는 이미지를 그린다. 김춘식은 제9시집 『왕인의 수염』 해설에서 "이처럼 여행은 일상에 대한 이탈이면서 동시에 인간의 근원적 귀의처에 대한 존재론적 물음과 호기심을 자극하는 속성을 지니고 있는 것이다"[123]라고 지적한다.

그와 시의 근원적 귀의처는 '생명'이다. 그 생명의 "알갱이 속에 녹아들어/쌀로 굳어진/햇빛의 흰 몸을 보듬고/한 마당의 춤으로 너울거리고 싶네"에서 보듯, '햇빛의 흰 몸'은 순수생명의 이미지이며, '춤으로 너울거리

122) 문효치, 「독자를 위하여」, 『문효치 시인의 기행시첩』, 문학아카데미, 2002.
123) 김춘식, 「해설—시인의 밥, 슬픔의 원점」, 『왕인의 수염』, 연인**M&B**, 2010.

고'는 생명의 활성화의 이미지이다. 꽃은 식물적 생명의 절정이며, 춤은 동물적 생명의 절정이라고 했다. 이 생명의 절정과 활성화를 "가득함으로 가지런하여/오히려 비어버린 세계"라는 불교적 생명의 이미지로 형상화 한 것이다. 그리고 시인은 "바람으로 불어/조금은 흔들어 놓고 싶네"라는 이미지로 시를 마무리한다. 그는『왕인의 수염』'자서'에서 "어떤 분은 잡놈을 자처하며 시를 쓴다 했고 어떤 분은 수도하듯 시를 쓴다"고 했다. 위의 시에서 그는 수도하듯 생명자체로 다가가 안기고 싶은 감각적 이미지를 그려 보여주고 있다.

평생
슬픔의 방 속에서
살고 있는 새

울음소리 받아내어 두름으로 엮어서
이 나무에 걸어 놓고 눈물 주르륵
저 나무에 걸어 놓고 눈물 주르륵

—「백제시—비」 전문

이 시에 왜 '백제시'라는 표제를 붙였는지 알 수 없다. 제1시집의 백제시 이전의「새 Ⅰ」은 "쫓겨난 새가 떨고 있다"는 '사회적 죽음'의 이미지였으나, 백제시의 새의 '날아드는' 이미지를 거쳐 '날아오르는 새'의 이미지로 활성화되었는데, 이 시에서는 "평생/슬픔의 방 속에서/살고 있는 새"가 되었다. 이 '새'는 시인 자신의 이미지이다. 6·25후 그의 유년은 "슬픔의 방 속에서/살고 있는 새"였다고 할 수 있다. 그는 잠도 제대로 잘 수가 없었다. 그의 말을 들어보자.

> 헛것은 내가 잠을 청하려고 눈만 감으면 곧바로 나타났다. 허연 너울을 쓴 놈, 머리를 풀어 산발한 놈, 험상궂은 얼굴에 뿔이 달린 놈 등이 내 뒷덜미를 잡아 내던지기도 하고 담 너머로 넘기기도 했다. 그럴 땐 밤하늘에 붙어 있는 달이나 별들도 붉은 피를 흘리고 있어서 무서웠다. 내가 이렇게 가위눌려 지낼 때 할머니는 가끔 당골네를 불러내 이마에 손을 얹고 주문을 외게 하고 혹은 큰 무당을 불러 굿을 해 주기도 했다.[124)]

이와 같은 유년의 체험과 연좌제에 의한 심리적 압박감 속에서 살아온 그의 이미지가 "슬픔의 방 속에서/살고 있는 새"이다. 그래서 이 시인은 "울음소리 받아내어 두름으로 엮어서/이 나무에 걸어 놓고 눈물 주르륵/저 나무에 걸어 놓고 눈물 주르륵" 흘리며 살아온 나날이다. 특히 그의 '백제시'는 삼국 중에 제일 먼저 패망한 나라가 천오백 년 동안 무덤 속에 있다가, 그 혼령이 부활해서 문효치와 만났으니, 백제시는 어느 것이나 '눈물 주르륵'이 아닐 수 없다. 그래서 「백제시—비」라는 표제를 얻게 된다. 비는 물이고 물은 생명의 원형상징이다. 물의 흐름은 생명의 활성화를 상징하는 이미지이다. 위의 시를 "이 나무에 걸어 놓고 눈물 주르륵/저 나무에 걸어 놓고 눈물 주르륵"으로 마무리한 것은 그의 생명이 백제로 말미암아 활성화하는 이미지이다. 엘리아데는 "물로부터 발생하는 것은 형태의 최초의 표현이라는 창조행위를 반복하는 것을 말한다. 물과의 모든 접촉은 재생을 포함하고 있다"[125)]고 했다. 물이 낮은 곳으로 흐르는 것은 시각적으로는 하강이지만 생명적으로는 뿌리와 줄기를 거쳐 잎과 꽃으로

---

124) 문효치, 「굴욕과 분단을 넘어 백제를 만나다」, 『유심』, 2013년 11월호.
125) M. 엘리아데, 『종교형태론』, 265쪽.

피어나 열매를 맺는 생명창조의 상승이미지이다. '일본의 백제시' 이후의 '한국의 백제시'의 이미지의 실상이다.

> 이제는 나그네 되어
> 고향을 지나가다가
> 다리 쉬는 참에
>
> 감나무 저 잎사귀 잎사귀마다
> 긴 긴 강물이 흘러내리고 있음을 보았네
>
> 낙엽의 두엄 속에
> 천오백 년 묻혀 있던 별빛도
> 야윈 얼굴 내밀어 웃고 있음을,
>
> 아무리 진한 어둠이 내려
> 세상을 지워버려도
> 마르지 않고 흘러내리고 있는 강을 보았네
>
> —「백제시—강」 전문

문효치의 제10시집 『七支刀』 '1부 백제시'의 첫 작품이 「백제시—비」이고, 다음 작품이 「백제시 —강」이라는 것은 간과해 버릴 수 없는 의미가 있다. 비가 곧 물의 근원이기 때문이다. 그의 유년은 "평생/슬픔의 방속에서/살고 있는 새"였고, 유년은 인생의 근원인 바, 그의 유년의 생명이 "눈물 주르륵"으로 시작해서, 그의 시세계를 상징하는 강을 이루어 오늘의 문효치 시인의 존재가 되었다고 할 수 있다. 외로운 떠돌이 문효치는 "이제는 나그네 되어/고향을 지나가다가/다리 쉬는 참에//감나무 저 잎사귀 잎사귀마다/긴긴 강물이 흘러내리고 있음을 보았네"라고 하는 개인사의 이미지를 보듯, 그의 시세계는 "울음소리 받아내어 두름으로 엮어서/이 나무에 걸어 놓고 눈물 주르륵/저 나무에 걸어 놓고 눈물 주르륵"이 모여서, "감나무 저 잎사귀 잎사귀마다/긴긴 강물이 흘러내리고 있음을 보았네"로 형상화되었다. 그는 '강물의 흐름'만 본 것이 아니라 "낙엽의 두엄 속에/천오백년 묻혀 있던 별빛도/야윈 얼굴 내밀어 웃고 있음을, 함께 본다. 고난을 겪으면서 뜬 시인의 눈이다.

여기서 "낙엽의 두엄 속에/천오백 년 묻혀 있던 별빛"은 그가 만난 백제 혼령의 이미지이다. 그에게 있어 백제혼령은 "아무리 진한 어둠이 내려/세상을 지워버려도/마르지 않고 흘러내리고 있는 강을 보았네"에서 보듯, 문효치의 유년의 아픔과 슬픔이 백제 역사와 불교적 사유를 만나 생명의 미학으로 승화되는 과정의 이미지이다. 이제 백제시의 마지막 수록이라고 할 수 있는 제10시집의 '1부 백제시'에서 「백제시—비」와 「백제시 강」이 나란히 수록된 의미를 알게 되었다. 그의 백제시의 연원을 상징하는 비의 상징성과 그 비가 흘러 모인 강의 상징성을 알게 되면, '한국의 백제시' 이미지의 실상을 파악할 수 있다.

무덤 속에
슬프게 비 내리던 밤
임금은 돌아앉아
벽을 보고 울었네

하염없이 꽃 지던 밤
임금은 맨발로 가출해버리고

산넘어 물건너 방황하다가
지금은 길 잃고 어딜 헤매나

어디서 누굴 만나
다시 살고 계시나

—「백제시—공주 송산리 1호분」 전문

위의 시 「백제시—공주 송산리 1호분」은 빈 무덤이다. 백제의 많은 유물들이 도굴당해 텅 빈 “무덤 속에/슬프게 비 내리던 밤/임금은 돌아앉아/벽을 보고 울었네”에서 보듯, 백제의 주인 모를 굴식 돌방무덤이 '공주 송산리 1호분'이란 새로운 이름을 받게 된다. 정식으로 발굴되기 전 이미 도굴당해 백제의 정신이 담긴 유물이 사라진 것을 빗대어 무덤 속에 내리는 비를 “임금은 돌아앉아/벽을 보고 울었네”라고 표현한다. 무령왕은 고유명사이지만 ‘임금’은 보통명사이다. 비 내림이란 자연현상을 왕릉이었기에 ‘임금’의 울음으로 형상화한 것뿐이다. 일본에 다녀오기 전에는 무령왕이란 고유명사와 당신이란 2인칭을 주로 썼다. 그런데 “하염없이 꽃 지던 밤/임금은 맨발로 가출해버리고”에서 보듯, 옷과 신발까지 벗어버리고 떠도는 혼령이 되었다. 그 시대의 옷과 신발은 인위적 신분을 상징하는 이미지이다. 이젠 임금도 아니고 “산 넘어 물 건너 방황하다가/지금은 길 잃고 어딜 헤매나”의 떠도는 바람이다. 이야말로 무령왕의 옷과 패물들의 명색名色이 다 바람이 되어버린 ‘색즉시공’의 이미지이다. 이 작품은 “어디서 누굴 만나/다시 살고 계시나”로 마무리된다.

나는 곰이 아닙니다
돌입니다

천오백 년 외계를 방황하던
생각들 몸안으로 차곡차곡 들이고

그보다도 더 오래 전
하늘의 가장자리에 번쩍이던
천둥소리도 들이고

또 그보다도 더 오래오래 전
여기저기 흘러다니는
목숨도 주워다가 들이고

그러다가 눈도 멀고 귀도 먹고 입도 열리지 않는
단단한 돌이 되었습니다

지나다가 지나다가 세월이 바스라지고
낮의 빛 밤의 빛에 섞여 하나가 될 때
참고 참아 그 참음의 맨 끝에 서서
큰소리로 한 번 울부짖기 위해
돌이 되었습니다

—「백제시—石熊」 전문

이 시에 이르러 모든 인위人爲를 벗고 본질로 돌아가는 시적 진실이 형상화된다. 이 시에서 시적 진실은 "나는 곰이 아닙니다/돌입니다"라고 강변한다. 이 「백제시 —石熊」의 '곰 모양'은 사람의 손으로 새긴 인위의 겉

모습일 뿐이다. 그의 시정신이 모든 사물의 본질을 꿰뚫어 보는 시적 상상력으로 진화한 결과이다. 그가 처음 본 시적 진실이 '삶과 죽음의 합일화'이고, 다음에 본 것이 '생명의 영원성'이다. 첫째의 진실은 '백제의 유물'을 만나면서 보게 되고, 둘째의 진실은 '불교적 사유'를 만나면서 보게 된다. 이 두 가지가 다 '백제의 역사'와 자신의 '사회적 죽음'의 현실 사이에서 체득한 '생명미학'이다. 2연의 "천오백 년 외계를 방황하던/생각들 몸 안으로 차곡차곡 들이고"는 천오백 년 동안 떠돌던 백제혼령을 그의 백제시로 형상화하는 이미지이다. 3연의 "그보다도 더 오래 전/하늘의 가장자리에서 번쩍이던/천둥소리도 들이고"는 인위의 역사 이전의 자연현상까지도 시의 제재로 들인다는 이미지이다. 당연히 '백제혼령'의 백제라는 고유명사도 인위적인 이름이다. 네 째 연의 "또 그보다도 더 오래오래 전/여기저기 흘러 다니는/목숨도 주워다가 들이고"에 이르러, 마침내 생명의 영원성, 곧 삶과 죽음의 일체화를 이루는 이미지로 형상화된다.

결국 문효치의 백제시는 「백제시 —石熊」이 "나는 곰이 아닙니다/돌입니다"에서 보듯, 백제를 새겨 넣은 조각품이 아니라 자연과 생명을 형상화한 시적 이미지이다. 이처럼 생명을 형상화한 시적 이미지는 "지나다가 지나다가 세월이 바스라지고/낮의 빛 밤의 빛에 섞여 하나가 될 때/참고 참아 그 참음의 맨 끝에 서서/큰소리로 한 번 울부짖기 위해/돌이 되었습니다"에서 보듯, 그의 시는 인위적 외양을 벗어버리고 사물의 본질로 돌아간다는 이미지의 형상화이다. 곰의 모습은 인위적 조각이고, 그 모습을 벗은 자연의 본질은 '돌'이다. 돌로 새긴 곰 조각인 석웅石熊이 시적 화자인 형식이지만, 이 돌조각의 발화는 곧 시인 자신의 발화이다. 그의 시는 자연으로의 '귀향'이며, 존재의 원형회복이기 때문이다.

때로는 죽음이 두렵다
육신을 겨냥한 저승의 화살이
어둠을 뚫고 퓨이 퓨이 퓨이
귀신의 비명소리를 내며 날아와 박힐 때

어떤 이는 옹관 속에 몸을 감추고
어떤 이는 목관 속에 숨어들지만
끝내는 거무스름한 먼지가 되었을 뿐

저 사람, 억인億仁 씨인지 서래西來 씨인지
저 속에 들어가 자리잡은지 천오백 년
머리카락 하나 수염 하나 뽑히지 않고
앞으로도 몇 만 년은 멀쩡할 듯

왕실의 꽃병이었을까 권귀의 술병이었을까
아직도 그 향이 서려 있으니

—「백제시—인형문토기편人形文土器片」 전문

위의 시 「백제시—인형문토기편人形文土器片」은 사람의 형체를 그려 넣은 토기의 파편이란 뜻이다. 살아있는 인간의 형체는 육신이다. 모든 인간은 "때로는 죽음이 두렵다/육신을 겨냥한 저승의 화살이/어둠을 뚫고 퓨이 퓨이 퓨이/귀신의 비명소리를 내며 날아와 박힐 때/어떤 이는 옹관 속에 몸을 감추고/어떤 이는 목관 속에 몸을 숨기지만/끝내는 거무스름한 먼지가 되었지만", 모든 인간의 형체는 "끝내는 거무스름한 먼지가 되었을 뿐"이라고 다시 확인해 준다. 백제의 유물로 발굴된 옹관이나 목관 속에는 '거무스름한 먼지'만 있을 뿐 인간의 형체는 없었다. 그런데 토기에 그려진 인형문은 "저 속에 들어가 자리 잡은 지 천오백 년/머리카락 하나 수염 하나 뽑히지 않고, 앞으로도 몇 만 년은 멀쩡할 듯" 존재하고 있다. 단적으로 "인생은 짧고 예술은 길다"의 이미지이다. 백제혼령도 그대로 땅 속에 묻혀서 사라질 것이었으나 그 유물의 발굴을 통해서 문효치의 '백제시'로 부활하여 「백제시—인형문토기편」의 그림처럼 "앞으로도 몇 만 년은 멀쩡할 듯,"하다는 이미지이다. 실제로 서울 송파구의 '올림픽공원' 안에 개설된 '한성백제박물관' 전시실 한 쪽 벽에는 문효치의 「백제시—七支刀」의 전문이 기록되어 있다. 이로 보아 그의 시적 생명은 역사 속에 남아 오래도록 보존될 것임을 확인할 수 있다.

3) 향수와 귀향, 물소리의 이미지

문효치의 "스스로 죽어가고 있"던 생명 곧 그의 시적 상상력이 무령왕의 유물을 만난 다음, 그의 가슴으로 "날아드는 새" 곧 백제의 예술혼에 의해 "날아오르는 새"가 되어, 백제의 옛 땅을 비롯해서 전국을 떠돌다가, 마침내 일본에까지 다녀온 과정을 살펴봤다. 그 결과 그의 시 창작은, 생명의 고향을 그리워하는 향수와 원형회복을 위한 귀향의 형상화임을 확인할 수 있었다. 동시에 공간적 생명의 고향은 자연이고, 시간적 생명의 고향은 유년이라는 사실도 인지할 수 있었다.

고무신 코끝에
한 사내의 유년이
앉아 있다

보리밭 둔덕 위 풋내 스밀 때
허기진 몸속으로
피어오르는 어지럼증

산이 내려앉고
바다가 솟구쳐
허둥대던 50년이
고무신 코끝에 모여 있다

현기증 속에서
어머니의 목숨 끝자락을 부여잡고
그래도 파랑새 날려 보내며
유년이 앉아 있다

—「농악 1」 전문

위의 시 제1연의 "고무신 코끝에/한 사내의 유년이/앉아 있다"는 향수의 이미지이다. '한 사내'는 시간의 흐름에 따라 60대가 된 문효치 자신이고, 유년은 그의 어릴 적 모습이다. 유년으로는 결코 돌아갈 수 없다. 향수로만 그려볼 뿐이다. 제2연의 "보리밭 둔덕 위/풋내 스밀 때/허기진 몸속으로/피어오르는 어지럼증"에서, '보리밭 둔덕 위'와 '풋내 스밀 때'도, 유년의 이미지와 함께 그려지는 '향수'의 이미지이다. 이 시에서 중요한 것은 '고향, 유년, 자연'에 대한 향수이다.

제3연의 "산이 내려앉고/바다가 솟구쳐/허둥대던 50년이/고무신 코 끝에 모여 있다"는, 고향을 떠나와 '한 사내'가 되기까지의 행로이다. 그의 행로는 "산이 내려앉고/바다가 솟구쳐/허둥대던 50년"이었다. 이 50년의 행로가 "고무신 코끝에 모여 있다"고 한다. 그의 유년은 1960년대의 가난하고 배고프던 시기였다. 이 어려운 시기를 상징하는 이미지가 '고무신'이다. 제9시집 2부 「남내리」에는 「농악」 연작시가 4편 있는데, 이 4편의 시가 모두 '고무신' 이미지로 시작된다. 「농악 2」는 "고무신 코끝에서/뻐꾸기 울음소리 흘러내린다"이고, 「농악 3」은 "고무신 코끝이/눈물로 반짝인다"이며, 「농악 4」는 "고무신 코끝에서/나비 한 마리 날아오른다"이다. 그리고 「농악」이 '고무신'과 무슨 상관이 있는 지도 시의 이미지만으로는 알 수가 없다. 아마 「농악」자체가 농촌에서만 볼 수 있는 풍경이고, '고무신'은 가난하고 헐벗은 1960년대를 상징하는 이미지이기 때문이라고 생각된다.

1960년대는 농촌이나 도회나 가릴 것 없이 다 가난하고 주리던 시기였다. 이 어려운 시기에 "현기증 속에서/어머니의 목숨 끝자락을 부여잡고/그래도 파랑새 날려보내며/유년이 앉아있다"고 한다. 홀어머니의 '목숨 끝자락'인 사랑만 '부여잡고, "그래도 파랑새 날려 보내며/유년이 앉아있다"는, 아무리 어려운 유년시기였지만 미래를 향해 꿈을 날려 보냈다는 이미지이다. 그때 날려 보낸 '파랑새'의 날갯짓이 오늘의 문효치를 있게 한 힘이다. 이 힘의 원천은 '보리밭 둔덕 위 풋내'로 상징된 자연이다.

> 구름의 모양이
> 바뀔 때마다
> 산은 몸을 틀었다
>
> 산사나무 층층나무 아그배나무 등속
> 뿌리를 내린 것들도
> 함께 몸을 흔들었다

나무에 붙은
자벌레 송충이 비단거미들도
모두 놀라 일어나 어정거리고 있었다
생명은 구름과 산과 나무와 벌레들에게
모두 한 줄로 연결되어

그 끈을 쥔 자의 손놀림에
매달린 구슬이 되어
짜르르 짜르르 울고 있었다

계곡의 물이나 돌멩이들도
함께 매달려 울고 웃었다

—「끈」 전문

문효치의 시적 경지가 마침내 우주의 울림을 감지하기에 이른다. 제1연에서, "구름의 모양이/바뀔 때마다/산은 몸을 틀었다"고 한다. '구름의 모양이' 바뀌는 것과 '산이 몸을' 비트는 것이 한 「끈」으로 이어졌기 때문이라고 한다. 그뿐 아니라 제2연의 "산사나무 층층나무 아그배나무 등속/뿌리를 내린 것들도 함께 몸을 흔들었다"에서 보듯, 산 속의 나무들도 구름과 한 「끈」에 이어져 있다고 본다. 그렇다. 이들은 자연원리라는 한 「끈」으로 이어져 있다. 물리학적으로는 바람이 이들을 움직이게 한다고 할 수 있다. 제3연의 "나무에 붙은 자벌레 송충이 비단거미들도/모두 놀라 일어나 어정거리고 있었다/생명은 구름과 산과 나무와 벌레들에게/모두 한 줄로 연결되어"까지도 물리적 자연현상으로 설명이 가능하다. 그러나 "그 끈을 쥔 자의 손놀림에/매달린 구슬이 되어/짜르르 짜르르 울고 있었다"

에 이르러선, 시인으로서의 눈길을 의식하지 않을 수 없다. 남은 못 보는 것을 보고, 남은 못 듣는 소리를 듣는 것이 시인의 눈과 귀라고 한다.

시인만이 본 것이 시각적 이미지이고, 들은 것이 청각적 이미지이다. 이것이 시인의 영감이다. 문효치는 "시의 씨가 싹을 틔우고 잎을 펴기 위해서는 시적 영감이 필요하다. 하늘이 주는 이 시의 영감을 받아들이기 위해서는 기도와 같이 경건한 사랑의 심안을 가져야 한다. 사랑 없이 보는 돌은 그냥 돌에 지나지 않는다. 그러나 사랑의 눈으로 보는 돌은 돌이 아니라 하나의 생명이다"126)라고 했다. 하늘이 주는 시적 영감이 "그 끈을 쥔 자의 손놀림에"이다. 모든 자연현상은 생명의 한 「끈」으로 이어져서 움직이고 소리치는 신비이다. 사랑의 눈으로 볼 때 "계곡의 물이나 돌멩이들도/함께 매달려 울고 웃었다"는 울음소리와 웃음소리를 함께 듣는다. 김춘식은 "모든 사물, 세상이 하나의 끈으로 연결되어 있다는 생각은 '세상' 전체를 하나의 유기물 혹은 생명으로 본다는 점에서 시사적이다. '생명'이라는 하나의 끈으로 연결되어 활력이 넘치는 세계에서 시적인 만화경을 볼 수 있는데, 여기서 우리는 '기억'의 문제에서 '생명'의 문제로 확산되는 시인의 의식을 확인할 수 있지 않을까"127)라고 지적한다. 시인의 안목을 정확하게 지적한 평가이다.

달빛 중에서도
산이나 들에 내리지 않고
빨랫줄에 내린 것은 광대다

---

126) 문효치, 「허무의 센티멘탈리즘을 넘어서」, 『조선문학』, 1994. 3월호.
127) 김춘식, 「시인의 밥, 슬픔의 원점」, 『문효치의 시 읽기』, 지혜, 2012, 431쪽.

줄이 능청거릴 때마다 몸을 휘청거리며
달에서 가지고 온 미친 기운으로 번쩍이며
보는 이의 가슴을 졸이게 한다

달빛이라도
어떤 것은 오동잎에 내려 멋을 부리고
어떤 것은 기와지붕에 내려 편안하다
또 어떤 것은 바다에 내려 이내 부서져버리기도 한다

내가 달빛이라면
나는 어디에 내려 무엇을 하는 것일까
지금까지 사는 일에 아슬아슬한 대목이 많았고
식구들을 가슴 졸이게 한 걸로 보면
나는 줄을 타는 광대임에 틀림없다

—「광대」 전문

위의 시에서는 '달빛'을 「광대」로 은유한다. 말도 안 되는 비유인 것 같다. 문효치는 유난히 달빛의 이미지를 좋아하는 시인이다. 백제의 여인으로 일본 천황의 위에 올랐다는 스이고 천황을 달빛으로 은유해 "달빛으로 바다를 건너/보라색으로 오네"라고 했다. 달빛이 젖은 빨랫줄에 비쳐 반짝이는 것을, "달빛 중에서도/산이나 들에 내리지 않고/빨랫줄에 내린 것은 광대다"라고 한다. 빛은 인간존재 곧 생명의 원형상징이다. 햇빛은 민중에게 은혜를 베푸는 지도자에 비유하고, 달빛은 밤의 어둠을 밝혀주는 숨은 은혜의 인물에 비유한다. 위의 「광대」는 줄을 타는 예인으로서 관객에게 재미와 기쁨을 주지만 매우 위험하다. 이렇게 볼 때, "빨랫줄에 내린 것은 광대다"라는 비유는 참으로 적절하다. '산'이나 '들'에 내리는 달빛은 편안히 살다 가는 사람을 비유한 것이다.

제2연의 "줄이 능청거릴 때마다 몸을 휘청거리며/달에서 가지고 온 미친 기운으로 번쩍이며/보는 이의 가슴을 졸이게 한다"에서, "달에서 가지고 온 미친 기운으로 번쩍이며"는 광대가 '연마한 기능으로 재주를 부릴 때'의 비유이다. 중요한 것은 시인의 비유가 시적 표현의 이미지로서 공감—현실성reality을 얻을 수 있느냐가 문제이다. 제3연의 "달빛이라도/어떤 것은 오동잎에 내려 멋을 부리고/어떤 것은 기와지붕에 내려 편안하다/또 어떤 것은 바다에 내려 이내 부서져버리기도 한다"에서 보듯, 달빛을 의인화하여 여러 가지 인생사에 비유한 이미지가, 시 미학적 정서의 미감을 즐길 수 있게 한다.

제4연에서는 "내가 달빛이라면/나는 어디에 내려 무엇을 하는 것일까"라고 전제하고, "지금까지 사는 일에 아슬아슬한 대목이 많았고/식구들을 가슴 졸이게 한 걸로 보면/나는 줄을 타는 광대임에 틀림없다"고 한다. 자신의 곡절 많은 삶을 광대로 비유해 고백하는 형식이다. 유성호는 "이처럼 광대로 은유되었던 '달'은 시집 여기저기서 모습을 드러낸다. '달빛 속에/단청의 서까래/대적광전大寂光殿 서 있다/달빛, 고요에 들고 있다'(「저 달빛 속에 2」)라든지 '이제는 느린 걸음으로/걸어가는/말 한 필 저 달빛 속에 들어 있다'(「저 달빛 속에 4」)처럼 만물이 그 안에 편재해 있는 공간으로 나타난다. 대체로 공간이 구체적으로 형상화될 때 시인의 의식의 상관물로 작동한다는 점에서, 달빛이 비치는 공간은 향일성의 감각보다 훨씬 더 천연한 감각을 시인의 의식이 투사된 결과일 것이다"[128]라고 지적

---

128) 유성호, 「역사와 실존에 대한 깊은 사유와 감각」, 『문효치의 시 읽기』, 지혜, 2012, 247쪽.

한다. 문효치의 달빛지향의 의식을 지적한 것이다. 위에서 "'달'은 시집 여기저기서 모습을 드러내다"의 '시집'은 제10시집을 지칭한 것이다.

> 길이 보인다
>
> 휘어져 휘청거리면서도
> 지하에 고여 웅성거리는
> 목숨을 정갈하게 씻어
> 하늘로 하늘로 실어 나르는
> 길이
>
> 안개 휘장처럼 옆으로 비끼면서
> 유리 속으로 굴절하는 햇빛을
> 빚고 구워
> 한 그릇 구슬로 담아내는……
>
> 부딪는 구슬 소리 소리로
> 그 마음 씻어
> 바치는 길이 보인다.
>
> ―「갈대」 전문

위의 시의 제목인 「갈대」는 산야나 천변에 무리를 지어 무성한 식물이다. 많은 시인들의 시적 제재로 사랑받고 있는 식물이기도 하다. 문효치의 눈길도 「갈대」에 가 닿았다. 그의 눈길이 본 것은 무엇인가. 그는 "길이 보인다"고 한다. 시각적으로는 갈대밭에 가면, 여름엔 녹색의 길이, 겨울엔 하얀 백색의 길이 하늘로 뻗어있는 것을 볼 수 있다. 그러나 문효치가 본 길은 시각적인 길이 아닌 "휘어져 휘청거리면서도/지하에 고여 웅성거리는/목숨을 정갈하게 씻어/하늘로 하늘로 실어 나르는/길이" 보인다. 이제 문효치가 본 길이 '목숨'을 실어 나르는 길임을 알게 되었다. 신경림은 "갈대는 그의 온몸이 흔들리고 있는 것을 알았다./ 바람도 달빛도 아닌 것/갈대는 저를 흔드는 것이 제 조용한 울음인 것을 까맣게 몰랐다. /…산다는 것은 속으로 이렇게/조용히 울고 있는 것이란 것을 몰랐다"라고 노래했다. 신경림 시인은 '갈대의 흔들림은 조용히 울고 있는 것'임을 보았고, 문효치 시인은 '목숨을 나르는 길'임을 본 것이다. 시인마다 본 것이 다르기 때문에 예술이다.

이 「갈대」는 군락群落을 이루어 무성한 식물이다. 식물은 오직 하늘만을 향한다. 문효치가 본 것은 「갈대」 군락의 생태이다. "안개 휘장처럼 옆으로 비끼면서/유리 속으로 굴절하는 햇빛을/빚고 구워/한 그릇 구슬로 담아내는……"에서 보듯, 갈대의 생태를 인간의 생태에 비유하여, '안개'를 창문의 '휘장' 곧 커튼처럼 '옆으로 비끼면서', "유리 속으로 굴절하는 햇빛을" 구슬로 '빚고 구워'라고 한다. 햇빛은 생명의 원천이다. 이 시의 주제는 「갈대」 군락은 햇빛으로 구슬을 빚어 '담아내는…' 생명의 일이다. '구슬'은 예술작품이다. 결국 '갈대밭'은 햇빛으로 '생명의 구슬'을 '빚고 구워' 하늘에 바치는 예술가들의 군락이라는 이미지이다. 시는 "부딪는 구슬소리로/그 마음 씻어/바치는 길이 보인다"로 마무리된다. 신경림은 「갈대」에서 '울음소리'를 들었고, 문효치는 '생명의 길'을 보았다. 물론 시인마다 같은 제재에서 다른 것을 본다는 데에 시의 예술적 가치가 있다고 하겠다.

베어보면
그 속은 새벽이다

엊저녁 달빛
아직은 젖은 채
갈잎더미 밑에 있고

그 달빛에 미쳐
울던 풀벌레 소리
여운으로 날아다니는데

그래도 여명의 소근거림은
시간의 옷자락에
푸르스름 물들어
저 언덕을 넘고 있나니

—「물소리 2」 전문

물은 생명의 원형상징이라고 했다. 그렇다면 물은 존재의 원형이며, 생명의 고향이라 하겠다. 문효치는 「물소리 1, 2」에서 귀향의 이미지를 형상화한다. 그의 시가 이르러야 할 시 미학의 정점이라 하겠다. '물소리'를 "베어보면/그 속은 새벽이다"라고 그렸다. 물소리를 어떻게 '베어보면'이라고 표현할 수 있을까. 물도 흐르고 시간도 흐른다고 한다. 물은 공간적인 흐름이고, 시간은 불가시적인 흐름이다. 그러나 인간존재와 관련해서는 물의 흐름보다는 시간의 흐름이 더욱 절실하다. 물의 흐름의 청각적 이미지가 '물소리'이다. 이 '물소리'를 "베어보면/그 속은 새벽이다"라는 것은 '물소리'는 언제나 신선하다는 이미지이다. 하루의 시간에서 새벽은 원형의 이미지이며, 인생으로는 '유년'의 이미지이다.

존재의 원형인 '물소리' 속에는 "엊저녁 달빛/아직은 젖은 채/갈잎더미 밑에 있고"에서, '엊저녁 달빛'은 유년의 추억을 상징하는 이미지이다. 이 유년의 추억에 젖어 있는 문효치의 시심을 "그 달빛에 미쳐/울던 풀벌레소리/여운으로 날아다니는데"라는 이미지로 형상화한다. 문효치는 위의 시에서 「농악」, 「광대」, 「끈」, 「갈대」 등의 작품에서 형상화하던 '향수'와 '귀향'의 이미지를 시 미학적으로 완결하는 시적 경지에 이름을 볼 수 있다.

이 지점에서 "그래도 여명의 소근거림은/시간의 옷자락에/푸르스름 물들어/저 언덕을 넘고 있나니"에서 보듯, 아무리 유년의 추억과 향수에 젖어 있어도 시간의 흐름 속에 갇혀서, "저 언덕을 넘고 있나니"로 마무리한다. 제10시집이 출간된 2011년에, 문효치의 자연 연령은 70을 바라보고, 시력은 45년이다. 이런 지점에서 '물소리'를 '새벽'과 '달빛' 그리고 '풀벌레소리'와 '언덕을 넘고 있나니'의 이미지로 형상화한 것은 참으로 놀라운 시적 성취라고 생각한다.

이제까지 문효치의 시적 행로가 인위적 관념의 '끈'을 끊고(해탈), 우주적 생명의 '끈'과 연결되는 시 미학적 이미지 형상화의 행로였다는 것을 확인할 수 있었다. 다음에는 문효치 시의 마지막 귀착점인 작은 생명에의 사랑 이미지를 살펴보기로 한다.

3. 작은 생명에의 사랑, '백제시' 이후의 서정시

문효치는 '한국을 무대로 한 백제시'인 「백제시—금동미륵보살반가사유상」에선 '반가사유상'의 생각이 "저 미물의 목숨, /목숨의 애틋함에까지도 닿아있다"고 하고, '일본을 무대로 한 백제시'인 「백제시—止利佛師」에서는 "법륭사 금당에 들어/부처님과 눈이 마주치는 순간/나는 그만 허공에 뜨고 말았네"라고 한다. 이것은 '반가사유상'의 눈길이 미물의 생명에가 닿는 것을 보고, "부처님과 눈이 마주치는 순간"엔 나라는 존재가 없어지는 '색즉시공'의 경지를 체험한다. 그 결과 제11, 12시집[129]에서는 동식물의 생명, 특히 미물의 생명에까지 그의 눈길이 닿게 된다. 그 결과 문효치는 불교적 수행에서 가장 중요한 십중금계十重禁戒 중 그 첫째인 불살생不殺生의 금계와[130], 부처님의 대자대비大慈大悲의 사랑을 시적 이미지로 형상화한다. 그 결실이 제11시집 「별박이자나방」과 제12시집 「모데미풀」이다.

문효치는 일본에 갔다 와서부터 일본이니, 한국이니 하는 국가적 관념에 얽매이지 않는 백제시를 썼다. 즉 '일본을 무대로 한 백제시'와 '한국을 무대로 한 백제시'가 다르지 않은 시적 이미지 형상화에만 치중한다. 오히려 백제시라는 표제가 무색할 정도로 백제 역사와 관련된 이미지는 없고, 오직 시적 이미지 형상화에만 치중한 순수시를 쓴다는 말이다. 그 결과 그의 백제시는 백제라는 고유명사의 관념까지 탈피한 순수 사물시가 된다. 인위적 관념을 넘어서면 무위의 자연에 이르게 되고, 거기에 이르러 눈뜨게 되는 것이 생명에 대한 경외감이다. 이 생명에 대한 경외감이 곧 시인이 추구하는 궁극적 본질이다. 문효치의 말을 들어보자.

---

129) 제11시집 「별박이자나방」, 서정시학, 2013. 제12시집 「모데미풀」, 천년의시작, 2016.

130) 「사미십계(沙彌十戒)」의 제1이 '不殺生'이라고 한다. 『불교학개론』, 동국대학교 출판부, 206쪽.

이 세상에 생명으로 존재하는 것은 모두가 소중하다. 모든 생명은 각자 존귀하고 존엄하다. 나의 시는 이것을 인식하는 데서 출발한다.

큰 것, 유명한 것, 힘이 센 것은 충분히 존중되어진다. 문제는 작은 것, 무명의 것, 약한 것이다. 이것들은 자칫 잊혀 지기 쉬운 것들이다. 작은 것, 무명의 것, 약한 것이라 해도 생명의 가치는 큰 것, 유명한 것, 강한 것과 차이가 없다. 시는 이것들에게 눈 돌리는 일이요, 이것들에게 사랑을 보내는 일이다.[131]

문효치는 제11시집에서부터는 '백제시'라는 용어를 쓰지 않는다. 왜 그랬을까? 문효치는 "시는, 작은 것, 무명의 것, 약한 것"들의 생명에게 "눈 돌리는 일이며 이것들에게 사랑을 보내는 일이다"라고 한다. 시인의 이 언급에서 그 실마리를 찾을 수 있다. 문효치는 "그러나 외세를 끌어들인 신라의 무력 앞에 백제는 멸망하고 말았다. 어느 전쟁에서나 패전국은 그 역사까지도 짓밟힌다. 백제는 매몰된 왕국이 되었고 그 역사는 대부분 공백상태로 있을 뿐이었다"[132]고 한다. 다시 말해 백제는 "작은 것, 무명의 것, 약한 것"이었기 때문에 문효치의 백제시가 창작되었다고 한다. 동물 중에 작고 약한 것은 곤충이고, 식물 중에는 풀꽃이다.

1) 인간중심주의에서 생명 중심으로—곤충의 이미지

문효치의 제11시집 『별박이자나방』은 모두 4부로 구성되었다. 이 시집은 <제1부 「거꾸로여덟팔나비」, 제2부 「달무리무당벌레」, 제3부 「풀에게」, 제4부 「쇠딱따구리」의 4부로 구성되었다. 이 중에 '제3부 「풀에게」'

---

131) 문효치, 「잊혀진 혹은 감춰진 생명」, 『시와 사상』, 2014년 가을호.
132) 문효치, 「백제를 구실로 한 작은 상상의 세계」, 『시와 시학』, 2006 가을호.

는 동물이미지가 아닌 식물이미지이다. 이것은 제12시집의 시세계를 예고한 것으로 볼 수 있다. 아무리 작은 미물이라도 동물은 움직이는 존재이다. 특히 "관심 밖으로 버려졌거나 짓밟힌 생명"의 이미지로는 식물보다 동물이 더 문효치의 눈길을 끌었을 것이라 추측된다. 그래서 문효치는 동물이미지의 시집을 먼저 출간한 것이라고 생각한다.

시인은 세상을 꺼꾸로 보기도 한다지만
시인도 아닌 이들이 내 이름에
'꺼꾸로 여덟팔'을 붙였을까

날개 가운데 새겨진 흰 띠 무늬는
꽁무니 쪽에서 보면 거꾸로 여덟팔자지만
얼굴 쪽에서 보면 옳은 여덟팔자요
그것도 석봉이나 추사의 글씨보다 더 아름다운데

왜?
얼굴을 대면하기 껄끄러운가?
하기사 인간들이란 부끄러운 일도 많아 그렇긴 하겠지만

—「꺼꾸로여덟팔나비」 전문

위의 시 「꺼꾸로여덟팔나비」는 나비이므로 곤충이다. 이 시는 제11시집의 첫 작품이다. 이 나비의 날개 가운데에 "꽁무니 쪽에서 보면 거꾸로 여덟팔자"의 '흰 무늬'가 있다고 한다. 그 '흰 무늬'가 "얼굴 쪽에서 보면 옳은 여덟팔자요/그것도 석봉이나 추사의 글씨보다 더 아름다운데" 왜 「꺼꾸로여덟팔나비」란 이름을 붙였느냐고 묻는다. 이 시에서 시적 화자인

이 이름을 가진 나비가 의문을 제기하는 형식이다. 그리고 끝 연에선 "왜?/얼굴을 대면하기 껄끄러운가?/하기사 인간들이란 부끄러운 일도 많아 그렇긴 하겠지만"으로 시를 마무리한다. 자연은 나를 비워버린 무아無我의 세계이고, 명명命名은 인위의 의식세계이다. 석봉이나 추사의 서예가 아무리 아름다워도 자연의 무늬에 이르지 못한다. 시의 창작은 사물의 새로운 이름 짓기이다. 미물에 지나자 않는 나비의 모습과 그 생명의 위대성을 관찰한 문효치의 시인으로서의 안목을 높이 평가하지 않을 수 없다. 이제부터 참 생명의 미학이 시적 이미지로 형상화되기를 기대한다. 인위적 관념의 시각으로 자연의 진면목을 대면하는 것이 부끄러울 것이라는 이미지이다. 동물의 미물인 「꺼꾸로여덟팔나비」의 이름이, 그 날개의 무늬로 인해 붙여졌다는 사실을 아는 사람은 곤충학자 외에는 없을 것이다.

등에
외계로 가는 길이 보인다
피타고라스가 걷던 길에
에너지가 모여들어
거대한 별들의 숲이 자라고
우리의 삶이 하늘로 이어진다
이 길에서 권력이 나온다
하늘의 입구에 백로자리가 날개를 펄럭인다
우주의 축이 수직으로 일어선다

—「별박이자나방」 전문

위의 시는 제11시집의 표제가 된 작품이다. 그러나 「별박이자나방」이란 곤충이 흔한 이름은 아니다. 허긴 백제의 유물이나 일본에서의 백제와 관련된 이름도 문효치의 시에서 처음 만나는 독자들이 많을 것이다. 이 시는 "등짝에/외계로 가는 길이 보인다"로 시작된다. 곤충의 등에 새겨진 무늬에서 시인은 '외계로 가는 길'을 본다. 여기서 '외계'는 인간이 모르는 신비의 세계이다. 언제나 신비의 세계를 찾아가던 "피타고라스가 걷던 길에/에너지가 모여들어/거대한 별들의 숲이 자라고/우리의 삶이 하늘로 이어진다"고 한다. 자연의 세계 중에서도 생명의 세계는 '하늘로 이어지는 길'이다. 이 "하늘의 입구에 백로자리가 날개를 펄럭인다/우주의 축이 수직으로 이어진다"고 한다. 문효치의 말대로 "무릇 모든 생명체들은 인간의 지우개로 지워지지 않는 존엄성을 가지고 있으며 이 세상 운용의 커다란 질서 속 당당한 구성원으로서의 권리를 가지고 있다"[133]고 할 수 있다. 나방의 등에 새겨진 무늬에서 생명의 신비로 이어지는 길을 본다는 이미지이다.

엊저녁 초승달 아래에서
깨금발로 뛰어다니던 유령
풀먹인 그 흰 옷의 사각거림에
배춧잎은 일제히 소름 돋는다

— 「배추흰나비」 전문

위의 시 「배추흰나비」도 나비의 이미지이다. 초승달의 희미한 달빛 아래서 「배추흰나비」가 나풀거리는 것을 "엊저녁 초승달 아래에서/깨금발로 뛰어다니던 유령"이라고 묘사하고, 나풀거리다가 배춧잎에 옮겨 앉은

---

133) 문효치, 「시인의 말」, 『별박이자나방』, 서정시학, 2013.

나비의 모습을 "풀 먹인 그 흰 옷의 사각거림에/배춧잎은 일제히 소름 돋는다"라는 촉각적 이미지로 형상화한다. 시각적인 나비의 나풀거리는 모습을 "깨금발로 뛰어다니던 유령"이라는 관념적 이미지로 형상화함으로써 "엊저녁 초승달 아래에서"라는 어스름의 이미지와 어울리게 한 것이나, "풀 먹인 그 흰 옷의 사각거림에"서 '흰 옷'의 시각적 이미지와 '사각거림'의 청각적 이미지의 교묘한 조화, 그리고 "배춧잎은 일제히 소름 돋는다"는 촉각적 이미지까지 구사하여, 4행의 단시로써 생명의 신비를 공감각적으로 형상화하고 있다. 배추밭의 흰 나비 떼의 나풀거림을 형상화한 이미지로서 완벽한 단시이다. 나비의 나풀거림을 "깨금발로 뛰어다니는 유령"으로 은유함으로 신비감을 느끼게 하는 이미지이다.

이 시에 대해 한명희는 "배추흰나비가 유령으로 비유되어 있는 시다. 그러나 이 유령은 몰래 나타나 사람들을 혼절케 하는 그런 무시무시한 유령이 아니다. 아름답고 아름다운 유령이다. 그래서 이 시는 마치 한 폭의 그림을 보는 듯한 풍경이 펼쳐진다. 그 그림을 감상해 보자. 하늘에는 초승달이 떠 있다. 새끼손톱만큼 작고 하얀 달이다. 그 아래 유령 하나가 뛰어다닌다.……이 유령은 정갈한 유령이다. 하얗게 풀 먹인 옷을 입고 있다.……보지 못했던 특별한 발상이다"라고 한다. 「배추흰나비」의 나풀거림을 유령에 비유한 특별한 발상의 시라는 평가이다.

누가 보거나 말거나
피네

누가 보거나 말거나
지네

한마디 말도 없이
피네 지네

—「들꽃」 전문

제11시집은 주로 곤충의 이미지를 형상화한 작품들인데, '제3부 풀에게'만은 풀꽃의 이미지를 형상화한 작품들이다. 위의 시 「들꽃」은 말 그대로 인위와 상관이 없는 들꽃의 이미지를 형상화한 작품이다. 첫 연의 "누가 보거나 말거나/피네"와 둘째 연의 "누가 보거나 말거나/지네"에서, "누가 보거나 말거나/피네—지네"는 인간과 상관없는 자연현상의 이미지이다. 시간의 흐름에 의해 공간 속 사물에 변화가 일어나는 자연현상의 이미지이다. 시간의 흐름에 따라 공간 속에서 꽃이 '피네—지네'가 되풀이 되는 이미지이다. 자연현상은 결코 인위와 상관이 없다. 그러나 셋째 연의 "한마디 말도 없이"에선 인간과의 상징적인 관계가 암시된다. 말은 인간만의 것이기 때문이다. 그렇다면 '피네—지네'는 인간생명의 무상함을 상징하는 이미지라고 할 수 있다. 인간생명의 '피네—지네'도 들꽃과 다름이 없다는 것을 상징하는 이미지이다. 인간 각자의 생명도 저 혼자 피고 지는 자연현상이다.

날개는 언제나 밤하늘이다
그래서 별이 뜨고
무시로 달도 솟는다

때로는 원시原始 동굴의 어둠 같은
숨막힘도 있긴 하지만

힘주어 공중으로 날아오르면
수백억 광년을 달려온
뭇별이 번쩍번쩍 빛나고
간혹 비천飛天의 생황 소리도 들린다
내 4학년의 신발 소리도 들린다

—「검은물잠자리」 전문

위의 시의 제목이 된 「검은물잠자리」란 곤충은 검은 빛깔의 날개를 가진 곤충이다. 그래서 "날개는 언제나 밤하늘이다"라고 표현했다. '밤하늘'로 은유함으로써 "그래서 별이 뜨고/무시로 달도 솟는다"는 이미지가 따라온다. 물에 젖은 검은 날개에 빛이 반사하는 것을 "그래서 별이 뜨고/무시로 달도 솟는다"는 이미지로 그린다. 여기서 중요한 것은 작고 약한 미물이지만 그 생명의 신비는 우주의 별빛과 달빛의 번쩍임처럼 빛난다고 한다. 작고 약한 미물의 생명이 "때로는 원시原始동굴의 어둠 같은/숨막힘도 있긴 하지만// 힘주어 공중으로 날아오르면/수백억 광년을 달려온/뭇별이 번쩍번쩍 빛나고/간혹 비천飛天의 생황 소리도 들린다"고 한다. 미물의 생명에 대한 경외감을 "수백억 광년을 달려온/뭇별이 번쩍번쩍 빛나고"라는 시각적 이미지로 형상화하고, "비천의 생황소리도 들린다"는 청각적 이미지로 형상화한다. 결론적으로 말해서 아무리 작고 약한 미물의 생명이라도 그 생명은 우주적 신비성을 지닌다는 이미지이다. 그 신비성은 곧 "내 4학년의 신발 소리도 들린다"와 동일시되는 이미지이다.

문효치의 '4학년'은 6·25 직후인 1954년의 암흑기이다. 아버지와 헤어지고, "늑막염에 걸려 사경을 헤매게 됨.… 병치레로 한두 달씩 장기결석을 함.…월북자의 아들인 나를 또래 아이들이 늘 멀리하여 늘 슬프고 쓸쓸하게 초등학교 생활을 했음"[134]의 어두운 시기이다. 검은 빛깔의 날개를 가진 「검은물잠자리」가 "힘주어 공중으로 날아오를 때" 시인의 귀에는 '飛天의 생황 소리'와 함께 "내 4학년의 신발소리도 들린다"고 한 것이다. 아무리 어려운 시기에도 그의 발걸음은 멈추지 않았음을 상징하는 청각적 이미지이다. 이 소리가 오늘의 문효치 시인을 존재하게 한 '비천의 생황 소리'이기도 하다.

> 송사리를 잡으러 가려고
> 마루 밑에 굴러다니는
> 빈 병을 챙겼다
>
> 엄마가 말했다
> —송사리가 너 잡을라
>
> 들은 시늉도 하지 않고
> 달려나가 냇물에 들었다
>
> 잡힐 듯 잡힐 듯 빠져나가는 놈들
> 헛손질만 반나절쯤 해대면서
> 점점 강심으로 들어가다가
>
> 물속 웅덩이를 헛디디고
> 엎어지고 말았다
>
> 코로 입으로 흙탕물이 들어왔다

---

134) 문효치, 「문효치 시인 연보」, 『문효치 시전집 2 1997—2011』, 지혜, 2012, 429쪽.

허우적거리며 기어나와
물먹은 몸으로 집에 왔을 때
—송사리가 너 잡았구나

여섯 살
생애 첫 싸움은 KO패
그 맛은 흙탕물, 그 물맛이었다

—「송사리」 전문

위의 시 「송사리」는 송사리의 생명에 관한 이미지가 아니라, 시인 자신이 여섯 살 때 「송사리」를 잡으려다가 실패한 사건이 시적 제재이다. 송사리를 잡으러 가려고 할 때 "엄마가 말했다/—송사리가 너 잡을라"라고. 그러나 "들은 시늉도 하지 않고/달려나가 냇물에 들었다"고 한다. 문효치 생애의 첫 '자연과의 대결'이었다. 그는 "물 속 웅덩이를 헛디디고/엎어지고 말았다"고 한다. 그 결과 "코로 입으로 흙탕물이 들어왔다/허우적거리며 기어 나와/물먹은 몸으로 집에 돌아왔을 때/—송사리가 너 잡았구나" 라는 엄마의 소리를 들었다. 문효치는 "여섯 살/생애 첫 싸움은 KO패/그 맛은 흙탕물, 그 물맛이었다"고 한다. 그는 왜 이 누구나 겪을 수 있는 아무것도 아닌 얘기를 시로 써서 제11시집에 수록했을까. 위의 시 「송사리」는 문효치가 어렸을 때 자연과의 대결에서 KO패 한 것이 주제이다. 그러나 이 작품을 쓸 당시에 문효치는 "무릇 모든 생명체들은 인간의 지우개로 지워지지 않는 존엄성을 가지고 있으며 이 세상 운용의 커다란 질서 속 당당한 구성원으로서의 권리를 가지고 있다"[135]고 하며, "생명을 신봉

135) 문효치, 「문효치 시인 연보」, 『문효치 시전집 2 1997—2011』, 지혜, 2012, 429쪽.

한다. 생명은 신이다"[136]라고 외치는 물아일여物我一如의 경지에 있다. 이제 문효치는 자연과의 대결이 아니라 자연계의 중심인 생명을 신봉하며, 생명의 시 미학을 실천하는 시인이다. 그 결과 다음의 「앞산」과 같은 시의 세계로 진입한다.

감나무 한 그루
허리에 심었네

살을 썩혀
나무를 키웠네

봄빛 끌어안고 가버린 새
다시 돌아와 함께 울었네

—「앞산」 전문

위의 시 「앞산」은 문효치의 마지막 귀의처인 자연의 이미지이다. 고유명사의 인위적 관념을 벗고 생명이 닿아야 할 자연이다. 일본, 한국, 백제까지도 벗어버린 자연의 이미지이다. 그 산이 이미 가버린 과거의 '뒷산'이 아니라 앞으로 다가올 미래의 「앞산」이다.[137] 이 시에서는 「앞산」이 곧 이 시의 시적 화자이다. 자연의 「앞산」이 문효치 시인으로 의인화된 것이다. 그러므로 이 「앞산」은 곧 문효치의 앞으로의 시세계를 상징한다. 산은 역사의 근원이며 동시에 종교의 근원이다. 모든 생명을 품어 기르는

136) 문효치, 「시인의 말」, 『모데미풀』, 천년의시작, 2016.

137) 보통은 지세를 말할 때 <背山臨水—산을 등지고 앞에 물을 면하고 있음>인데, 왜 물이 아니고 「앞산」인가. 산은 모든 생명이 서식하는 자연이기 때문에 문효치의 앞으로의 시세계의 귀의처로 말한 것이다.

어머니의 품이다. 그 「앞산」이 "감나무 한 그루/허리에 심었네"라고 한다. 감나무는 열매를 맺는 유실수이다. 그러므로 「앞산」은 생명을 잉태하는 어머니의 이미지이다. 이 「앞산」은 어머니처럼 "살을 썩혀/나무를 키웠네"라고 한다. 이 감나무는 문효치의 가슴에서 자라는 시적 상상력의 사징이다. 이 '감나무'를 키웠더니 "봄빛 끌어안고 가버린 새/다시 돌아와 함께 울었네"라고 한다. 제1시집의 '사회적 죽음'의 새가 문효치의 젊음(봄)을 끌어안고 가버린 '백제시 이전의 시적 상황'이었다. 이제 문효치의 시가 백제의 역사를 만나 저승에서 날아오르는 새가 되어 일본에까지 갔다가 시의 품으로 다시 돌아와 문효치와 함께 '울었네'라고 한다. 이제 「앞산」은 앞으로 다가올 문효치의 시세계이며, 「앞산」은 동식물의 서식지로서 동물이미지와 식물이미지를 다 아우를 수 있는 자연의 이미지이다. 제12시집의 예고임과 동시에 시인의 물활론적 사고와 생명사랑의 자비심과도 일치하는 이미지이다.

2) 짓밟힌 생명들을 섬김—잡초의 이미지

작거나 크다는 것은 공간적인 존재감이며, 일년생이나 다년생은 시간적인 존재감이다. 세속적 관점으로는 큰 것을 선호하고, 오래 사는 것을 좋아한다. 공간적으로 남보다 크고, 시간적으로 남보다 오래 사는 것을 선호한다. 이에 비해 시인의 눈은 생명자체만을 직시한다. 문효치는 "생명을 신봉한다. 생명은 신이다. 그 속에 진리와 진실이 있고 아름다움과 가치가 있다. 정의와 감동이 여기서 나온다. 이 세상에는 관심 밖으로 버려졌거나 짓밟힌 생명이 너무 많다. 나의 시는 이 신을 섬기면서 시작된다"라고, '시인의 말'에서 선언한다. 분명히 시인만이 할 수 있는 '시인의 말'이다. 그리고 2013년에 출간한 시집 『별박이자나방』의 '시인의 말'에서는 "미물과 잡초에 다가가 손잡고자 한다"고 했다. 왜냐하면 이들은 "관심 밖으로 버려졌거나 짓밟힌 생명"이기 때문이다. '미물'의 반대는 '거물'이고, '잡초'의 반대는 '거목'이다. 거물이나 거목은 인생의 생존경쟁에서 승리한 자를 상징하는 비유이다. 그렇다면 미물이나 잡초는 "관심 밖으로 버려졌거나 짓밟힌 생명인" 인생의 낙오자를 비유한 이미지이다.

아무리 큰 거물巨物이나 거목巨木이라도 살아있지 않으면 죽은 것이며, 죽은 것은 반드시 부패하게 마련이다. 여기서 죽고 사는 것은 무엇인가. 문효치는 "생명은 신이다"라고 했다. 신神은 눈에 보이지도 않으며, 눈에 보이는 육체처럼 생사를 알 수도 없다. 그러므로 문효치의 "생명은 신이다"라는 말은 곧 '신이 곧 생명이다'라는 의미이다. 그렇다면 '신의 생명'은 무엇인가. 철학적으로 형이상적 생명 곧 정신을 의미한다. 이 정신의 생명이 살아나는 것을 한자로 흥興이라고 하며, 그 반대는 망亡이라고 한다. 풀을 인생에 비유한 것이 민초民草이다. 이들이 살아있으면 국가가 흥하고, 이들의 정신이 죽으면 망할 수밖에 없다. 시인은 이들의 생명을 본다. 공자도 '시에서만 이들의 생명이 살아난다'興於詩고 했다. 그래서 문효치는 "생명을 신봉한다"고 한 것이다. 그러니까 시인은 생명을 신봉하는 신도이며, 그의 시집은 "거룩한 생명의 신전"인 것이다.

하늘이 외로운 날엔
풀도 눈을 뜬다

외로움에 몸서리치고 있는
하늘의 손을 잡고

그윽한 눈빛으로
바라만 보아도

하늘은 눈물을 그치며
웃음 짓는다

외로움보다 독한 병은 없어도
외로움보다 다스리기 쉬운 병도 없다

사랑의 눈으로 보고 있는
풀은 풀이 아니다 땅의 눈이다

—「모데미풀」 전문

위의 시 「모데미풀」은 문효치의 말대로 '관심 밖에 버려진' 잡초이다. 인간의 관심이 버린 것이지 하늘이 버린 것이 아니다. 관심 밖에 버려진 풀은 인간사회에서는 약자인 민초民草의 이미지이다. 그래서 "하늘이 외로운 날엔/풀도 눈을 뜬다"고 한 것이다. 하늘은 자연을 대표하는 공간이다. 인간은 인위적인 의식의 형식들을 만들어 하늘과의 눈 맞춤을 막는다. 이 시에서의 "풀도 눈을 뜬다"의 '풀의 눈'은 새싹의 잎과 꽃의 비유이며, 민중의식의 이미지이다. 봄이 되어 "외로움에 몸서리치고 있는/하늘의 손을 잡고//그윽한 눈빛으로 바라만 보아도//하늘은 눈물을 그치며/웃음 짓는다"는 이미지이다. 여기서 "백성이 곧 하늘"이라는 전통적 관념인 <민심民心이 곧 천심天心>이라는 비유적 이미지임을 알 수 있다. 새싹의 잎과 꽃이 눈뜨기 전의 하늘의 외로움은 겨울바람의 이미지이고, 하늘의 눈물은 봄비의 이미지이다. 버림받은 "외로움보다 독한 병은 없어도/

외로움보다 다스리기 쉬운 병도 없다"에서 보듯 겨울바람보다 독한 자연현상은 없어도, 봄이 오고 풀의 잎과 꽃이 피면 자연스럽게 하늘의 외로움은 끝난다. 자연현상은 하늘과 땅의 눈 맞춤이다. 역사의 흐름은 반드시 겨울바람과 같은 독재의 겨울에서 민주의 봄이 온다는 이미지이다. 민초들의 눈길과 하늘의 눈길이 만나는 이미지이다. 결국 "사랑의 눈으로 보고 있는/풀은 풀이 아니다 땅의 눈이다"로 이 시는 마무리된다. 하늘의 마음이 곧 민중의 마음이다.

이 땅에는 한도 많아
그중에서도 미움받은 일

독이 올라 붉게 맺혀서
보는 이 눈빛마저 붉게 물들여

그 눈으로 보는 세상
온통 붉어서
저 산 저 강 저 하늘이
붉어만 보이네

—「며느리밥풀」 전문

위의 시는 자연의 생명현상을 인간사에 비유한 이미지이다. 우리나라 가족사에서 가장 억울한 이름이 며느리이다. 이 '며느리'란 이름은 가족의 이름이지만 그 실상은 부려먹기 위한 노예와 같은 존재였다. 앞의 「며느리밥풀」이 그러한 이미지의 꽃이다. 며느리밥풀꽃에 얽힌 설화의 내용을 살펴보면, "며느리가 밥이 잘 되었는지 보려고 밥풀을 입에 넣었는데 시

어머니가 이를 핑계로 며느리를 때려죽이자, 며느리 무덤가에 그녀를 닮은 꽃이 피었다"는 것으로, 우리 사회에서 오랫동안 문제시되어 온 고부간의 갈등을 소재로 하고 있음을 알 수 있다. 이 꽃은 그렇게 억울하게 죽은 며느리의 귀신이 피어난 꽃이라는 것이다. 이 시 1연의 "이 땅에는 한도 많아/그중에서도 미움 받은 일"은 조선시대의 '며느리'의 이미지가 아니라 오늘날 일만 하고 미움 받은 노동자의 이미지이다. 그리고 "독이 올라 붉게 맺혀서"는 하도 억울해서 피눈물이 맺히는 이미지이고, "보는 이 눈빛마저 붉게 물들여"는 노사勞使의 사使쪽의 "눈마저 붉게 물들여"라고 할 수 있다. 그 결과 "그 눈으로 보는 세상/온통 붉어서/저 산 저 강 저 하늘이/붉어만 보이네"는 사 쪽의 눈에는 모두가 '붉어만 보이네'란 이미지이다. 노동자의 파업이나 민중의 시위를 다 '좌파 빨갱이'로 보는 것을 상징하는 이미지이다. 문효치 자신이 연좌제에 의해 '빨갱이 가족'이란 시달림을 받았기 때문에 「며느리밥풀」이란 풀꽃의 이미지를 이렇게 형상화한 것이다.

집 나간 며느리
갈고리로 허공을 찍어
하늘에 오르더니
하늘과 그러더니
배꼽이 꼭 하늘을 닮은
하늘의 아기를 낳았네
전국 야지
어디에나 아기를 낳아놓았네

— 「며느리배꼽」 전문

위의 시 「며느리배꼽」은 앞의 시와 마찬가지로 며느리의 이름이 붙은 풀이름이다. 이 시는 억울한 죄의 누명을 쓰고 버림받은 며느리의 이미지이다. "집나간 며느리/ 갈고리로 허공을 찍어/하늘에 오르더니/배꼽이 꼭 하늘을 닮은/하늘의 아기를 낳았네"에서 보듯, 아기를 못 낳은 누명을 쓰고 '집 나간 며느리'의 이미지이다. 우리나라 며느리의 쫓겨나는 이유는 '칠거지악七去之惡'이라는 죄목의 '아들 못 낳음'의 죄이다. 칠거지악 중에 그 첫째가 아들을 못 낳는 것이다. 그 시기에는 며느리를 애 낳는 도구쯤으로 보았다. 씨족 중심의 가정에서 성姓이 다른 가족은 며느리뿐이다. 이 며느리가 낳은 아기도 아비의 성이기 때문에 며느리만 타성他姓이다. 그래서 "배꼽이 꼭 하늘을 닮은/하늘의 아기"는 인위의 씨족개념이나 민족개념까지도 벗어난 자연의 아들이란 의미다. 이처럼 인위를 넘어선 고귀한 생명을 "전국 야지/어디에나 아기를 낳아 놓았네"라고 한 것이다. 가족이면서 가족에게 "버려졌거나 짓밟힌 생명"의 이름인 며느리의 이름을 가진 풀꽃의 이미지를 형상화함으로써 "그 속에 진리와 진실이 있고 아름다움과 가치가 있다"는 것을 보여주고 있다.

올여름
철원쯤 가다가 꽃 핀 파드득나물

아직도 슬픈 얼굴 그대로인데
퓨—잉 퓨—잉
날아가다 떨어지는 포소리에
파드득, 질린 얼굴 쪼그라들었네

다가가 어루만져주려 해도
독 오른 잎사귀들 칼처럼 버티어 있네

—「파드득나물」 전문

산이나 들에 핀 풀꽃에서 아픈 역사의 이미지를 본다는 것은 쉬운 일이 아니다. 위의 시 「파드득나물」도 흔한 이름은 아니다. 그러나 문효치는 이 「파드득나물」에까지도 관심을 두고 있다. "철원쯤 가다가 꽃 핀 '파드득나물'을 본 것이다. 그래서 철원과 '파드득'을 연상한 이미지를 형상화한 것이다. 이 「파드득나물」이 "아직도 슬픈 얼굴 그대로인데/퓨—잉 퓨—잉/날아가다 떨어지는 포소리에/파드득, 질린 얼굴 쪼그라들었네"라고 한다. 6·25전쟁 때 철원의 '백마고지'를 중심으로 벌어진 격렬한 전투의 이미지를 '파드득'과 관련시킨 것이다. 동족상잔의 참혹한 전쟁의 상흔이 "파드득, 질린 얼굴 쪼그라들었네"로 남아있다는 것이다.

전쟁이란 인위가 저지를 수 있는 가장 참혹한 일이다. 동족 간에 서로 죽이고 죽인 전쟁이 6·25였다. 미물인 '풀꽃'도 70여 년 전의 포 소리에 아직도 "파드득, 질린 얼굴 쪼그라들었네"이며, "다가가 어루만져주려 해도/독 오른 잎사귀들 칼처럼 버티어 있네"인 것이다. 실은 이 '풀꽃'의 이미지는 문효치의 의식 속에 피어있는 6·25의 상흔이다. 이 상흔의 '풀꽃'이 문효치의 시로 피어난 것이다.

귀신 한 분 들어와 산다
노래하다 쓰러져 죽은
가수 귀신

낮에는 풀 속에 꽁꽁 숨어 있다가
세상이 잠들고
달빛이 산속에 차오르면
귀신은 미친다

이승에서 꾸불쳐 감춰온
소주 한 잔 부어 마시고
꽃문을 열고 나온다

꽃물 실컷 핥아먹고
촉촉이 다듬은 목청 일으켜
노래, 노래하면

그 전율
달도 몸살이다

—「미치광이풀」 전문

문효치의 제12시집에는 72편의 시가 실려 있으며, 69개의 풀꽃 이름이 형상화되었다. 이만하면 이번 시집 『모데미풀』은 '풀꽃 시 사전'이라고 명명할 수 있다. 거의 모든 독자들은 '모데미풀'이나 '미치광이풀'이란 이름을 문효치의 '풀꽃 시 사전'에서 처음 알게 되었을 것이다. 시인의 이러한 관심은 사전을 통해서 알게 되는 지식의 문제가 아니다. '버려지고 짓밟힌 것'들에 대한 관심의 문제이다. 역시 버림받고, 짓밟힌 존재들이다. 그러나 시인은 이들과 눈이 맞았다. 그래서 시인은 "귀신 한분 들어와 산다/노래하다 쓰러져 죽은/가수 귀신"이라고 한다.

가수 귀신은 곧 시인이다. 미치지 않고는 시인이 될 수 없다는 말이다.

「미치광이풀」은 "낮에는 풀 속에 꽁꽁 숨어 있다가/세상이 잠들고/달빛이 산속에 차오르면/귀신은 미친다"고 한 것이다. 시인은 가수 귀신이 들린 미치광이이다. 그래서 「미치광이풀」과 눈이 맞은 미치광이가 되어 "꽃물 실컷 핥아먹고/촉촉이 다듬은 목청 일으켜/노래, 노래하면/그 전율/달도 몸살이다"의 경지에 미치는 것이다. 미치지 않고 어떻게 달빛과 하나가 될 수 있는가. 사실 "그 전율/달도 몸살이다"는 달빛과 어울려 하나가 되어 춤을 추는 것이다. 우리나라에는 휘영청 달이 밝으면 북소리가 연상되고, 산천초목이 달빛과 어울려 춤을 춘다는 전설이 있다. 늑대까지도 보름달을 향해 소리치지 않는가. 자연과 완전히 하나가 되는 경지다. 이 경지가 바로 "생명을 신봉하고 섬기는 시인"인 것이며, 「미치광이풀」의 이미지인 것이다.

> 건드리지 말아라 성날라
> 내 이름만 불러도 성희롱
>
> 백일하에 발가벗겨진
> 이 부끄러움을
> 간신히 참고 견디는데
>
> 바람이 지나가다가 간지르고
> 구름이 와서 문질러대고
> 벌 나비 날아와 아예 빨아대는구나
>
> 나는 누구의 노리개도 아닌데
> 앞 못 본다고 소경불알 소경불알 하며 놀려대니

내놔라, 네 불알도 좀 주물러보자

—「소경불알」 전문

이 풀이름에서 시인의 상상력이 꽃처럼 피어나고 있다. 그래서 "건드리지 말아라 성날라/내 이름만 불러도 성희롱"으로 시는 시작된다. 이 풀은 시인의 주에 의하면 "중부 이북 산지에서 자라는 여러해살이 덩굴 풀"이다. '덩굴 풀'의 모습에서 이런 이름이 지어질 수는 없었을 것 같다. 혹시 꽃의 모습에서 붙은 이름이 아닐까 한다. 사실 꽃은 식물의 생식기이다. 그렇다면 꽃이 활짝 만개했을 때가 식물의 발정기가 아닐까. 그래서 꽃이 아름답고 거룩하다. 생식은 생명현상의 절정이다. 생명현상이 없으면 생물이 아니다. 인형이나 동물모형이 예쁠 수는 있다. 그러나 그것은 물건일 뿐이지 생명이 아니다. 사람이 만든 조화가 아무리 예뻐도 그 잎과 꽃이 피고지지 않는다. 그러나 길가에 돋아나 짓밟히고, 산속에 혼자 피어 아무도 봐주지 않아도, 자연의 풀꽃은 생명의 신전이므로 거룩하고 아름답다. 그래서 시인은 "이 세상에는 관심 밖으로 버려지거나 짓밟힌 생명이 너무 많다. 나의 시는 이 신을 섬기면서 시작된다"고 한다. 시인은 "바람이 지나가다 간질이고/구름이 와서 문질러대고/벌 나비 날아와 아예 빨아대는구나"라는, 육감적인 이미지로 생명현상의 이미지를 형상화한다. 독자는 이 시에서, 아름다움과 거룩함을 느낄지언정, 부끄러운 감정은 느낄 수 없다. 이 시는 "나는 누구의 노리개도 아닌데/앞 못 본다고 소경불알 소경불알 하며 놀려대니/내놔라, 네 불알도 좀 주물러보자"와 같이 유머러스하게 마무리한다. 시를 다 읽고 나서 미소가 떠오르게 한다. 시가 아니면 이런 교감이 있을 수 없다.

귀신의 똥이다

지재마을 서낭당에서
방을 비우라 하기에
부랴부랴 쫓겨 나와
허공에 떠돌다가, 쫄쫄 굶다가

황사 미세먼지 매연
마구마구 퍼먹고는

변비로 굳은 똥
한 덩이 구름 타고 떠내려간다

아, 어이하랴
나는 이제
똥맞이꽃

―「달맞이꽃」 전문

위의 시 「달맞이꽃」은 황금색이다. 그래서 "귀신의 똥이다"로 시작된다. 왜 하필 '똥'이 되었나. 똥은 생명이 죽고 부패하여 배설되는 오물이다. 초목의 '꽃'은 식물적 생명의 절정이다. 그런 꽃을 '귀신의 똥'으로 은유한 것이다. '귀신'은 인위를 넘어선 자연의 이미지이고, '똥'은 생명이 다한 오물의 이미지이다. 여기서 귀신은 "지재마을 서낭당에서/방을 비우라 하기에/부랴부랴 쫓겨나와/허공에 떠돌다가, 쫄쫄 굶다가"에서 보듯, 사람들이 서낭당에 찾아와 복을 비는 제물을 받아먹고 존재하던 자연의 이미지이다. 그런데 오늘날 서낭당에 찾아가 비는 사람이 없으므로 쫓겨나 “허공에 떠돌다가, 쫄쫄 굶다가”가 될 수밖에 없었다. 허공은 모든 생명이 호흡하는 공기의 이미지이다. 이 공기가 인위의 “황사, 미세먼지, 매연으로 오염되어 귀신의 변비로 굳은 똥”이 되어 “한 덩이 구름 타고 떠내려간다”가 되어, 이제 「달맞이꽃」은 “아, 어이하랴/나는 이제/똥맞이꽃” 이라고 한탄하는 것이다.

문효치는 인위의 ‘사회적 죽음’의 세계에서 벗어나 자연으로 환원했으나, 그 자연도 인위적 오염에 의해 식물적 생명의 절정인 황금색 「달맞이꽃」마저도 ‘똥맞이꽃’이 되었다는 이미지를 보여주었다. 이것이 곧 문효치의 생명존중의 시정신이며, 생명미학의 본질이다.

> 생명을 신봉한다.
> 생명은 신이다.
> 그 속에 진리와 진실이 있고 아름다움과 가치가 있다.
> 정의와 감동이 여기서 나온다.
> 이 세상에는 관심 밖으로 버려졌거나 짓밟힌 생명이
> 너무 많다.
> 나의 시는 이 신을 섬기면서 시작된다.[138)]

위의 ‘시인의 말’은 “생명을 신봉한다. 생명은 신이다”로 시작해서, “나의 시는 이 신을 섬기면서 시작된다”로 끝난다. 그의 시가 ‘생명’에서 시작해서 ‘생명’으로 귀착한다는 말이다.

---

138) 문효치, 제12시집 『모데미풀』, ‘시인의 말’, 전문.

제4장
결 론

문효치의 백제시는 '생명'에서 출발해서 '생명'으로 귀착한다. 출발점의 생명은 육체적 사회적 질곡 속에 놓였던 문효치가 '지켜야할 생명'이었다면, 귀착점에서 새로 만난 생명은 '섬겨야 할 생명'이라는 것이 이 연구의 결론이다. 처음의 「지켜야 할 생명」은 문효치 자신의 '생명'이고, 돌아와 마주한 '섬겨야 할 생명'은 자연의 생명이다. 이런 변화는 작품의 이미지가 매우 극적으로 반전되고 있다는 점을 통해 확인할 수 있었다.

백제유물을 만나기 이전의 시편들은 생명의 '소멸과 하강' 이미지임이 작품의 이미지 분석을 통해 밝혀졌다. 문효치는 부친의 인민군 입대와 관련한 연좌제에 의해 군수사기관의 감시와 수사를 받는 등 심리적 압박을 받고 건강이 악화되고 죽음에 직면하게 되었다. 이런 상황에서 쓰여진 제1시집은 "터널 속의 어둠, 연기 속에 서서, 삶과 죽음을 넘나드는 병중病中, 목이 조여 죽어가는 새, 매미소리 같은 이명耳鳴" 등, 하강 및 죽음의 이미지를 집중적으로 드러내고 있었다. 물론 생명의 원형상징인 빛, 공기, 물 등의 이미지도 부분적으로 동원되긴 했지만, 이 이미지들은 희미하거나 대조적 기능만을 맡고 있을 뿐이다.

1971년 무령왕의 유물 전시회에서 백제유물을 만나는 것을 계기로 그는 백제시를 창작하기 시작한다. 제1시집에도 「武寧王의 金製冠飾」 등이 수록되었지만 주로 제2시집 이후 활발해진 백제시의 창작 이후 문효치의 건강도 회복되고, 시창작도 왕성해진다. 초기 백제시는 「武寧王의 나무새」 등 백제유물에 집중되어 있었으며, 상승 및 부활의 이미지가 크게 늘어나게 된다.

제3시집 『백제의 달은 강물에 내려 출렁거리고』, 제4시집 『백제 가는 길』에서부터 그의 백제시는 백제역사와 현재의 자연이 조화를 이루는 모습으로 변화된다. 이 시기에 문효치는 백제의 옛 땅을 두루 찾아다니는 여행을 활발하게 진행했으니 거의가 기행시의 성격을 띤다. 이 시기 작품에는 「날아오르는 것이 어찌 새뿐이랴」, 「백마강」 등 유동하는 이미지가 집중적으로 나타난다.

제5시집 『바다의 문』, 제6시집 『선유도를 바라보며』에서는 백제로부터 잠깐 벗어나서 물, 섬, 바다, 꽃 등 자연물들에 대해서 물활론적인 인식을 토대로 다양한 이미지들을 선보인다.

제7시집 『남내리 엽서』, 특히 작품 「백제시 ―금동미륵보살반가사유상」은 문효치 시가 불교를 만나게 된다는 점에서 큰 획을 긋는 것이라고 할 수 있다. 그 불교적 생명존중 사상을 바탕으로 자연의 다양한 이미지를 형상화하였다. 제8시집에 수록된 백제시들은 백제인으로서 일본 역사에 영향을 끼친 인물들과 일본에 있는 백제 불교의 흔적을 주로 대상으로 삼았다. 생명의 근원인 자연과 종교적 사유의 조화를 이미지로 형상화했다고 하겠다.

제9시집 『왕인의 수염』1부 '백제시'는 시인이 일본에 가서 보고 느낀 백제의 유물과 종교적 자취를 형상화한 작품들이다. 이 작품들의 특징은 일본이나 한국이라는 인위적 국경의 관념을 넘어서고 있다는 점이다. 5, 6시집에서 자연을, 그리고 7시집에서 불교를 각각 경유한 이후 그의 백제시는 인위적이고 한시적인 개념을 초월하였음을 말한다. 제10시집 『七支刀』의 작품들은 다시 한국, 특히 자신의 고향을 주된 배경으로 삼고 있다. 그러나 그 고향은 더 이상 백제와 동일시되지는 않으며 그저 한 생명이 잉태되고 자신을 키워온 자연과 사람들로서 인식될 뿐이다. 백제를 고향으로 삼아 사회적 죽음을 벗어났던 문효치는 불교와 자연이라는 먼 길을 우회하여 다시 백제 없이도 고향을 상상하고 형상화할 수 있게 된 것이다.

제11시집 『별박이자나방』과 제12시집 『모데미풀』에 이르러 문효치는 자신에 대한 긍정과 사랑을 넘어 생명 있는 모든 것들에 대한 긍정과 애정으로 나아간다. 그 시적 성취는 미물들의 생명 특히 시의 마지막 귀착점인 미물들의 생명에 대한 사랑의 이미지이다. "생명을 신봉한다. 생명은 신이다. (중략) 나의 시는 이 신을 섬기면서 시작된다"라는 그의 선언은 단적인 증거이다. 실제로 작품 속에서 시인은 동물 중에서는 곤충을, 식물 중에서는 잡초를 각각 집중적으로 다루면서 그들이 보여주는 끈질긴 생명력을 산뜻한 이미지로 묘사해내고 있다.

이 논문은 제2장을 통해 연좌제라는 '사회적 죽음'에 시달리던 문효치가 백제의 멸망과 동병상련으로 만난 이후 그의 작품에서 '죽음과 소멸'의 이미지 대신에 '생성과 상승'의 이미지가 압도적으로 늘어났다는 점을 밝혔다. 제3장에서는 불교적 사유와 만난 이후의 변화를 추적했다. 점차 백제의 자취가 흐려지는 대신에 자연의 생명력을 찬상하는 이미지들이 급증했다. 물론 일본에 건너가서 백제의 유적지를 찾아다니면서 많은 작품을 생산하기도 했지만, 그 백제시들에는 국가라는 관념이 사라지고 자연과 생명이라는 좀 더 넓은 차원에 이르고 있다. 결국 시인의 후기시집인 11, 12시집에 이르면 '생명 신神' 선언에서 단적으로 입증되듯이 가장 미천한 생명으로 대접받는 곤충과 잡초들에 대한 집중과 관찰이 전면화 된다. 이런 극적인 변환은 '사회적 죽음'의 상태에서 미물처럼 대접받던 문효치의 청년기를 연상케 한다. 그렇다면 50여년에 걸친 문효치의 시적 작업은 사회와 자신의 처지에 대한 좌절과 분노에서부터 시작하여 멀고 먼 우회를 거쳐, 마침내 '나'에 대한 긍정으로 나아가는 과정이었다고 말해도 과언이 아닐 것이다. 여기서의 나란 단지 시인 개인이라기보다 모든 생명 있는 것들을 가리킨다는 점에서, 생명의 가치를 존중하고 마치 자기 자신처럼 대접하는 사유의 방식이라는 점에서, 불교의 가르침과 문효치 후기시의 이미지들은 매우 흡사하다. 달리 말하자면 문효치 시의 역정은 '지켜야할 생명'에서 '섬겨야할 생명'으로의 이행이었다고 말해도 좋을 것이다.

서론에서도 제시했듯이, 문효치의 백제시를 신라정신을 표방한 서정주의 작품들과 비교분석하는 일은 매우 중요한 작업이지만 이 연구에서는 다루지 못했다. 또한 문효치의 백제시와 백제시가 아닌 작품들 사이의 관계를 좀 더 면밀하게 살피는 작업, 그리고 문효치의 시적 성취가 한국시사에서 어떤 의미를 지니는지를 세밀하게 고찰하지 못한 점 등도 차후의 과제로 남길 수밖에 없다.

기타연구

정지용(鄭芝溶)의 전통 지향과 모더니티 지향 연구

시인의 저항은 인간존재의 몸짓이다—윤동주 탄생 100주년을 맞으며

정지용鄭芝溶의 전통 지향과 모더니티 지향 연구

1. 들어가는 말

정지용鄭芝溶(1902―?)은 한국시사에서 최초의 모더니스트라는 평가를 받고 있다. 그의 시적 성향이 서구지향성이라는 평가일 것이다. 이 서구지향성이 곧 모더니티 지향성이며, 모더니티 지향성의 상대개념이 전통지향성이다. 정지용의 공식적 문학 활동은 1926년 6월 『學潮』 창간호에 시 3편, 시조 9수, 동요 5편을 발표하면서 시작된다.[1] 이로 본다면 서구지향성의 자유시는 3편이고, 전통지향성의 시조는 9수나 된다. 자유시 3편에서는 그 제목에서부터 서구지향성이 짙게 나타나 있다. 그러나 시조를 9수나 함께 발표한 것은 전통지향성의 발로라고 할 수 있다. 그렇다면 그의 시적 출발은 전통지향성과 모더니티 지향성이 혼융되어 있었다

1) 시 3편은 '카페―프란스, 슬픈 인상화, 파충류동물'이고, 동요는 '서쪽 한울, 띄, 감나무, 한울 혼자 보고, 딸레와 아주머니'이다.

고 할 수 있다. 그 이후 정지용은 『정지용시집』에 89편, 「백록담」에 33편, 도합 122편의 현대 자유시로써 모더니스트라는 확고한 평가를 받았다. 그러나 현대 자유시는 무조건 모더니티 지향성이며, 시조는 무조건 전통지향성이라고 단정할 수는 없다.

현대 자유시에서도 전통지향성을 찾을 수 있으며, 시조의 작품에서도 모더니티 지향성을 찾을 수 있다고 생각한다. 정지용이 현대 자유시 작품만을 남겼다 하여 전통지향성은 아예 논의할 가치가 없다고 단정할 수는 없다. 그래서 필자는 정지용의 현대 자유시에서 전통지향성과 모더니티 지향성이 어떻게 조화되어 작품으로 형상화되었는가 하는 것을 고찰하고자 한다.

한 시인의 시작품은 그 시인의 시 정신이 형상화된 것이다. 시정신은 곧 그 시인의 시적 지향성이며, 시관이라고 할 수도 있다. 시관이란 "시란 무엇인가"에 대한 시인의 관점이다. 시에 대한 관점은 시인의 시론으로 전개될 수도 있고, 시작품으로 형상화될 수도 있다. 정지용의 시론과 시작품을 통해 그의 시적 지향성의 실상을 고찰하고자 하는 것을 본고의 목적으로 설정한 것이다.

2. 시론詩論에서 전개된 두 지향

정지용의 시작詩作활동은 1926년에서 1941년까지의 약 15년간 이어졌다. 그의 시작활동 기간은 그의 시적 지향성과 관련해 중요한 의미가 있다. 1920년대는 한국문학사에서 낭만주의 시대였고, 1930년대부터는 순수문학과 함께 모더니즘 운동이 시작된 시기였기 때문이다. 이 기간 동안 전개된 시적 지향성을 정지용의 시론을 통해 살펴보기로 하겠다.

1) 모더니즘과 시의 위의威儀

정지용의 시론은 8·15 전에 발표한 것과 8·15 후에 발표한 것으로 나누어 볼 수 있다. 본고에서는 8·15 전에 발표한 것을 중심으로 고찰할 것이다. 이는 그의 시작활동이 전술한 바와 같이 1941년에 종료되었고, 8·15 후에 발표한 그의 시론은 8·15 전에 발표한 것과 비교해 볼 때, 시론詩論이라기보다 시론時論에 불과하기 때문이다. 그는 1948년에 발표한 글에서 "국토와 인민에 흥미가 없는 문학을 순수하다고 하는 것이냐? 나는 사춘기에는 연애 대신 시를 썼으며 그 이후에는 일본 놈이 무서워서 산으로 바다로 회피하여 시를 썼는데 그것이 순수시인 소리를 듣게 된 내력"이라고 했다. 자신의 시작행위까지도 부정하고 있다. 「조선시의 반성」이란 제목이나, '국토와 인민'이란 용어도, 그 당시의 이념적인 혼란기에 토로한 발언이라 할 수밖에 없을 것 같다. 그래서 시론詩論이 아니라 시론時論이라고 한 것이다.

> 시는 소설보다 선읍벽善泣癖이 있다. 시가 솔선하여 울어버리면 독자는 서서히 눈물을 저작할 여유를 갖지 못할지니 남을 울려야 할 경우에 자기가 먼저 大哭하야 실소를 폭발시키는 것은 素人劇에서만 본 것이 아니다.
>
> (중략)
>
> 감격벽이 시인의 미명이 아니고 말았다. 이 비정기적 육체적 지진 때문에 예지의 수원이 붕괴되는 수가 많았다. 정열 감격 비애 그러한 것, 우리의 너무도 내부적인 것이 그들 자체로서는 하등의 기구를 갖

추지 못한 무형한 業火的 塊體일 것이다. 제어와 반성을 지나 표현과 제작에 이르러 조화와 질서를 얻을 뿐이겠으니 슬픈 어머니가 기쁜 아기를 탄생한다.[2)]

위의 글에서 알 수 있는 것은 정지용은 낭만주의에 반대한다는 것이다. 그렇다면 그의 시적 지향성은 주지적이라고 할 수 있다. 주지적이라는 것은 곧 모더니티 지향성을 의미한다. 정지용의 표현대로 '선읍벽'이나 '감격벽'은 낭만파 시인들의 특성이다. 이를 가리켜 정지용은 '무형한 業火的 塊體'라고 했다. 아무 형체도 없는 불덩어리란 뜻이다. 이러한 감정의 덩어리로는 시가 탄생할 수 없다는 것이다. 반드시 "제어와 반성을 지나 제작에 이르러 조화와 질서를 얻어야"한다는 것이다.

이에 대해 김시태金時泰는 "감정의 지적 균형으로 요약되는 영미시의 주지주의 문학론에 자극된 부분으로 보인다"고 했다. 영문학을 전공한 정지용이 영미 주지주의 문학론에 자극되었다는 것은 부정할 수 없다. 영미의 주지주의 문학론이 낭만주의 문학에 대한 반동에서 시작되었으며, 정지용의 시작활동이 낭만파 시인들에 대한 부정에서 시작되었다는 것은 수긍이 간다. 그러나 정지용의 문장이나 어투, 그리고 그 용어의 한자적 표현 등은 서구지향성과는 이질적이라고 할 수 있다. 그러니까 모더니티 지향성이 아니라, 오히려 전통지향성의 느낌이 강하다는 말이다.

하물며 열광적 변설조――차라리 문자적 지상폭동에 이르러서는 배열과 수사가 심히 황당하야 가두행진을 격려하기에도 채용할 수 없다.

2) 정지용, 『文學讀本』, 박문출판사, 1948. p196.

(중략)

안으로 熱하고 겉으로 서늘옵기란 일종의 생리를 압복시키는 노릇이기에 심히 어렵다. 그러나 시의 威儀는 겉으로 서늘옵기를 바라마지 않는다.[3)]

정지용은 낭만파 시인들의 시에 대해 "선읍벽, 감격벽, 열광적 변설조, 문자적 지상폭동" 등의 용어로 비판했다. 결국 낭만파의 주정적인 감정의 토로를 비판한 것이다. 그리고 그가 내세운 것이 "시의 威儀"이다. 그는 "시의 威儀"를 "안으로 熱하고 겉으로 서늘옵기"라고 했다. 실제로 동양에서는 시경의 시편들이 '시의 威儀'의 표본이라고 한다. 그러면 정지용이 시 창작의 기본으로 생각하고 있는 이 '시의 위의威儀'도 시경의 시편들을 염두에 두고 한 말일 것이다. 『大學』의 <傳文3章>에서는, 시경詩經의 '淇奧' 제1장에 "훤하고 의젓한 모습"이라는 시구를 가리켜 위의威儀라고 했다. 동양에서는 시경의 시편들이 바로 '시의 위의威儀'의 표본이라는 것은 주지의 사실이다. 동양 고전을 알고 있는 지용으로서 '시의 威儀'를 제목으로 내세운 것은 당연한 귀결이라고 하겠다.

그렇다면 정지용의 낭만파시인들에 대한 비판은 모더니티 지향성의 발로일까, 아니면 전통지향성의 발로일까, 하는 의문이 남는다. 서구의 문예사조에서는 낭만주의문학에 반대한 것이 주지주의문학이다. 그렇다면 정지용의 낭만파시인들에 대한 비판은 주지적 경향인 모더니티 지향성의 발로라고 할 수 있다. 그러나 서구의 주지주의의 시적 관점인 "메마르고 단단함dry—hardness"과 "안으로 熱하고 겉으로 서늘옵기를 바라마

3) 정지용, 『文學讀本』, 박문출판사, 1948. 196쪽.

지 않는 '시의 威儀'"의 시정신이 같다고 할 수는 없을 것 같다. 기원전 6—7세기에 형성된 시경詩經의 시정신과 20세기에 형성된 모더니즘의 시정신이 같을 수는 없을 것이다. 그런데 정지용은 분명히 시경의 시 정신을 바탕으로 한국의 낭만파 시인들의 시를 비판한 것이다.

> 시인은 究極에서 언어문자가 그다지 대수롭지 않다. 시는 언어의 구성이기보다 더 정신적인 것에 열렬한 情況 혹은 旺溢한 혹은 황홀한 士氣임으로 시인은 항상 정신적인 것에서 정신적인 것을 조준한다. 언어와 宗匠은 정신적인 것까지의 일보 뒤에서 세심할 뿐이다. 표현의 기술적인 것은 차라리 시인의 타고난 재간 혹은 평생 숙련한 腕法의 不知中의 소득이다. 시인은 정신적인 것에 神的 狂人처럼 일생을 두고 가엾이도 열렬하였다.[4)]

여기에 이르러선 정지용의 시적 지향이 완전히 정신주의에 빠져있음을 알 수 있다. 흔히 시를 말할 때, 내용과 형식을 나누어 말한다. 위에서 말하는 '언어와 문자'는 표현수단에 지나지 않는 형식을 말하는 것이며, '정신적인 것'이란 내용을 말하는 것이다. 그의 논리에 의하면, "시인은 정신적인 것에 神的 狂人처럼 일생을 두고 가엾이도 열렬하였다"고 하였다. 정신적인 것의 중요성을 강조한 것이다. 그와 반면에 "표현의 기술적인 것은 시인의 타고난 재간 혹은 평생 숙련한 腕法"이라고 했다. 이러한 정신지향적인 시관은 서구지향이 아니라 동양적 정신지향의 발로라고 할 수 있다. 다시 말해 '어떻게'라는 형식보다 '무엇을'이라는 내용을 중시했다는 것이다. 이러한 그의 지향성이 8·15 이후라는 시대배경 속에서는 "국

4) 정지용, 「시의 擁護」, 『文章讀本』, 博文出版社, p.208.

토와 인민에 홍미가 없는 문학을 순수하다고 하는 것이냐? 나는 사춘기에는 연애대신 시를 썼으며, 그 이후에는 일본 놈이 무서워서 산으로 바다로 회피하여 시를 썼는데 그것이 순수시인 소리를 듣게 된 내력"이라고까지 말하게 된 것이다. 이 글의 제목이 「조선시의 반성」이라는 데서 알 수 있듯이, 자신의 시까지도 부정적으로 비판하고 있다. 순수문학에 반대하는 이념적인 편향성이 엿보인다. 정지용이 대표적인 순수시의 거장이며, 모더니스트라는 것은 누구나 인정하는 사실이다. 그런데 이렇게 이념적인 시관에까지 기울 수 있었던 것은, "표현의 기술적인 것은 차라리 시인의 타고난 재간 혹은 평생 숙련한 완법腕法의 부지중의 소득이다"라는 데서 알 수 있듯이, 내용을 중시하고 형식을 경시하는 자들의 오류이다.

2) 성정性情과 자연

정지용 시론의 정신적 기반은 아무래도 유학儒學의 이기론理氣論인 듯싶다. 유학儒學의 기본이 형식보다 내용을 중시하지 않는가. 그 내용이 바로 성정性情이다. 이이李珥는 "천리天理가 사람에게 부여되어 있는 것을 성性이라 하고, 성性이 기氣와 합쳐서 일신을 주재하는 것을 마음"이라고 했다. 그리고 이 마음이 작용하는 것이 정情이라고 했다. 이 성정性情이 자연 그대로 피어나면 좋지만 인위人爲가 가해지면 안 된다고 한다.

> 性情이란 본시 타고난 것이니 시를 가질 수 있는 혹은 시를 읽어 맛들일 수 있는 은혜가 도시 性情의 타고 낳은 복으로 칠 수밖에 없다.… 그러나 性情이 水性과 같아서 믿을 수 없는 노릇이니 담기는 그릇에 따라 모양을 달리 하며, 물감대로 빛깔이 변하는바가 온전히 性情이

물을 닮았다고 할 것이다. 그 뿐이랴, 잘못 담기어 停滯하고 보면 물도 썩어 독을 품을 수가 있는 것이 또한 물이 性情을 닮았다고 해야 할 것이다.5)

여기서는 "시를 가질 수 있는 혹은 시를 읽어 맛 들일 수 있는 은혜가 도시 性情의 타고 낳은 복으로 칠 수밖에 없다"고 하여, 시와 성정의 관계를 내세운다. 성정性情이라면 중용中庸의 성정론性情論을 떠올리게 된다. 중용에서는 "성性을 하늘이 내려준 것"이라 했고, 정지용은 '본시 타고난 것'이라고 했다. 그러면 정情이란 무엇인가. 중용中庸에서는 "희로애락喜怒哀樂이 정情"이라고 했다. 이처럼 시와 관련하여 성정性情을 전제하고, 이 성정이 수성水性과 같다고 한다. 이러한 논리는 주지적인 서구의 모더니티 지향성과는 거리가 멀다고 할 수 있다. 그리고 성정을 물과 같다고 한 것은 "담기는 그릇에 따라 모양을 달리하며, 물감대로 빛깔이 변하는 바"와 같이, 내용은 같은 성정이지만, 그 표현형식에 따라 모양과 빛깔이 형형색색으로 다르다는 것이다. 여기에 이르러 앞에서 고찰한 "시인은 究極에서 언어와 문자가 그다지 대수롭지 않다"고 한 정신지향성이 바뀌는 것을 볼 수 있다. 내용과 형식이 둘이 아니라 하나라는 것을 체득한 천재시인의 탄생이다. 전통지향성과 모더니티지향성의 조화라고 할 수 있다.

다시 말해 성정론性情論은 전통지향성이라 할 수 있고, 그 표현형식에 따라 모양과 빛깔이 다르다는 것은 현대시의 형식주의적 시관인 마큼 모더니티 지향성이라고 할 수 있다. 이러한 정지용의 날카로운 이성적 판단이 많은 시인들이 "감격벽과 선읍벽"에서 벗어나지 못하고 있던 1926년

---

5) 정지용, 「詩와 言語」, 『散文』, 1949, 同志社, p.110.

부터 서구지향성의 실험시를 발표하게 한 것이며, 전통지향성의 시조를 함께 발표할 수 있었던 정신적인 기반이라고 할 수 있지 않을까. 그러니까 이기론 적인 동양정신을 바탕으로 서구의 주지주의를 합성하여 정지용의 시가 탄생한 것이라고 할 수 있을 것이다.

> 오호 시라고 그대로 바로 맞아들일 수 있을 것인가, 도적과 요녀는 완력과 정색으로써 일거에 물리칠 수 있을 것이나 지각과 분별이 서기 전엔 시를 무엇으로 방어할 것인가 시와 청춘은 邪慾에 몸을 맡기기가 쉬운 까닭이다. 하물며 劣情, 癡情, 惡情이 妖艶한 美文으로 기록되어 나오는 데야~ 目不識丁의 농부가 되었던들 시하다가 성정을 상하지는 않았을 것이니 누구는 이르기를 시를 짓는 이 보다 밭을 갈라고 하였고 孔子가라사대 詩三百에 一言以蔽之曰思無邪라고 하시었다.[6)]

타고난 성정性情은 물과 같다고 했다. 물과 같은 성정이 '사욕邪慾'에 물들면 '열정劣情, 치정癡情'이 되어 "요염妖艶한 미문美文으로 기록되어 나오는 데야"라고 한탄한다. 차라리 글을 모르는 '농부'가 되었던들 성정性情을 더럽히지 않을 것이라고 한다. 자연적 천분인 성정은 맑고 깨끗한데, 인위적인 언어로 꾸며서 '열정劣情'이나 '치정癡情'이 된다는 것이다. 그리고선 공자의 시경의 시를 정의한 '사무사思無邪'로 마무리한다. 정지용은 사욕邪慾에 물들지 않는 성정을 타고 나야만 시를 맛들일 수 있는 복을 누린다고 했다. 중국 고대의 시관을 그대로 지니고 있다고 하겠다. 그의 정신만은 전통지향성 그대로이다. 동양의 문학론의 기본이 "시詩는 곧 지持인데 사람의 성정性情을 지持하는 것이 시詩라면 삼백편의 시는

---

6) 정지용, 「詩와 言語」, 『散文』, 1949, 同志社, p.110.

사무사思無邪로 귀결된다"는 것이다. 타고난 성정을 지키는 것이 동양시관의 덕목이라는 것이 정지용의 시관이며, 지향성임을 알 수 있다.

> 어린아이는 새말밖에 배우지 않는다. 어린아이의 말은 즐겁고 참신하다. 의례 쓰는 말일지라도 그것이 시에 오르면 번번이 새로 탄생한 혈색이 붉고 따뜻한 체중을 얻는다.
>
> 꾀꼬리는 꾀꼬리 소리밖에 발하지 못하나 항시 새롭다. 꾀꼬리가 숙련에서 운다는 것은 불명예이리라. 오직 생명에서 튀어나오는 항시 초초의 발성이라야 진부하지 않는다.
>
> 시가 시로서 온전히 제자리가 돌아빠지는 것은 차라리 꽃이 봉우리를 머금듯 꾀꼬리 목청이 제철에 트이듯 아이가 열 달을 채서 태반을 돌아 탄생하는 것이니, 시를 또 한 가지 자연 현상으로 돌리는 것은 시인의 회피도 아니요 무책임한 죄로 다스릴 법도 아니다.[7]

여기에 이르러서는 정지용의 지향성이 자연에 도달했다. 자연이란 인위의 반대이다. 그래서 무위자연無爲自然이라고 한다. 인위는 곧 조작이다. 시는 언어예술이다. 언어로써 성정性情을 표현하는 것이다. 성정이 물이라면 언어는 그릇이다. 이 물이 "잘못 담기어 停滯하고 보면 물도 썩어 독을 품을 수가 있는 것이 또한 물이 性情을 닮았다고 해야 할 것이다"라고 했다.

그래서 "어린이는 새 말밖에 배우지 않는다"고 했으며, "꾀꼬리는 꾀꼬리 소리밖에 발하지 못하나 항시 새롭다"고 했다. 자연은 인위가 아니며, 자연의 사물은 인공의 물건이 아니다. 그래서 조작이 될 수 없다. 어린아이의 말(그릇—형식)이 인위의 조작이 아니라서 "즐겁고 참신하다"이며,

---

7) 정지용, 문학독본, p.213.

"꾀꼬리는 꾀꼬리 소리밖에 발하지 못하나 항시 새롭다"고 했다. 여기서 정지용이 말하는 <참신하다. 새롭다>라고 한 것은 시의 '창작성創作性'을 의미한다. 시정신의 지향성이 이러한 경지에 이르렀을 때 천재적인 시인은 자연의 사물과 같은 시를 창작하게 된다. 정지용이 말하는 "어린아이의 말이나 꾀꼬리 소리"와 같은 시가 곧 자연의 사물과 같은 시이다. 결국 정지용의 전통지향성과 모더니티지향성이 자연의 사물자체에서 만나 시로 탄생하게 되는 것이다. 이러한 정지용의 시론에 대해, 문덕수는 다음과 같이 정리했다. (1) 관념을 먼저 설정한 뒤에 사물을 끌어다 일치시키는 것이 아니라 사물 자체의 참된 실체를 감각적으로 직접 체험하는 사물주의, (2) 언어예술이나 기존의 언어를 완전히 벗어버린 뒤의 발가벗은 사물 그 자체, (3) 주객 미분의 사물세계 즉 사유나 사고나 분석이나 판단이 개입되지 않는, 그 이전의 순수체험—이러한 특징과 연관된다고 볼 수 있다.

3. 詩로 형상화한 두 지향

정지용의 전통지향성과 모더니티 지향성이 만난 자리가 자연의 사물이라고 했다. 그러나 그의 시작품이 처음부터 사물자체에 이르지는 않았다. 어느 자리에 이르기까지는 반드시 그 과정이 있게 마련이다. 시인에게 있어서 그 과정이란 언어에 대한 지향성의 변화라고 할 수 있을 것이다. 그의 시를 통해 그 과정을 살펴보기로 한다.

1) 초기시初期詩의 감각과 향토성

언어에 대한 지향성에는 주지적 지향성과 주정적 지향성이 있을 수 있다. 정지용의 시적 출발은 앞에서 살펴본 바와 같이 낭만파 시인들의 작품을 비판하는 주지적 지향성에서 시작된다. 김윤식은, "내가 알기엔, 鄭芝溶에 있어서는 두 개의 美意識이 共存한 것 같다. 그 하나는 北原의 감각적 시법이고, 다른 하나는 W.브레이크의 비젼이라 할 수 있다"라고 했다. 여기서 말하는 '北原'이란 일본의 모더니스트인 '北原白秋(키타하라 하쿠슈)'를 이름이다.

(전략)

밤비는 뱀눈처럼 가는데
페이브먼트에 흐늙이는 불빛
카페 프란스에 가자.

이놈의 머리는 빗두른 능금
또 한놈의 심장은 벌레 먹은 장미
제비처럼 젖은 놈이 뛰어간다.

(중략)

鬱金香 아가씨는 이 밤에도
경사 커―틴 밑에서 조시는구료!

나는 子爵의 아들도 아모것도 아니란다.
남달리 손이 희어서 슬프구나!

나는 나라도 집도 없단다.
대리석 테이블에 닿는 내 뺨이 슬프구나!

오오, 이국종 강아지야
내발을 빨아다오.
내발을 빨아다오.

—「카페 프란스」 부분

위의 작품은 1926년 6월 '學潮'에 발표한 작품이다. 그러니까 등단 작품이라고 할 수 있다. 1920년대는 낭만주의 시대였다. 지용의 말대로 '감격벽, 선읍벽'이 주조였다. 그런데 이 작품은 그 제목부터가 서구지향성이다. 그러니까 모더니티지향성이다. 이 작품의 전반부는 고향을 떠나온 젊은이가 낯선 도시의 밤 풍경을 그린 것이고, 후반부는 그 젊은이의 상실감을 대화체로 표현한 것이다. 그 당시에 이 작품은 말 그대로 놀라움 그 자체였을 것이다. 특히 "밤비는 뱀눈처럼 가는/페이브먼트에 흐늙이는 불빛"과 같은 감각적 이미지나, "이놈의 머리는 빗두른 능금/또 한놈의 심장은 벌레 먹은 장미/제비처럼 젖은 놈이 뛰어간다"와 같은 비유적 이미지는 그대로 시적 표현의 혁명이었다. 그의 말대로 시적 천분이 없이는 불가능한 일이다. 그리고 <조시는구료!, 슬프구나!, 빨아다오.> 등의 표현도 낭만적 감상이 아니라 주지적 독백임을 알 수 있다.

넓은 벌 동쪽 끝으로
옛이야기 지즐대는 실개천이 휘돌아 나가고
얼룩백이 황소가
해설피 금빛 게으른 울음을 우는 곳.

—그곳이 참하 꿈엔들 잊힐리야.

질화로에 재가 식어지면
뷔인 밭에 밤바람 소리 말을 달리고
엷은 조름에 겨운 늙으신 아버지가
짚벼개를 돋아 고이시는 곳,

—그곳이 참하 꿈엔들 잊힐리야.

흙에서 자란 내 마음
파아란 하늘빛이 그립어
함부로 쏜 화살을 찾으려
풀섶 이슬에 함추름 휘적시든 곳,

—그곳이 참하 꿈엔들 잊힐리야.

전설바다에 춤추는 밤물결 같은
검은 귀밑머리 날리는 어린 누이와
아무렇지도 않고 예쁠 것도 없는
사철 발벗은 안해가
따가운 햇살을 등에 지고 이삭 줏던 곳

—그곳이 참하 꿈엔들 잊힐리야.

하늘에는 석근 별
알 수도 없는 모래성으로 발을 옮기고,
서리 까마귀 우지짖고 지나가는 초라한 지붕,
흐릿한 별빛에 돌아앉아 도란도란 거리는 곳,

—그곳이 참하 꿈엔들 잊힐리야.

—「鄕愁」 전문

위의 「鄕愁」는 1927년 '조선지광' 3월호에 발표된 작품이다. 그래서 「카페 프란스」와 함께 초기의 작품이라 할 수 있다. 연 구분을 해서 모두 5연으로 구성된 것 같지만 "—그 곳이 참하 꿈엔들 잊힐리야"라는 한 행도 연으로 본다면 모두 10연으로 된 작품이다. 고향을 그리워함이 '鄕愁'이다. 그렇다면 분명히 전통지향성의 발로이다. 그리움을 노래한 것이라 "—그 곳이 참하 꿈엔들 잊힐리야"라는 시행도 노래의 후렴으로 볼 수가 있다. 그러나 낭만파들의 노래 조와는 시적 표현이 전연 다르다. 김춘수는 "—그 곳이 참하 꿈엔들 잊힐리야"를 노래의 후렴이 아닌 "cut와 cut를 montage하여 이을 고리"라 하고, "시의 효과는 전혀 montage의 효과에 달렸다"고 했다. 이처럼 '鄕愁'와 같은 낭만적 제재로도 주지적 시 구성과 이미지 형상화에만 주력한 것이다. 특히 첫 연의 "넓은 벌 동쪽 끝으로 / 옛이야기 지줄대는 실개천이 휘돌아 나가고 / 얼룩백이 황소가 / 해설피 금빛 게으른 울음을 우는 곳"에서는 공간적 이미지형상화의 절정이다.

위의 '鄕愁'라는 말은 추상적 관념어다. 그런데 정지용은 매연마다 '곳'이란 명사로 끝내고, 연과 연을 잇는 고리로 "—그 곳이 참하 꿈엔들 잊힐리야"를 반복하는 시 구성을 한 것이다. 반복하는 것은 강조의 기법이다. 그리움을 강조하는 수사법이란 말이다. 주지주의자의 치밀한 시 구성의 결과라고 할 수 있다. 낭만주의자의 '그리움'은 실제로 존재하지 않는 유토피아를 그리는 'nostalgia'이고, 정지용의 「鄕愁」는 실제의 고향을 그리는 'homesickness'라고 한다. 실제의 고향에 대한 그리움의 대상은 인물이 주가 된다. 위의 시 첫 연에선 고향의 사물, 둘째 연에선 아버지, 셋째 연에선 유년의 꿈, 넷째 연에선 누이와 아내, 끝 연에선 다시 공간적 이미지로 구성되었다. 여기서 보면, 아버지와 누이 그리고 아내는 그리움의 대상이 되어 있다. 이에 대해 김휘정은 "'금빛과 게으른'이 지향하는 세계는 낭만적인 理想 세계를 지시한다. 그러한 세계 속에 가족의 모습(아버지, 누나, 아내)은 자연스럽다"라고 했다. 그런데 가장 중요한 어머니가 없다. 이것도 주지주의자의 '鄕愁' 때문일까. 왜 어머니가 빠졌을까. 그것이 의문으로 남는다.

2) 중기시中期詩와 사물화의 세계

정지용의 중기 시는 『정지용시집』 1부에 수록된 작품들이다. 이 시기의 시편들은 사물화事物化의 경향이 심화된 주지적 작품이란 평가를 받는다. 필자는 이 시기의 시편들을 중기의 작품이라고 보았다. 박용철은 "심화된 詩境과 타협 없는 감각"이라고 평했다. 정지용 시의 시대적 배경은 일제의 식민 시대이다. 그 당시 문인의 가장 큰 과제는 일제의 검열을 피하는 것이다. 한만수는 "1930년대에 나타나는 공간적 검열우회에 국한한다면 그 우회의 방향은 두 유형으로 나눠볼 수 있다. 즉 외국 근대를 향한 공간적 우회가 금지되었을 때, 그들이 선택한 것은 첫째로는 탈정치화였고 둘째로는 향토였다"라고 했다. 정지용의 중기 시와 후기 시가 바로 1930년대의 작품으로, 중기 시의 사물화의 이미지는 탈정치화의 순수시이며, 후기시의『백록담』은 향토이다.

> 바다는 뿔뿔이
> 달어 날랴고 했다.
>
> 푸른 도마뱀떼 같이

재재발렀다.

꼬리가 이루
잡히지 않았다.

흰 발톱에 찢긴
산호보다 붉고 슬픈 생채기!

가까스로 몰아다 부치고
변죽을 들러 손질하여 물기를 시쳤다.

이 앨쓴 해도에
손을 씻고 떼었다.

찰찰 넘치도록
돌돌 구르도록

휘동그란히 바쳐들었다!
바다는 연잎처럼 옴으라들고…펴고…

—「바다 2」 전문

이 시는 중기 시의 대표작으로 예거되는 작품이다. 대표적 사물시事物詩이며, 주지적 감각이 형상화된 작품이다. 김춘수는 "한 cut에서의 변화임을 짐작할 수 있다. 장면의 변화라고 하기 보다는 영상의 시간적 체계이다"라고 했다. 그의 초기 시 <鄕愁>에서처럼 장면과 장면을 바꾸는 전개가 아니라, 한 장면에서의 이미지의 변환을 그렸다는 것이다. 그냥 '바다'라는 자연의 사물의 풍경을 '시간적 체계'에 따라 그려 놓은 풍경화라는 것이다. 심화된 감각의 사물시라는 평가이다. 이 중기 시에서 정지용의 모더니스트로서의 진면목이 드러난다고 하겠다. '바다'의 물결이 해변에 밀려와 부서지는 모습을 시각적으로 묘사한 작품이다.

琉璃에 차고 슬픈 것이 어린거린다.
열없이 붙어 서서 입김을 흐리우니
길들은 양 언날개를 파닥거린다.
지우고 보고 지우고 보아도
새까만 밤이 밀려나가고 밀려와 부디치고,
물먹은 별이, 반짝, 보석처럼 백힌다.
밤에 홀로 琉璃를 닦는 것은
외로운 황홀한 심사이어니
고흔 肺血管이 찢어진 채로
아아, 늬는 산ㅅ새처럼 날러 갔구나!

—「琉璃窓」 전문

이 작품은 알려진 바와 같이 아이를 잃은 슬픔 속에서 쓴 작품이다. 그런데도 시인의 감정은 절제되어 있고, 밤의 유리창 앞에서 바라본 장면의 물리적 변화만을 묘사하고 있다. 김춘수는 "비정하리만큼 차가운 객관주의에 이르고 있다"고 했다. 모두 10행으로 된, 연 구분을 하지 않은 작품이다. 그러나 전반 5행과 후반 5행의 부분이 서로 다른 장면의 변화임을 알 수 있다. 제1행에서 시작된 "유리에 차고 슬픈 것이 어린거린다"는 겨울밤의 유리창에 냉기가 어리는 자연현상이다. 여기서 '슬픈'이란 단어가 시인의 심정을 표현한 것이지만, 그것만으로는 어린아이를 잃은 아버지의 슬픔을 감지하기 어렵다. 제5행까지는 "새까만 밤이 밀려나가고 밀려와 부디치고"와 같이 자연현상만을 객관적으로 묘사할 뿐이다. 왜 다 큰 어른이 창가에 "열없이 붙어 서서 입김을 흐리우니"와 같은 행위를 되풀이 할까. 폐렴으로 어린아이를 잃은 아버지의 잠 못 이루는 밤의 행위라고 생각하면 제6행의 "물먹은 별이, 반짝, 보석처럼 백힌다"에서, '물먹은 별'은 눈물 머금은 아버지의 눈이 유리에 "…반짝, 보석처럼 백힌다"임이 확실하다.

그러나 시적詩的 전개의 장면만 바뀔 뿐 시인의 주지적 냉철함은 변함이 없다. 마침내 "고흔 폐혈관이 찢어진 채로/아아, 늬는 산ㅅ새처럼 날러 갔구나!"라고 시는 마무리 된다. 김춘수는 이 시에 대해 "비정하리만큼 차가운 객관주의에 이르고 있다"고 했다. 중기 시에서는 타고난 성정까지도 주지적으로 사물화 하는 객관성을 보여주고 있다. 이러한 사물화의 과정을 지나 냉철한 주지적 이성이 동양적 자연을 만나게 되는 것이 그의 후기 시에서 열매를 맺게 된다.

3) 후기시後記詩와 동양적 자연

鄭芝溶의 후기시는 시집『白鹿潭』에 실린 시들이다. 앞에서 살펴본 바와 같이 중기 시는 주지적 사물화의 단단하고 메마른dry—hardness 시라고 했다. 그리고『정지용시집』1부와 4부의 시가 중기 시에 속하는 것이지만, 4부의 시는 가톨릭으로 개종한 후의 이른바 종교시라서 본고에서는 논의하지 않기로 했다. 그래서 중기시의 사물성이 후기 시의 동양정신과 어떻게 조화되는가가 중요한 문제이다. 오태영은 "도시의 산문에 염증을 느끼고 찾아온 곳은 시적인 서정의 세계, '자연'이었다. 이때의 자연은 훼손당하지 않은 전근대의 공간으로서 인위적이지 않은 본연의 것을 고스란히 간직하고 있는 공간으로 표상된다"고 했다. 1930년대 소설론에서의 언급이지만, 정지용이 동양적 자연을 찾은 것에도 적합한 지적이라고 사료된다.

1

絶頂에 가까울수록 뻑국채 꽃키가 점점 消耗된다. 한마루 오르면 허리가 슬어지고 다시 한마루 우에서 모가지가 없고 나종에는 얼굴만 갸옷 내다본다. 화문처럼 版박힌다. 바람이 차기가 咸鏡道 끝과 맞서는 데서 뻑국채 키는 아조 없어지고도 八月 한철엔 흩어진 성진처럼 난만하다. 山 그림자 어둑어둑하면 그러지 않아도 뻑국채 꽃밭에서 별들이 켜든다. 제자리에서 별이 옮긴다. 나는 여기서 기진했다.

—「白鹿潭 1」 전문

9

가재도 긔지 않는 白鹿潭 푸른 물에 하늘이 돈다. 不具에 가깝도록 고단한 나의 다리를 돌아 소가 갔다. 쫓겨온 실구름 一抹에도 白鹿潭은 쓸쓸하다. 나는 깨다 졸다 祈禱조차 잊었더니라.

—「白鹿潭 9」 전문

동양적 자연종교의 도달점은 산이다. 정지용의 전통지향성은 산으로 향했다. 그는 가톨릭으로 개종한 뒤 종교적인 제재로 이른바 종교시를 쓰기도 했다. 그의 『정지용시집』 4부에 실린 시편들이다. 그런데 그의 종교시가 1부의 중기 시와 같은 시기의 작품들이다. 이 시기에 그는 독실한 가톨릭 신자였다. 그러나 그는 1934년 이후 종교적인 제재의 시는 쓰지 않았다. 어쨌든 종교시는 종교적 관념의 시가 될 수밖에 없었기 때문이다. 감각적 사물화의 시인인 그가 종교적 관념의 시를 쓸 수는 없었을 것이다.

1934년 '가톨릭 청년' 3월호에 발표한 「나무」라는 시가 종교시의 마지막 작품이다. 그의「나무」란 작품은 "목마른 사슴이 샘을 찾아 입을 잠그듯이/이제 그리스도의 못 박히신 발의 성혈에 이마를 적시며//오오! 신약의 태양을 한 아름 안다"로 끝난다. 그의 예술적 지성이 이런 관념에 머물러 있을 수는 없었다. 그래서 필자는 "동양적 자연종교의 도달점은 산이다"라고 전제한 것이다. 그의 감각적 모더니티 지향성과 정신적 전통지향성이 동양의 자연에서 만난 것이다. 그래서 정지용의 후기 시 「白鹿潭」의 세계가 나오게 된 것이다. 김우창은 "표제의 시 「白鹿潭」은 한라산 등반기록이면서 동시에 정신적인 상승에 대한 상징을 내포하고 있다"고 했다.

영미 주지주의의 특성이 감정의 지적 균형intellectual equivalent of emotion이라면 정지용의 흔들림 없는 시적 방법과 같은 것이다. 그런데 이러한 시적 방법은 동양의 시적 방법과 너무나 유사하다. 특히 정지용의 정신적인 지향성이 그러하다. 주지주의의 '감정의 지적 균형'은 공자가 말한 "즐겁되 음탕에 흐르지 않고, 슬프되 감상에 젖지 않는다"와 일치한다. 이로 보아 정지용의 후기 시의 귀착점이 「白鹿潭」이 되는 것은 너무나 당연한 것이다.

> 黃昏에
> 누뤼가 소란히 싸히기도 하고,
>
> 꽃도
> 귀향 사는 곳,

절터ㅅ드랬는데
바람도 모히지 않고

山 그림자 설핏하면
사슴이 일어나 등을 넘어간다.

—「九城洞」 전문

이 작품은 정지용의 시법과 시정신이 만나 하나가 된 것을 보여준다. 이 말은 전통지향성과 모더니티 지향성이 그의 시에서 한 몸이 된 것을 의미한다. 작품의 제목인 「九城洞」은 이 세상에 실제로 존재할 수 있는 공간이다. 그런데 첫 연의 "골작에는 흔히/流星이 묻힌다"에서, 첫 행은 현실적 공간이고, 둘째 행은 시적 공간이다. 계속해서 "黃昏에, 꽃도, 절터ㅅ랬는대, 山 그림자 설핏하면"이란 첫 행들은 현실적 공간이고, "누뤼가 싸히기도 하고, 귀향 사는 곳, 바람도 모히지 않고, 사슴이 일어나 등을 넘어간다"의 둘째 행들은 시적 이미지들이다. 짧은 단시이지만 정지용의 시적 특질을 집약한 것 같다. 그의 중기 시의 대표작인 「바다」, 「유리창」에는 주지적 사물화의 감각성만 있었으나, 이 작품은 "사슴이 일어나 등을 넘어간다"에서 보듯 한 폭의 한국화 같은 이미지로 마무리 하고 있다. 동양적 자연의 이미지이다.

伐木丁丁이랬거니 아람도리 큰솔이 베허짐즉도 하이 골이 울어 멩아리쇠 찌르렁 돌아옴즉도 하이 다람쥐도 좇지 않고 뫼ㅅ새도 울지 않어 깊은 산 고요가 차라리 뼈를 저리우는데 눈과 밤이 조히보담 희고녀! 달도 보름을 기달려 흰 뜻은 한밤 이 골을 걸음이란다? 웃절 중이 여섯판에 지고 웃고 올라간 뒤 조찰히 늙은 사나히의 남긴 내음새를 좇는다? 시름은 바람도 일지 않는 고요에 심히 흔들리우노니 오오 견디란다 차고 兀然히 슬픔도 꿈도 없이 長壽山속 겨울 한밤내…

—「長壽山」 전문

이 작품은 산문시이다. 정지용은 한국시사에서 산문시의 개척자라고도 할 수 있다. 당시에는 짧게 읊조리는 것이 시라는 통념에 사로잡혀 있던 것이 사실이다. 그런데 「정지용시집」 5부에는 「밤」과 「람프」라는 제목의 두 편의 산문시가 있다. 이 두 편이 한국시사에서 최초의 산문시일 것이다. 박용철은 발문에서 "第五部는 素描라는 題를 띄였든 散文二篇이다. 그는 한군데 自安하는 시인이기 보다 새로운 詩境의 開拓者이려 한다. 그는 이미 思索과 感覺의 奧妙한 結合을 向해 발을 내여 드딘 듯이 보인다. 여기 모인 八十九篇은 말할 것 없이 그의 第一詩集인 것이다"라고 했다. 여기서 말하는 "그는 한군데 自安 하는 시인이기 보다 새로운 詩境의 開拓者이려 한다"는 것은 정확한 지적이다. 그리고 "素描라는 題를 띄였든 散文二篇"이란 말은 '산문시 2편'이란 말이며, "새로운 詩境의 開拓者"라는 것은 내용과 형식에서 자기만의 '새로운 詩境'을 이룩한 시인이란 의미일 것이다.

이 '새로운 시경詩境'이 바로 『정지용시집』 5부의 산문시 2편과 「白鹿潭」 첫머리에 실린 2편의 산문시라고 보아도 될 것이다. 위에 인용한 작품이 「白鹿潭」의 첫 번째 작품이다. 그리고 같은 시집 5부에는 산문처럼 보이는 산문시 8편이 실려 있다. 그는 어느 면으로 보아도 '새로운 시경詩境의 개척자'임이 틀림없다. 이 말은 전통지향성과 모더니티 지향성이 정지용이란 천재시인에 의해 한국시의 "새로운 시경이 개척되었다"는 뜻으로 해석할 수 있다.

위의 시에서 '伐木丁丁'은 시경에 있는 한자식 의성어라고 한다. 詩經, 小雅, '伐木'에 "伐木丁丁, 鳥鳴嚶嚶"(나무 베는 소리 쩌렁쩌렁, 새우는 소리 애앵애앵)동양적 자연의 산속 이미지를 그리기 위해 시경의 청각적 의성어를 그대로 옮겨 놓을 정도로 그의 전통지향성은 대단하다. 그러나 전체적인 분위기는 신비에 가깝도록 고요하다. 사속의 신비를 형상화하기 위해 시경의 의성어를 제시하고, "산속의 고요가 차라리 뼈를 시리우는데 눈과 밤이 조히보다 희고녀!"라고 한다. 동양적 자연의 핵심인 산속의 신비를 형상화한 작품이라고 할 수 있다.

4. 맺는 말

이제까지 정지용의 전통지향과 모더니티 두 지향을 그의 시론과 시 작품을 통해 고찰했다. 그 결과 정지용은 전통지향성에만 치우친 보수주의자도 아니요, 모더니티지향성에 치우친 모더니즘 시인만도 아니라는 결론에 이르렀다. 그는 시적 표현에 있어서는 진보적인 모더니티 지향성이며, 정신세계의 넓이와 깊이를 위해서는 먼 동양의 경전에까지 관심을 둔 전통지향성을 견지했다고 할 수 있다. 그의 모더니티 지향성은 시적 표현을 위한 형태주의적 관심이었고, 전통지향성도 '시의 위의'를 위한 관심이었다. 그는 진보를 위한 혁신주의자도 아니오, 보수를 위한 전통주의자도 아니었다. 오직 새로운 시를 위한 천재 시인이었다는 것이다.

이런 정지용의 시에 대해 문덕수는 "관념시platonic poetry나 형이상 시me—taphysical poetry가 아니라 사물시physical poetry, 더 정확히 말해서 동양적 이미지즘 시라고 할 수 있다"고 지적했다. 그러니까 그가 도달한 산도 도교적 산이 아니고, 불교적 출가에서 도달한 산도 아니며, 유교적 도피의 공간이었을 뿐이다. 다시 말해 시적 천분을 타고난 시인의 시적 공간의 산이었을 뿐이라는 것이다. 그는 결국 산에서 현실로 내려오고, 그 후엔 시에서도 떠나 1941년도 후에는 한 편의 시도 발표하지 않았다. 그 결과 정지용의 공식적인 시작품은 『정지용시집』의 89편과 『백록담』의 33편을 합한 122편으로 끝난 것이다. 이 122편의 시가 전통지향과 모더니티지향의 조화에 의해 창작됨으로써 정지용이란 천재시인을 탄생시킨 것이다.

시인의 저항은 인간존재의 몸짓이다

— 윤동주 탄생 100주년을 맞으며

1. 인위人爲의 어둠에 대한 저항

천지를 다른 말로 우주宇宙라고 한다. 그런데 우宇는 무한 공간이고, 주宙는 무한 시간이다. 공간과 시간이 우주구성의 요소인 것이다. 그러나 공간과 시간만으로 우주는 존재하지만 인간세계는 존재할 수 없다. 이 공간과 시간에 인간이 더해져야 인간세계가 존재할 수 있다. 인간존재의 몸짓이 없으면 인간세계가 무無가 되기 때문이다. 무에서 탈출하기 위한 인간존재의 몸짓이 바로 시인의 저항이다. 시인의 저항은 외적인 운동이 아니다. 총이나 칼을 들고 하는 투쟁이 아니라 시를 창작하는 일이다. 마음속 그림인 심상心象을 언어로 형상화하는 일이다.

윤동주는 일제 강점기인 1917년 12월 30일(음력 11월 17일)에 만주국 간도성 화룡현 명동촌에서 태어나, 1945년 2월 16일 후쿠오카 형무소에서 29세의 젊은 나이로 요절했다. 공간에 존재하던 육신이 죽었다. 그의 간절한 인간존재의 몸짓만이 「하늘과 바람과 별과 詩」로서 시간 속에 존재하고 있다. 시간 속에 존재한다는 것은 우리들 마음속에 살아 있다는 것이고, 우리들 마음속에 살아 있다는 것은 곧 인간세계가 존재하는 날까지는 우리와 함께한다는 것을 상징하는 것이다. 그래서 그의 공간적 존재가 세상을 떠난 지 72년이 지난 금년에 만 일백세의 청춘으로 피어나고 있는 것이다.

죽는 날까지 하늘을 우러러
한 점 부끄럼이 없기를,
잎새에 이는 바람에도
나는 괴로워했다.
별을 노래하는 마음으로
모든 죽어가는것을 사랑해야지
그리고 나안테 주어진 길을
걸어가야겠다.

오늘밤에도 별이 바람에 스치운다.

—「序詩」 전문 (1941. 11. 20)

위에 인용한 시는 윤동주의 유고시집 『하늘과 바람과 별과 詩』 에 수록되어 있으며, 원래 서문을 대신하여 쓴 시로 시집의 전체적인 내용과 윤동주의 생애를 상징하고 있다. 따라서 이 시와 표제 『하늘과 바람과 별과 詩』는 윤동주의 시세계를 함축하고 있다고 볼 수 있겠다. 그러니까 <하늘과 바람과 별>의 심상心象이 그의 시세계를 이루고 있는 것이다. 그러면「하늘과 바람과 별」의 이미지心象를 통해 윤동주의 시세계를 살펴본다.

하늘은 땅 위에 있는 자연의 공간이다. 그런데 시인은 "죽는 날까지 하늘을 우러러 / 한 점 부끄럼이 없기를"이라고 다짐한다. 그렇다면 여기서의 하늘은 외부적 자연의 공간이 아니다. 허공을 우러러 "한 점 부끄럼이 없기를"를 다짐하는 것이 아니다. 그렇다면 이 하늘은 시인의 내부에 존재하는 하늘이다. 시인의 내부에 존재하는 하늘은 시인의 마음이다. 자신의 마음에 대한 다짐이다. 윤동주는 기독교인이다. 그러나 하나님이라고 하지 않고 그냥 하늘이라고 했다. 신神이라고 하지도 않았다. 왜 그랬을까. 그가 시인이었기 때문이다. 오늘날에도 하나님이나 주님을 불러대며, 자신의 감정을 토로하거나 종교적 관념을 늘어놓는 시인이 있다. 그러나 윤동주는 그렇지 않았다. 감정의 토로나 관념의 서술은 시가 아니기 때문이다.

그 다음에는 "잎새에 이는 바람에도 / 나는 괴로워했다"로 이어진다. 여기에 이르러 '바람'이 등장한다. 바람은 공기의 움직임이다. 앞에서 하늘이 외부의 공간이 아니라 시인의 내부에 존재하는 마음이라고 했다. 그렇다면 바람도 시인의 내부의 하늘인 마음의 움직임이라고 할 수 있다. 그러니까 시적 이미지는 모두가 시인의 마음이 그리는 심상心象의 형상화이다. 그러면 '잎새'는 무엇인가. 식물의 살아있음을 상징하는 이미지이다. 동물이 인간의 육체를 상징하는 생명이라면 식물은 영혼을 상징하는 생명이다. 육체는 땅에서 와서 땅으로 돌아가고, 영혼은 하늘에서 와서 하늘로 돌아간다. 육체의 고향은 땅이고, 영혼의 고향은 하늘이다. 육체는 땅에 대한 향수가 있고, 영혼은 하늘에 대한 향수가 있다.

그래서 영혼의 생명을 상징하는 식물은 하늘을 향하고 있다. 그러니까 "잎새에 이는 바람"은 "죽는 날까지 하늘을 우러러 / 한 점 부끄럼이 없기를" 다짐한 시인의 영혼의 흔들림을 상징하는 이미지이다.

시인은 왜 "나는 괴로워했다"고 했을까. 빛이 없었기 때문이다. 빛은 희망이고, 어둠은 절망이다. 자연의 낮과 밤은 그 교차가 어긋난 적이 없다. 밤이 가면 아침이 오고, 해가 지면 밤이 오게 마련이다. 그러나 인간의 세계는 그렇지 않다. 인위의 어둠은 끝이 없다. 인간이 만든 어둠이란 무력으로 인간을 압제하는 군국주의다. 그 당시에는 일제의 군국주의가 인위의 어둠이다. 위의 시가 1941년 11월 20일의 작품이니 그믐밤의 어둠이다. 빛이라야 별빛밖에 없다. 그래서 시인은 "별을 노래하는 마음으로 / 모든 죽어가는 것을 사랑해야지"라고 자신의 마음을 향해 속삭이며, "그리고 나한테 주어진 길을 / 걸어가야겠다"라고 작심하는 것이다. 윤동주의 짧은 생애처럼 눈물겨운 시이다. 결국 "오늘밤에도 별이 바람에 스치운다"로 시는 마무리된다. 광복의 아침은 오지 않고, 어두운 "하늘에서 별이 바람에" 스치듯 깜빡이는 이미지가 그의 『하늘과 바람과 별과 詩』로 우리 마음속에서 살아있는 것이다.

2. 하늘과 바람과 별

자연의 공간에는 눈에 보이는 물物이 있고, 시인의 내부의 공간인 마음에는 명名, 곧 언어가 있다. 외부적 공간에 존재하는 것은 실물實物이고, 시인의 내부에 존재하는 것은 물명物名이다. 물명物名이란 시인이 언어로 그리는 사물의 이름이다. 구름이 떠 있는 푸른 하늘은 자연의 실물實物이고, 내부에 존재하는 하늘은 언어로 이름 지은 물명物名이다. 이 물명物名이 바로 시인의 마음이 그리는 심상心象이다. 이 물명物名과 실물實物이 시적 표현에서 만나는 것이 명실상부한 이미지 형상화이다. 그래서 시 창작은 사물에게 새로운 이름을 '지어주기'이다. 새로운 이름 짓기의 한자어가 창작創作이다.

> 쫓아오든 햇빛인데
> 지금 教會堂 꼭대기
> 十字架에 걸리였습니다.
>
> 尖塔이 저렇게도 높은데
> 어떻게 올라갈수 있을가요.
>
> 鐘소리도 들려오지 않는데
> 휫파람이나 불며 서성거리다가
>
> 괴로왓든 사나이
> 幸福한 예수·그리스도에게
> 처럼
> 十字架가 許諾된다면
>
> 목아지를 드리우고
> 꽃처럼 피여나는 피를
> 어두어가는 하늘밑에
> 조용이 흘리겠습니다.
>
> —「十字架」 전문 (1941. 5. 31)

위의 시에서 1—4연까지는 시인의 내부에 존재하는 마음의 그림이다. 1연의 "쫓아오든 햇빛인데 / 지금 教會堂 꼭대기 / 十字架에 걸리였습니다"에서, '햇빛'은 밝음 곧 희망을 비유한 것이다. 기독교적으로는 복음을 상징한다. 믿기만 하면 다 해결될 것이라고 하며, "쫓아오든 햇빛"이다. 그러나 현실이 너무 어두워 "지금 教會堂 꼭대기 / 十字架에 걸리였습니다"에서 보듯, 시인의 내부의 하늘인 마음에는 밝음이 오지 않는다. 그래서 "尖塔이 저렇게도 높은데 / 어떻게 올라갈수 있을가요"라고 반문한다. 아무런 희망의 "鐘소리도 들려오지 않는데 / 휫파람이나 불며 서성거리다가" 시인은 "괴로웠던 사나이/행복한 예수그리스도에게/처럼/십자가가 허락된다면", 시인은 마침내 5연에서 "목아지를 드리우고 / 꽃처럼 피여나는 피를 / 어두어가는 하늘밑에 / 조용이 흘리겠읍니다° "라고 마무리하는 것이다.

예수가 십자가를 진 것도 유대교의 율법인 인위의 어둠에 저항한 것이다. 윤동주가 일제의 감옥에서 죽었다는 외부적인 사실 때문에, 일제에 저항한 독립운동의 차원이 아니라는 것이다. 일제의 군국주의도 인위적 어둠의 하나이지만, 시인은 보다 더 본질적인 어둠에 저항한 것이다. 본질적인 어둠에 저항하는 이미지가 바로 "꽃처럼 피어나는 피를/어두워가는 하늘밑에/조용히 흘리겠습니다"이다. 이에 이르러 1—4연에서 본 바와 같은, 시인 내부의 '어두어가는 하늘'과 외부의 '어두어가는 하늘'이 명실상부하게 된 것이다.

하늘과 바람은 빛과 공기를 비유한 말이다. 빛과 공기는 인간생명을 위해 꼭 필요한 자연의 혜택이며, 기독교적으로는 하나님의 은혜이다. 빛은 하늘이 주신 생명 자체이며, 공기는 생명을 유지하기 위해 호흡하는 기운이다. 하늘이 주신 생명이 곧 천명天命이며, 천명天命은 반드시 사용해야 하는 사명使命이다. 이 사명이 윤동주에게는 인간존재를 위한 몸짓이며, 인위적 어둠에 대한 저항이다. 기독교적으로는 십자가를 지는 일이다. 예수처럼 십자가를 지는 일은 곧 사랑과 희생이다. 시인의 소망이 바로 "꽃처럼 피여나는 피를 / 어두어가는 하늘밑에 / 조용이 흘리겠읍니다"이다. 십자가를 지겠다는 결의이다.

산모퉁이를 돌아 논가 외딴우물을 홀로 찾어가선 가만히 드려다 봅니다.
우물속에는 달이 밝고 구름이 흐르고 하늘이 펼치고 파아란 바람이 불고 가을이 있습니다.
그리고 한 사나이가 있습니다.
어쩐지 그 사나이가 미워저 돌아갑니다.
돌아가다 생각하니 그사나이가 가엽서집니다. 도로가 드려다 보니 사나이는 그대로 있습니다.
다시 그사나이가 미워저 돌아갑니다.
돌아가다 생각하니 그사나이가 그리워집니다.
우물속에는 달이 밝고 구름이 흐르고 하늘이펼치고 파아란 바람이 불고 가을이 있고 追憶처럼 사나이가 있습니다.

—「自畵像」 전문 (1939. 9)

자신의 생명을 불태워 빛이 되어야 한다는 사명감이 "모든 죽어가는 것을 사랑해야지"로 「序詩」에서 표현되었다. 그러나 세상은 어두운 밤이다. 그래서 "오늘밤에도 별이 바람에 스치운다"로 마무리되었다. 왜 그랬을까. 그의 「序詩」 다음에 나오는 첫 작품이 바로 「自畵像」이다. 내가 나를 불태워 어둠을 밝히는 빛이 될 수 있을까. 자신의 모습 곧 「自畵像」을 그려 본 것이다. 이 작품은 "산모퉁이를 돌아 논가 외딴우물을 홀로 찾어가선 가만히 드려다 봅니다"로 시작된다. 여기서 '외딴 우물'은 무엇일까.

이제까지 살아온 자신의 가정, 조국, 민족, 전통, 환경 등의 모든 것의 비유이다.

그래서 "우물속에는 달이 밝고 구름이 흐르고 하늘이 펼치고 파아란 바람이 불고 가을이 있습니다 / 그리고 한 사나이가 있습니다 / 어쩐지 그 사나이가 미워져 돌아갑니다"라고 한다. 우물 속에도 빛은 있으나 햇빛이 아니고 '달이 밝고'이며, '하늘이 펼치고' 있으나 '파아란 바람이 불고'이다. 여기서 '파아란 바람'의 이미지가 중요하다. 낮에 부는 무색의 맑은 바람이 아니라 파란 욕망의 밤바람이다. 그리고 그 안에 있는 자신은 '우물 안 개구리'와 같이 전통과 습관에 갇힌 모습이다. 결국 "어쩐지 그 사나이가 미워져 돌아갑니다"라고 한 것이다. 그리고 "돌아가다 생각하니 그사나이가 가엽서집니다 도로가 드려다 보니 사나이는 그대로 있습니다"로 계속된다. 이제 "사나이는 그대로 있습니다"에 주목해야 한다.

누구나 전통과 습속에서 벗어나기가 쉬운 것은 아니다. 우물 안 개구리가 밖으로 튀어나오기가 쉬운 것이 아닌 것처럼 "사나이는 그대로 있습니다"인 것이다. 그래서 "다시 그사나이가 미워져 돌아갑니다"가 된 것이다. 빛이 없는 시대적 어둠과 우물에 갇힌 자신의 내면의 어둠에 대한 저항이다. 시인이기 때문에 내면의 어둠에 대한 저항을 계속하는 것이다. 시인만이 인간존재를 위한 몸짓을 쉬지 않는 것이다. 그래서 윤동주는 "돌아가다 생각하니 그사나이가 가엽서집니다"라고 한 것이다. 반복되지 않으면 중지이기 때문이다. 시인의 몸짓이 중지되면 죽음이 오는 것이다.

> 季節이 지나가는 하늘에는
> 가을로 가득 차있습니다.

(중략)

별하나에 追憶과
별하나에 사랑과
별하나에 쓸쓸함과
별하나에 憧憬과
별하나에 詩와
별하나에 어머니,어머니,

(중략)

그러나 겨울이 지나고 나의별에도 봄이 오면
무덤우에 파란 잔디가 피여나듯이
내일홈자 묻힌 언덕우에도
자랑처럼 풀이 무성 할게외다.

—「별헤는밤」 부분 (1941. 11. 5)

위의 시의 제목은 「별헤는밤」이다. 그렇다. 별은 밤에만 볼 수 있다. 1941년 11월 5일이라고 날짜까지 밝혔다. 1941년이면 일제의 군국통치가 막바지에 이른 시기이다. 우리말로는 작품도 발표할 수 없었다. 하룻밤을 단위로 하면 새벽 1시에서 2시쯤이라고 할까. 광복의 아침은 다가오고 있었지만 윤동주는 알 수가 없었다. 그리고 11월이면 가을이 끝나는 달이다. 생명을 상징하는 나뭇잎이 단풍을 지나 낙엽이 되는 계절이다. 희망은 없다. 캄캄한 절망의 밤이다. 이런 밤에 시인은 「별헤는밤」을 설정한 것이다.

그러니 그가 헤는 별은 미래의 꿈을 반짝이는 영롱한 별이 아니라 추억의 별빛으로 깜빡일 수밖에 없다. 그래서 시인은 "季節이 지나가는 하늘에는 / 가을로 가득 차있습니다"라고 했다. 하늘은 햇빛, 희망, 밝음 등의 자연 상징이다. 그런데 이 하늘에 낙엽과 쇠잔을 상징하는 "가을로 가득 차있습니다"라고 했다. 가을이 결실과 수확을 상징할 수도 있다. 그러나 윤동주 시인에게는 하늘도 밝음이 아니라 어둠이었으며, 가을도 결실과 수확이 아니라 상실과 절망의 계절이다.

그래도 시인은 "季節이 지나가는 하늘에는 / 가을로 가득 차있습니다"라고 한다. 그리고 "별하나에 追憶과 / 별하나에 사랑과 / 별하나에 쓸쓸함과 / 별하나에 憧憬과 / 별하나에 詩와 / 별하나에 어머니,어머니,"라는 넷째 연이 나온다. 셋째 연의 5행은 생략했다. 왜냐하면 이 작품의 핵심 제재와 주제가「별 헤는 밤」이라고 생각했기 때문이다. 과거는 지나가서 존재하지 않고, 미래는 아직 오지 않아서 존재하지 않는다. 존재하는 것은 현재뿐이다. 가버린 과거는 결코 다시 오지 않는다. 그래서 과거는 "별하나에 追憶" 속에만 있고, 현재는 "별 하나에 사랑과/별 하나에 쓸쓸함"뿐이다. 그러나 미래는 반드시 온다. 그래서 "별하나에 憧憬과 / 별하나에 詩와 / 별하나에 어머니,어머니," 만을 붙들고 윤동주는 시를 쓴 것이다.

윤동주는 "그러나 겨울이 지나고 나의별에도 봄이 오면 / 무덤우에 파란 잔디가 피여나듯이 / 내일홈자 묻힌 언덕우에도 / 자랑처럼 풀이 무성할게외다"라고 시는 마무리된다. 그렇다. 윤동주의「하늘과 바람과 별과 詩」가 빛을 찾은 조국에서 "자랑처럼 풀이 무성할 게외다"라는 그의 꿈을 꽃피우고 있다. 이 꽃은 우리들의 마음속에서 영원히 피어날 것이다.

3. 에필로그

시는 비유와 상징의 체계이다. 모든 동물은 본능체계를 지니고 있다. 그런데 인간은 본능체계 외에 상징체계를 더 지니고 있다고 한다. 이 상징체계가 바로 언어체계이다. 본능체계는 자연이고, 언어체계는 인위이다. 본능체계만 갖고 있는 동물은 자연대로 살면 되지만, 인간은 언어체계로 비유와 상징의 세계인 시를 창작한다. 윤동주의 시는 「하늘, 바람, 별」의 상징체계라고 했다. 하늘은 햇빛, 밝음, 위, 등의 자연 상징과 신神, 희망, 영혼, 마음 등의 관념 상징의 체계이고, 공기의 움직임인 바람은 인간존재의 몸짓을 상징한다. 윤동주 시인은 간절한 바람願을 가지고, 바람風처럼 울며 식민의 어두운 밤하늘을 헤매며 별을 헤다가, "오늘 밤에도 별이 바람에 스치운다"고 하며, "별 하나에 어머니, 어머니"라고 부르다가, 빛을 찾기 여섯 달 전인 1945년 2월 16일 후쿠오카 형무소에서, 외마디 소리를 지르고 운명했다. 이제 윤동주 시인의 탄생 100주년을 맞아 다시 한번 시인의 숭고한 시의 정신을 되돌아본다.

부록

문효치 시인 연보

1943	전북 군산시 옥산면 남내리에서 남평 문씨 영수님(부)과 울산 김씨 옥수님(모)의 3남매 중 장남으로 태어남. 아버지는 서울에서 교편을 잡고 계셨고 어머니는 종부로 시골집에서 어른들을 모시고 살림을 맡아 하셨음.
1948	아버지가 시골에 내려와 우리 형제(동생 진묵)를 서울로 데리고 오셨음.
1949	아버지로부터 애국가를 배움. 그 자리에서 아버지는 "사자는 새끼를 낳으면 절벽 아래로 굴려 떨어뜨리고 제 힘으로 기어 올라오는 놈만 운다"고 말씀하신 것이 기억에 남아 있음. 이후에 아버지는 매우 엄고 무서워서 주눅 들어 살았음. 아버지의 몇 토막 추억 중에 빰을 맞고 공포에 떨었던 기억이 가장 선명하게 남아있음.
1950	서울 북성국민학교에 입학. 동요 두세 곡 정도 배우고 6.25 전쟁이 발하여 서울이 점령됨. 아버지 4형제는 방구들의 지하에 피신했으나 공군에게 발각되어 가족이 몰살당할까 두려워하며 고민하던 아버지는 민군에 자원입대했음. 이후 현재까지 소식을 모름. 나머지 가족들은 3월간 공산치하에서 지냈음. 유엔군의 인천상륙작전으로 서울이 수복됨. 서울 탈환의 전쟁 와중에 대포알 2발이 우리 집 마당과 지붕에 떨어졌으나 불발탄이어서 겨우 살아남을 수 있었음.
1951	1.4후퇴, 영등포에서 기차 지붕에 올라 피난길에 들어섬. 익산(당시 리)에서부터는 걸어서 군산 고향집까지 당도했으나 너무 무리하여 폐에 걸려 사경을 헤맴. 간신히 병을 수습하고 김제군 만경강 어귀 토정의 한 농가를 구해 피신하고 그곳 장흥국민학교 2학년으로 편입함.
1952—1955	다시 고향으로 와서 옥산초등학교 3학년에 편입함. 본디 허약한 체질어서 다시 늑막염에 걸려 사경을 헤매게 됨. 군부대에서 흘러나온 항

	제를 간신히 구해 치료했으나, 매년 병치레로 한두 달씩 장기결석을 함. 부끄러움을 많이 타는 내성적 성격에다 몰락한 지주의 후손, 그리고 북자의 아들인 나를 또래 아이들이 멀리하여 늘 슬프고 쓸쓸하게 초등교 생활을 했음. 이 무렵 대학생인 삼촌들이 방학 때 가지고 온 한하운의 『보리피리』를 읽게 됨. 이 책은 내가 읽은 생애 최초의 시집임. 초등학교를 졸업하고 삼촌들의 권유로 서울의 중학교로 유학함. 1차, 2차 시험에 모두 낙방하여 3차로 균명중학교(현 환일중학교)에 입학함.
1956—1962	중고 시절 주로 문예반 활동을 하면서 교지 등에 습작시를 발표함. 이 무렵 하이네, 바이런, 괴테 등의 외국시집과 소월, 미당, 청록파 등의 시집을 접하게 됨. 균명고등학교를 졸업하고 동국대학교 국문과에 입학함. 여기에서 미당 서정주 선생을 만나 마음의 우상으로 삼으며 본격적으로 습작을 하게 됨. 강희근, 홍기삼, 조정래, 박제천, 홍신선, 류근택, 임웅수, 하덕조, 신상성, 김초혜, 홍희표 등과 문교를 나눔.
1964	ROTC 입단, 2년간 군사교육과 훈련을 받음.
1965	동대문학회東大文學會를 창립하여 회장으로 활동함.
1966	서울신문과 한국일보 신춘문예에 당선, 문단에 데뷔함과 동시에 대학을 졸업함. 「신년대」 동인회에 가입하여 활동함. 회원은 이우석, 김종해, 이수화, 박진환, 이규호 등. 아버지 월북이 문제가 되어 ROTC 장교 임관에서 탈락되고 하사로 군에 입대, 동기생 소대장들이 있는 전방부대에서 굴욕적인 분대장으로 복무함. 이후 제대할 때까지 군수사기관의 감시를 받음.
1968	고대하던 제대가 임박했으나 김신조 일당의 청와대 습격 사건이 터져 제대가 유보됨. 그 무렵 대간첩 작전에 투입되어 내 좌전방 7—8m에서 간첩 한 명이 아군의 집중사격을 받고 사살되는 등 간첩 2명이 사살됨. 이 일로 훈장 상신의 대상이 되었으나, 직업 군인인 김 모 하사에게 양보함. 6개월 연장복무 후에 제대함. 군산동중고등학교에 2학기부터 근무함.

1970	서울 배재중학교로 직장을 옮김. 제대 후에도 경찰과 군수사기관의 조사, 감시를 계속 받으며 억압심리가 누적되어 견디지 못하고 쓰러짐. 소화불량, 불면증, 부정맥 등으로 시달리며 체중이 34㎏까지 내려감. 이후 십수 년 간 이 체중이 지속되면서 몸이 쇠약해져 늘 죽음에 대한 공포감을 떨치지 못하고 지냄.
1971	공주에서 무령왕릉이 발견되고 서울에 그 유물전시가 열려 관람함. 1500년 전에 죽은 자들의 손길과 숨결이 느껴지는 유물들을 보면서 충격적인 감동을 받고 이를 제재로 죽음과 삶의 문제를 결부한 시를 쓰기 시작함. 이후 지금까지도 백제 관련 시를 쓰고 있음.
1973	결혼함. 부인은 청주 한씨 춘희.
1974	아들 준식 태어남.
1976	첫 시집『연기 속에 서서』출간, 딸 미연 태어남.
1980	고려대학교 교육대학원 졸업, 졸업 논문 「김현승 시연구」, 이 무렵 정의홍, 박진환, 김규화, 임보, 강희근, 박경석, 임영희 등과 「진단시」 동인회를 결성하고 주재하면서 서동, 동동, 춘향, 말뚝이, 장승, 상여, 도깨비 등 한국적 정서나 의식을 구현하는 테마시 쓰기를 함.
1983	제2시집『무령왕의 나무새』출간.
1988	제3시집『백제의 달은 강물에 내려 출렁거리고』출간.
1991	제4시집『백제 가는 길』출간, 제16회 시문학상 수상.
1993	제5시집『바다의 문』출간, 제7회 동국문학상 수상.
1997	제6시집『선유도를 바라보며』출간.
1998	배재중학교 근무 28년 만에 명예 퇴직함. 대통령 표창을 받음. 이후 서울 문예원 시창작교실을 필두로 강남문화원, MBC문화센터, 시예술아카데

	미, 고려대평생교육원 등의 시창작교실에서 강의함.
1999	동국대를 필두로 동문화예술대학원, 대전대, 동덕여대, 추계예술대, 장안대에 출강함. 주성대 겸임교수로 임용됨. 기행에세이집 『시가 있는 길』 출간. 동국문학인회 회장을 맡아 일함.
2001	이길원의 도움으로 한국문협 시분과 회장에 출마하여 당선됨. 국제펜클럽 한국본부 심의위원장에 선임됨. 제7시집 『남내리 엽서』 출간, 제6회 평화문학상, 제17회 펜문학상, 제3회 시예술상을 수상함.
2002	기행에세이집 『문효치 시인의 기행시첩』 출간.
2003	계간 『문학과 창작』 주간, 계간 『불교문예』 편집자문위원을 맡음.
2004	시선집 『동백꽃 속으로 보이네』와 시선집 『백제시집』 출간, 제1회 대한문학상 수상.
2005—2006	국제펜클럽 한국본부 이사장에 출마하여 당선됨. 이후 세계 여러 곳의 펜클럽 행사에 대표 단장으로 참가하고 외국문인들을 만남. 중국 천진사범대학 객좌교수로 임명됨. 중국 종산대학 객좌교수로 임명됨. 이후 수차례 중국을 방문하고 특강을 함. "포럼 우리시 우리음악"의 공동대표를 맡게 되어 작곡가와 성악가들을 알게 됨(공동대표는 이안삼, 박세원), 이후 몇 편의 시가 가곡으로 작곡됨. 금강산에서 열린 세계평화시인대회에 초청되어 참가함, 그곳에서 노벨문학상 수상자인 월레 소잉카 등을 만남.
2006	재미문학단체 『시와 사람들』 초청으로 방미하여 수차례 문학 강연을 함. 해남 땅끝마을에 문효치 시비 세워짐.
2007	이탄 시인이 발행해 오던 계간 『미네르바』를 인수하여 발행인 겸 편집인으로 일함. 제2회 군산문학상 수상. 종로구 운니동 월드오피스텔에 시예술아카데미를 창설하고 시창작 지도를 함.
2008	제8시집 『계백의 칼』 출간, 제6회 천상병시문학상 수상, 『미네르바』

	작품상을 창설하고 제1회 김충규, 제2회 권현형, 제3회 최금녀, 제4회 김석준에게 수여함.
2009	문화의 날에 정부로부터 옥관문화훈장 수훈.
2010	제9시집 『왕인의 수염』 출간, 김삿갓문학상 수상, 『미네르바』에 질마재문학상을 창설하고 제1회 장석주와 고영, 제2회 조정권과 길상호, 제3회 김요일과 이창수에게 수여함. 함양 산청 양민 희생자 추모공원에 문효치의 추모시비 세워짐.
2011	제23회 정지용문학상 수상, 영월 김삿갓 묘역에 문효치 시비 세워짐.
2012	제10시집 『七支刀』 출간.
2012—	김삿갓문학상, 목월문학상, 김만중문학상, 노작문학상, 신석정문학상, 익재문학상 등의 문학상 심사위원장 및 심사위원을 맡음.
2013	제11시집 『별박이자나방』 출간.
2014—	김삿갓문학상 운영위원장을 맡음.
2015	한국문인협회 이사장에 출마하여 당선됨. 한국예총 부회장에 선출됨.
2016	제12시집 『모데미풀』 출간.
2017	제1시조집 『나도 바람꽃』 출간.
2018	국립문학관 추진위원에 위촉됨.
2019	제13시집 『어이할까』 출간.

■ 참 고 문 헌

1. 기본자료

문효치, 『문효치 시전집 1, 2』, 지혜, 2012.
______, 『연기 속에 서서』, 신라출판사, 1976.
______, 『무령왕의 나무새』, 청산사, 1983.
______, 『백제의 달은 강물에 내려 출렁거리고』, 홍익출판사, 1988.
______, 『백제 가는 길』, 문학예술사, 1991.
______, 『바다의 문』, 인문당, 1993.
______, 『선유도를 바라보며』, 문학아카데미, 1997.
______, 『남내리 엽서』, 문학아카데미. 2001.
______, 『계백의 칼』, 연인, 2008.
______, 『왕인의 수염』, 연인, 2010.
______, 『七支刀』, 지혜, 2011.
______, 『별박이자나방』, 서정시학, 2013.
______, 『모데미풀』, 천년의시작, 2016.
______, 『詩가 있는 길』, 문학아카데미, 1999.
______, 『문효치 시인의 紀行詩帖』, 문학아카데미, 2002.
______, 「백제를 구실로 한 작은 상상의 세계」, 『시와 시학』, 2006 가을호.
김정임 외 편, 『문효치의 시 읽기』, 지혜, 2012.

2. 국내문헌

가. 단행본

가스통 바슐라르, 이가림 옮김, 『물과 꿈』, 문예출판사, 1996.
경허 성우, 『경허집』이상화 옮김, 동국대학교출판부, 2016.
교양교재편찬위원회, 『불교학개론(개정판)』, 동국대학교 출판부, 1988.
具本明, 『中國思想의 源流體系』, 大旺社, 1982.

김대행, 『운율의 미적가치와 작품분석』, 문예비평론, 고려원, 1984.
金炳旭, 金永一등 편, 『文學과 神話』, 대림, 1981.
김준오, 『시론』, 문장사, 1982.
김춘수, 『시론』, 문호사, 1982.
田村芳郎 著, 李元燮 譯, 『열반경의 세계』, 현암사, 1991.
라만 셀던 외, 정정호 외 옮김, 『현대문학이론개관』, 한신문화사, 2000.
마광수, 『상징시학』, 청하, 1985.
松原泰道 著, 尹正裂 譯, 『지혜의 바다: 에세이 반야심경』, 문예각, 1980.
M. 엘리아데, 이은봉 옮김, 『종교형태론』, 한길사, 1996.
문덕수, 『현대의 문학이론과 비평』, 시문학사, 1991.
______, 『시론』, 시문학사, 2002.
박이문, 『現象學과 分析哲學』,一潮閣, 1983.
서정주, 『한국의 현대시』일지사, 1975.
서정주, 『한국시정신의 전통』, 『시문학개론』정음사, 1959.
슬라보예 지젝, 『이데올로기라는 숭고한 대상』, 이수현 옮김. 인간사랑, 2002.
윤재근, 『詩論』, 둥지, 1990.
이상섭, 『文藝批評用語事典』, 민음사, 1980.
장자, 『譯註 莊子1』, 안병근, 전호근 공역, 문학동네, 2010.
제레미 M, 호손, 『현대문학이론 용어사전』, 도서출판 동인, 2003.
조광석, 『이미지 모티폴로지』, 문학과지성사, 2014.
조르디 디디-위베르만, 김홍기 옮김, 『반딧불의 잔존-이미지의 정치학』, 길, 2012.
조셉 칠더즈, 게리 헨치 엮음, 황종연 역, 『현대문학 문화 비평 용어사전』, 문학동네, 1999.
청허 휴정, 『청허당집』, 이상현 옮김, 동국대학교출판부, 2016.
최승호, 『서정시의 이데올로기와 수사학』, 국학자료원, 2002.
테리 이글턴, 윤희기 옮김, 『비평과 이데올로기: 마르크스 문학이론의 한 연구』, 열린책들, 1987.
하이데거, 蘇光熙 譯, 『詩와 哲學』, 博英社, 1978.

나. 연구논문

강우식, 「신라정신의 정신과 서정주 시」, 『성균』17호 1963.11,

강희근, 「서정주 시의 서술성에 대하여」『월간문학』, 제180호, 1984.1,
구자성, 「한국현대시에 나타난 불교사상」연세대학교 석사학위논문, 1985.
김순주, 「서정주 시연구—신라정신을 중심으로」연세대학교 석사학위논문, 1988.
김윤식, 「역사의 예술화—신라정신이란 괴물을 폭로한다」, 『시와시학』, 1996 가을.
김익균, 「서정주의 신라정신과 남한 문학장」, 동국대학교대학원 박사학위논문, 2013.
김점용, 「서정주 시의 미의식 연구—'죽음 환상'과 '모성 환상'을 중심으로」, 서울시립대 박사학위 논문, 2003년
김종길, 「실험과 재능」, 『문학춘추』, 1964. 6.
김춘식, 「자족적인 '시의 왕국'과 '국민시인'의 상관성」, 『한국문학연구』37집, 2009.
김학동, 「신라의 영원주의—신라초를 중심으로」, 『어문학』24, 1971. 4,
문덕수, 「신라정신에 있어서의 영원성과 현실성」, 『현대문학』, 1963. 4,
손진은, 「서정주 시와 '신라정신의 문제」, 어문학 73, 한국어문학회, 2001.
유한근, 「순수와 참여, 그리고 무의미 미학—1970년대 시의 담론」, 『한국현대시』, 2017, 상반기호.
조지훈, 「한국시의 동향—1959년 시단총평」, 『사상계』, 1960. 1.
진창영, 「신라정신의 노장사상적 연구」, 『국어국문학』, 123호, 1999. 3.
홍신선, 「한국시의 불교적 상상력 연구」, 『한국어문학연구』, 제43집 한국어문학 연구학회, 2004.
황현산, 「서정주 시세계」, 『창작과비평』2001. 12,

다. 평론

김정임 외 편, 『문효치의 시 읽기』 (지혜, 2012)에 실린 아래 평론들
강영은, 「역사의 시공간을 넓히다」
강우식, 「역사기행시의 미학」
강희근, 「시 읽기의 행복」
______, 「새와 상상, 그리고 넘나들기」
강희안, 「생명의 빛과 영혼의 순례」
금동철, 「역사의 지층을 뚫고 오르는 목숨의 깊이」
김백겸, 「시인의 환상과 응시가 불러온 백제왕국」
김석준, 「시간의 지층들: 역사, 아픔, 사랑」
김세영, 「역사의 지층에 응고한 시간을 캐다」

김영찬, 「사랑이 다니는 길목」
김용만, 「타나토스의 미적 공포」
김익균, 「연금술 형제들의 서약과 화금석으로 탄생한 백제의 기억」
김정남, 「되살아오는 저 뜨겁고 푸른 시간들」
김정임, 「세계를 응시하는 비밀의 장소」
김춘식, 「시인의 밥, 슬픔의 원점」
김후영, 「우주를 관통하는 언어, 그리움」
박기수, 「생명이 흘러 지나는 길」
박선영, 「영속성과 기억, 시간의 염장」
박진환, 「전통의 현대적 접목과 그 변용의 미학」
변의수, 「천분의 시인 문효치」
______, 「끈의 우주적 상상력과 교졸巧拙의 미학」
서정주, 「무령왕의 나무새 序」
신동욱 「문효치의 시와 의식」
오세영, 「생명체험으로 풀어 본 역사의식」
유성호, 「역사와 실존에 대한 깊은 사유와 감각」
이경철, 「4월, 그리움의 가뭇없는 시간과 공간의 형상」
이새봄, 「먼먼 우주의 중심으로 향하는 기억」
이성혁, 「허무의 극복을 위한 여사의 시화詩化」
이승하, 「역사에서 여행까지의 긴 여정」
이채민, 「시간의 웅고를 바라보는 깊은 시선」
이현서, 「백제의 숨결로 빚은 소통과 초월의 세계」
장윤익, 「영원한 과거와 소생의 미학」
전정구, 「개 같은 그대, 부처 같은 그대」
조명제, 「죽음과 부활, 그리고 자유의 길」
최진화, 「존재의 갈망이 부르는 치유의 노래들」
홍기삼, 「전통 또는 백제의 시」
홍문표, 「지속의 시간과 창조의 시학」
홍신선, 「죽음과 부활의 시학」
______, 「웅진나루에서 신라의 하늘까지」
서정주, 「신라의 영원인」, 『세대』, 1963. 7,
손해일, 「칼 융의 분석심리학」, 『현대의 문학이론과 비평』, 시문학사, 1991.

문효치 시의
이미지와 서정의 변주

초판 1쇄 인쇄일 | 2020년 10월 23일
초판 1쇄 발행일 | 2020년 11월 30일

지은이 | 김미연
펴낸이 | 정진이
편집/디자인 | 우정민 우민지
마케팅 | 정찬용 정구형
영업관리 | 한선희
책임편집 | 김보선
펴낸곳 | 국학자료원 새미 (주)
등록일 2005 03 15 제25100 - 2005 - 000008호
경기도 고양시 일산동구 장항동 864-3 하이베라스 405호 국학자료원
Tel 442 - 4623 Fax 6499 - 3082
www.kookhak.co.kr
kookhak2001@hanmail.net

ISBN | 979-11-91255-00-3 *93800
가격 | 24,000원

* 이 도서의 국립중앙도서관 출판예정도서목록(CIP)은 서지정보유통지원시스템 홈페이지(http://seoji.nl.go.kr)와 국가자료종합목록 구축시스템(http://kolis-net.nl.go.kr)에서 이용하실 수 있습니다. (CIP제어번호 : CIP2020049016)